守護者

THE DELUXE EDITION

艾倫·摩爾

執筆

戴夫·吉本斯

作畫

約翰·希金斯

上色

守護者由艾倫 摩爾與
戴夫 吉本斯創作。

守護者 WATCHMEN

執筆— 艾倫‧摩爾 ALAN MOORE

作畫— 戴夫‧吉本斯 DAVE GIBBONS

上色— 約翰‧希金斯 JOHN HIGGINS

譯者— 孫得欽

譯校— 劉維人、臥斧

社長— 陳蕙慧

副總編輯— 戴偉傑

責任編輯— 何冠龍

行銷— 陳雅雯、汪佳穎、蘇曉凡

封面設計— 任宥騰

內頁排版— 關雅云

印刷— 呈靖彩藝

讀書共和國出版集團社長— 郭重興

發行人兼出版總監— 曾大福

出版— 木馬文化事業股份有限公司

發行— 遠足文化事業股份有限公司

地址— 231 新北市新店區民權路108-4 號8 樓

電話— (02)2218-1417

傳真— (02)8667-1891

E m a i l — service@bookrep.com.tw

郵撥帳號— 19588272 木馬文化事業股份有限公司

客服專線— 0800-221-029

法律顧問— 華洋國際專利商標事務所 蘇文生律師

初版一刷— 2022 年06 月 Print in Taiwan

定　　價— 1000 元

ISBN— 9786263141766

有著作權，翻印必究

* 本書中言論內容不代表本公司/出版集團立場與

　意見，文責由作者承擔。

特別感謝尼爾·蓋曼、
麥克·萊克、派特·米爾斯
和喬·奧蘭多。

一切始於巴布·狄倫。

對我來説，他1966年的傑作〈荒蕪街區〉裡有段歌詞，注定會在某一天，點燃《守護者》。

午夜時分，所有特務
和超人類隊員
紛紛出動，去圍捕那些
知道太多的人。

那是對於某物電光石火的一瞥，是那東西微不足道的碎片，隱含著惡兆、偏執與威脅性。但正是這東西證明了，漫畫，就像詩或搖滾樂，或巴布·狄倫本身，都是廣大文化光譜上不可或缺的一環。那幾行歌詞，肯定也寄居在艾倫的意識裡，將近二十年過去，狄倫的文字最終成為了《守護者》第一期的標題。

從那時算起，又過了二十年，《守護者》以圖像小説的形式，成為了廣受認可的文化試金石。然而，回顧很多、很多年前，在六〇年代，漫畫仍深埋於文化的晦暗邊陲。受到前十年的獵巫文化壓抑，大部分漫畫不是過於討好就是受到審查刪改，最好的情況，也不過是無害的青少年飼料

但仍然可以瞥見些許曙光，暗示著未來的可能性。偶爾在這裡哪裡，見到報紙上有隻字片語提及超級英雄、一冊薄薄的漫畫史，或是漫畫書的一頁碎片被挪用為「普普藝術」，在藝廊展示。六〇年代中期，地下漫畫那種無政府的狂歡，跟荒唐的蝙蝠俠電視影集比起來，也不再讓人覺得太古怪了。時代在改變，真實不虛。

漫畫迷一則以喜，一則以憂，我們長久以來被忽略的這種載體，被更廣大的世界沾染了。就像許多其他另類的癮頭，漫畫一旦被攤在陽光下，受到所有人的注視，可能會失去獨特、隱祕的魅力。

漫畫書這種載體的獨特之處，是它奠基於勾人心弦的瞬間一瞥。是的，漫畫的紋理、構造，基本上就是一系列的靜態快照，由讀者的意念賦予它神奇的連續性。

漫畫的封面通常是個親暱的許諾，預示一趟歡愉的旅程，整個封面的設計，全為了勾引你的目光，刺激你的好奇，最終誘使你買下。一旦翻開書頁，真正的漫畫迷只需要寥寥幾格超前故事進度的畫面或濃縮前面故事的概要，或者看到幾十年前登場的角色化身，就能輕易開啟無限可能的歷史，浩瀚的奇蹟。

這就是驚鴻一瞥的力量，是誘餌，是暗示，令人衷心期待。

然而，漫畫的實際內容，經常證明這些承諾是一場空；但有時，在某些稀有時刻，這些虛構的現實真的令人永難忘懷。這就是漫畫的可能性，這就是漫畫能帶來的啟發性。

撇開形式上的特殊性，漫畫跟其他說故事的媒材並沒有根本上的不同。在虛構的領域中，敘事的基本要素、需要考慮的事項，凡是適用於其他媒材的，也同樣適用於漫畫。

無論是透過營火的光焰或銀幕上的光線來說故事，說書人的首要抉擇永遠都是，哪些要直言不諱，哪些要按住不表；無論是以純文字表達或搭配圖像，要展示什麼，隱藏什麼，敘事者心裡都必須很清楚。

要將完整的體驗描繪出來，要素過多、太直接、太散亂，難以展現魅力，太像作品所要逼近的庸常現實本身。說書人的任務，是提供撩人的一道眼神，讓觀眾自行補完故事欲言又止的留白處。

正是在這種思維背景下，我們提出了《守護者》的構想。

雖然艾倫打從開始就知道故事梗概，但確切的事件轉折，只在我們聊天、沉思時成形，我們篩選各種可能性，等待對話與思索中靈光一閃的瞬間，如溪流中的黃金。我們等待著瞥見那稀世珍寶的瞬間。

本書中的故事是我們彙整這些靈感的結果，我們認為用這些素材最能把這個故事說好。其餘材料都扔了，付諸東流，消失在視野中。

事實上，就廣度和細節而言，就實際層面與暗示層面而言，《守護者》都很有限，封閉且完整，就像一幅上了光的油畫，或者說，像一座精巧的時鐘裝置。

我們打造《守護者》的過程十分謹慎、全神貫注且一絲不苟，然而，創作這部作品的每一刻都是極其享受的。真的，沒什麼可以加進去的了，剩下的，只有誠摯邀請讀者沉浸其中，為作品譜下他們心中的結局。

最後，也許還是巴布·狄倫說得最好。他的另一首傑作〈伊甸園之門〉是這樣唱的：

破曉時分，情人來到身邊
告訴我她的夢

每個夢，
都有一道意義的溝渠

就連一瞬的眼神
她也無意瞥向其中。

戴夫·吉本斯
2013年3月

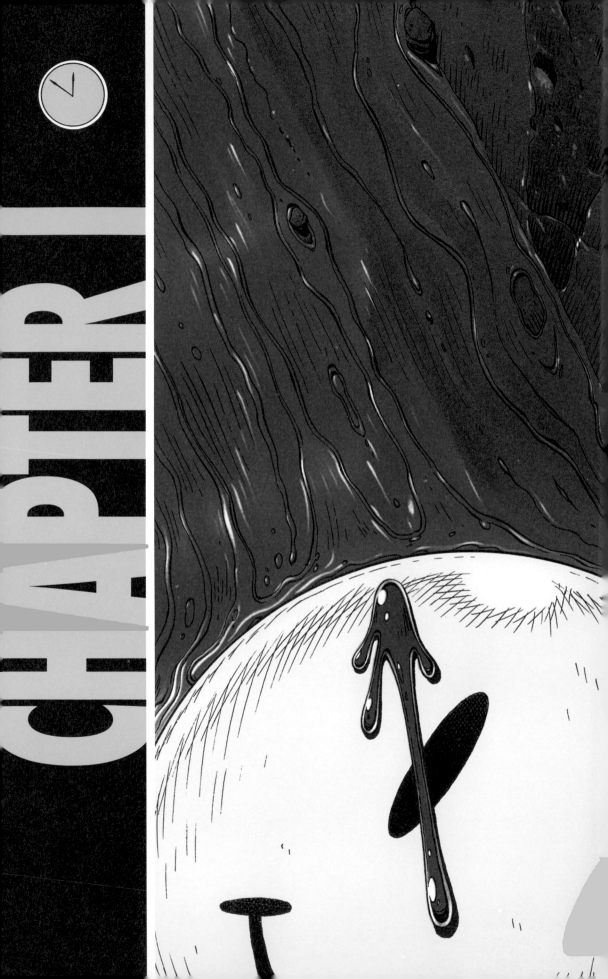

CHAPTER 1

羅夏日記，1985年10月12日：

今早，巷子裡有狗屍，輪胎紋路印在牠爆開的肚子上。這座城市畏懼我。我看穿了它的真面目。

街道不過是水溝的延伸，水溝裡滿滿的血，等到下水道全面結痂，所有害蟲都將溺斃。

性愛與謀殺累積而成的汙垢，將堆起層層泡沫，淹到所有娼妓與政客的腰際，他們會朝天吶喊：「救救我們！」……

……而我會向下一瞥，輕聲説：「不。」

他們有過選擇，每個人都有。他們本來可以跟隨好人的腳步，像我父親和杜魯門總統。

那些奉行做多少事領多少錢的正派人士。

但他們沒有，反而一路跟在淫蟲和共產主義者的屎後頭，沒發現那條路通往懸崖，最後一切都太遲了。

別鬼扯什麼他們別無選擇。

現在全世界都站在懸崖邊了，下面就是血淋淋的地獄，所有的自由主義者、知識分子和能言善道的傢伙看到這一幕……

……一瞬間，全都無話可説。

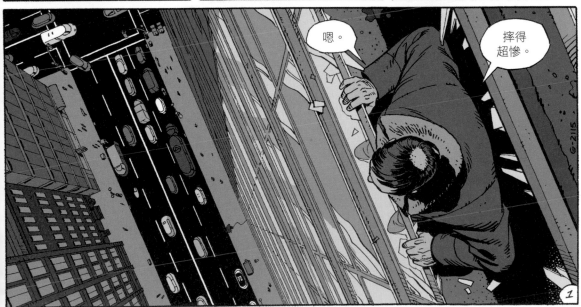

嗯。

摔得超慘。

1

嗯，可憐的傢伙。我一直很**好奇**……你覺得人在撞上人行道前會昏迷之類的嗎？

說真的，我沒有很想知道那種事。

你覺得這到底**怎麼回事？**

呃，看來有人破**門**而入。

這扇門扣上了門鍊，要破門必須要兩人，或是一個嗑藥嗑到瘋掉的傢伙。

「那表示事發時住戶**在家**。」

嗯。我看過**屍體**，他看起來很壯，足以**保護**自己。以他這個年紀而言，狀態**好到不行**。

狀態？人都**掛掉**了還算好？

「不……我是說這個叫**布雷克**的住戶……肌肉是**舉重選手**等級。」

「他應該會狠狠反擊，肯定會。」

好吧，看來他打**輸**了。也許他們仗著**人多**，撂倒他了。

也許吧。資料顯示，多年來他一直在幹某種**外交**工作……

「報公帳的生活過得挺爽的。也許他就只是變**軟弱**了。」

他在這張**照片**裡可不怎麼軟。那道**疤**是怎麼來的？看起來……

靠！照片裡他**握手**的對象……是**副總統福特**！

②

「欸，還真的！這個，我們倆知道就好，我想我們可以排除他的嫌疑了。」

「這實在不像他的作風。」

要是我們有任何進一步的線索可以追查，你這笑話才算好笑。

我是說，這什麼鳥事？被偷了幾毛錢，這根本不可能是單純的破門盜竊……

「有人專程來找這傢伙麻煩。」

不然他怎麼飛出窗外的？

也許他就是滑了一跤，倒向窗子。

拜託。那是強化玻璃欸，老兄。就算是像他那樣的大個子，跌倒撞上去也不會破。

「我想一定是丟出去的。」

嗯，如果這位艾德華·布雷克像你說的那麼大隻，那一個人肯定抬不起他，所以歹徒有兩人。

到哪一樓？

啊，一樓，謝謝。

「一樓，馬上到。」

③

欸，你還沒回答我的**問題**……這是**破門盜竊案**，還是我們要找找**其他**動機？

可能就是件破門盜竊案……也許是一夥結髮幫的傢伙嗑了**KT-28**或**安眠酮**……

「你也知道……這麼大的城市裡，再離譜的事也有。」

「不是每件事都需要動機。」

你的**意思就是**……

我的**意思**是，不要節外**生枝**了，我可不希望讓哪個戴**面具**的**復仇者**見獵心喜又插上一腳。

當然，我們會**謹慎調查**，但對外公開的部分……

「該用什麼說法，才能讓這案子默默**淡掉**？」

我不知道。我是覺得你**太在意**那些蒙面義警了。自從1977年的基恩法案通過後，只有**政府認可**的**怪人**還在活動。

他們不會插手的。

鬼扯，那**羅夏**呢？

「**羅夏**跟他的夥伴早已跌落神壇，但他永遠不會退休。」

「**羅夏**一定躲在哪裡」

他比毒蛇的腋窩還瘋，他因兩件**一級謀殺案**遭到通緝

我們現在面對的是件輕鬆舒適的小小**殺人案**。但若牽扯到他，我們就得在**成堆的屍體裡**打轉了……

怎麼了？

呃，沒事……突然打個冷顫。

可能**感冒**了。

④

午夜時分，所有特務……

嗯。

我在超市**買狗食給魅影**，轉過走道角落，**嘩！**居然跟**尖叫骷髏**撞個正著！

你記得他嗎？

好像聽你**提過**他……

哦，我在四〇年代收拾過他好幾次，不過他還真的**改過自新**了，還信了**耶穌**，結了婚，生了兩個孩子……

我們交換了地址，他人不錯。

呃，荷利斯……快十二點了，我該**走**了。

哦，對對，顧著講些陳年往事，都忘了注意時間。

你一定覺得超無聊。

才沒**那回事**。週六晚上的**啤酒聚會**根本是我**活下去**的動力。

哈，也是，我們這些退休的老傢伙得互相取取暖。

我把菸熄了，送你出去。

話說，他們在1977年踢除你們年輕一輩，實在是太惡劣了。你是個**比我**更優秀的**夜梟**。

荷利斯，我們都心知肚明你在鬼扯。不過還是謝謝了。

喂喂，講話**沒大沒小**！小心我這撙倒**軸心國隊長**的左鉤拳，還記得吧？

我怎麼**忘**得了？今晚真是美好，謝謝你了，荷利斯。**多保重**！

你**也是**，丹尼。

上帝保佑你。

⑨

17

……往下看看你家後面的樓梯，有人住在那裡，他們餐風露宿生活艱苦……

唏哩。

呼嚕。

十月

M	T	W
	1	2
7	8	9
14	15	16
21	22	23
28	29	30

吸。

嗝。

哈囉，丹尼爾。

等得肚子餓。我自己弄了些豆子來吃。

希望你不介意。

羅夏……？

呃⋯⋯這，
哦，不，**當然**
不介意⋯⋯

呃⋯⋯需要
幫你**加熱**還是
怎樣嗎⋯⋯？

不用。
這樣就行。

嗯⋯⋯
好久不見！

你過得
怎麼樣？

沒進監獄。
至少目前
為止。

看看這個。

呃⋯⋯
這**是**什麼？

這個**汙漬**
是**豆汁**
還是⋯⋯？

是啊。
人類的豆汁。
哈哈。

他死了。

徽章是
笑匠的。
血也是。

死了？
什麼？
你説**笑匠**？

有人在調查一樁常
見的殺人案。死者
叫艾德華・布雷
克。我在衣櫃找到
了英雄服裝。他似
乎就是笑匠。

有人把他
扔出窗外。

有人
？

嗯，也許到我**工作室**
再談比較好，這裡有
點太**顯眼**了。

另外，到那邊
的話，你可以
走後面的祕密出
口，我是説你
要**離開**的時候，
那是⋯⋯

就在
下面。

嗯，你很久**沒來**
這裡了⋯⋯

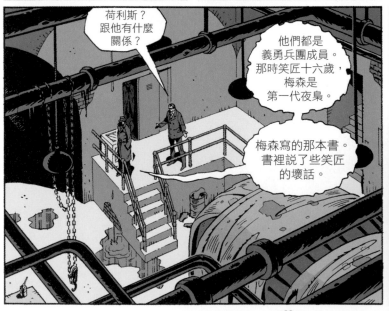

總之，我想有必要告訴你這件事。以免真的有人在獵殺蒙面英雄。

我得走了，還有事。

嗯，好，隧道一直走，出去是**北邊**兩個街區的一間**倉庫**……

是。我記得。以前常來。我們還是夥伴的時候。

噢……對……對，**美好時光**啊，羅夏，美好時光。後來**怎麼了**？

你退出了。

羅夏日記。1985年10月13日。

睡了一整天。4:37才醒來。女房東在抱怨臭味。她有五個孩子，父親全都不同。我確定她在詐領社會福利金。

很快，就要進入黑夜。

在我腳下，這座悽慘的城市尖叫著，就像一座關滿智障兒的屠宰場一樣。紐約。

週五夜晚，一名喜劇演員死在紐約。

有人知道原因。

就在底下……

有人知道。

黃昏瀰漫著通姦和罪惡感的惡臭。

快樂哈瑞的店

酒吧　燒烤

我想我該運動一下了。

14

羅、
羅、

羅夏！

厂、厂、厂、
好久不見，
你好嗎？

挺好啊，
快樂哈瑞。

你呢？

很好啊！
我很、我
很好啊！

我很、我很、
很高興看到你
過得不錯！

呃、
呃……

老天啊。

拜託別
殺人。

週五晚上，有
個傢伙跳水跳到
人行道上。我覺
得他不是自己跳
下來的。

他叫艾德華·
布雷克。

是我朋友。

嘿，你聽到了嗎？
他居然有朋友！他
肯定換了別款
體香劑！

史蒂夫，
可以了，
閉嘴……

我……
我要去撒一
下尿……

嗨、嗨！我沒有**惡意**……

我，呃，我剛**來**紐約不久，我……

……我，呃……

喂，幹麼……？

啊啊啊啊啊

我剛折斷了這位男士的小指。

誰殺了艾德華·布雷克？

噢嗚……

哎咿啊啊啊

……現在是他的食指。

誰殺了艾德華·布雷克？

求求你……

拜託……我們**不知道**……

天啊，老兄，**放過**他吧……

晚上的第一站，空手而歸。沒人知道任何事。有點沮喪。

這城市得了狂犬病，瀕臨死亡。我能做的，就只是隨機擦掉它嘴邊的一點白沫嗎？

哼。

永不絕望。永不投降。

我放過那些人型蟑螂，任由他們去討論海洛英跟兒童色情片。我還得到別的地方辦事，對象是個上流人士。

16

24

笑匠死了？

怎麼會？

偉特，你一直被視為世界上最聰明的人。

你說呢？

羅夏，我不曾自稱是什麼**特別**的人。只是手下有一些**公關人員**過度狂熱。

我想……這會不會是**政治謀殺**？也許那些**蘇聯人**……

崔博格也這麼說。我可不信。

美國有曼哈頓博士。1965年後，紅色陣營嚇得魂飛魄散。他們沒膽招惹美國。

我認為是個蒙面英雄殺手幹的。

不一定。

就算**排除**俄羅斯人，笑匠**還是**有一大堆政敵……

這人簡直就是個**納粹**。

他只是為國盡忠，偉特。他堅守崗位，絕不讓人逼他退休。

他從未利用自己的名聲賺錢。

從來沒有開公司賣海報、減肥書和笑匠模型玩具。

也從未出賣靈肉。

如果這樣就叫納粹，你最好也叫我納粹了。

嗯。

羅夏……

我知道，我們交情不算好，即使如此，你這樣說也太不公平。

沒人逼我退休。是我自己決定不再冒險，並公開身分，那是在警察大罷工迫使政府制定基恩法案的兩年前。

是啊，時機真好。

我只是來提醒你蒙面英雄殺手的事。以免你變成停屍間裡最聰明的人。

但我猜，事情還會比那更糟。

再會了。

再見。

祝你愉快。

洛克斐勒
軍事研究
中心
1981年創立

跟偉特見面之後嘴裡滿是噁心。他嬌生慣養又自甘墮落，他甚至連自己那套膚淺的自由主義表象都背叛了。

難道他是同性戀？有必要進一步調查。

崔博格也沒多好。軟弱的失敗者，只會坐在 地下室啜泣。

為什麼我們這些人裡面，幾乎沒幾個健康正向，而且沒有人格障礙的傢伙？

第一代夜梟開了間修車行。

第一代靈絲是個臃腫的老妓女，在加州的安養院混吃等死。

大都會隊長在1974年的一場車禍裡掉了腦袋。

天蛾人被關在緬因州的瘋人院。

剪影美人黯然退休，六週之後被一個來尋仇的二流罪犯謀殺。

美鈔人遭槍擊。蒙面判官於1955年失蹤。

笑匠死了。

異能者專區閒人勿進

我的名單上只剩兩個人了。

都在洛克斐勒軍事研究中心的私人特區。

我要去找他們。

我要去告訴那個無法毀滅的人，有人打算謀殺他。

你好啊，羅夏。

(19)

你好，
曼哈頓博士。

羅夏，
你來這裡幹麼？
這裡是**政府基地**，
我聽說你還被
警方通緝。

呃。

你好，朱比特
小姐。

是**猶斯派契克**。
「**朱比特**」
只是我**媽**假造
的名字，
她不想讓人知道
她是**波蘭人**。

你還沒回答
我的問題。

抱歉。

我是為了警告
你們而來，
另外還有個壞
消息。

笑匠死了。

20

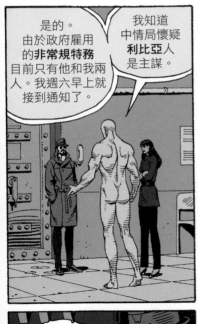

是的。由於政府雇用的**非常規特務**目前只有他和我兩人。我週六早上就接到通知了。

我知道中情局懷疑**利比亞人**是主謀。

我倒是有自己的理論。

我猜你不是很在意布雷克的死。

活人的身體和死人的身體所含**粒子數量**相同。

在結構上來說兩者之間沒有可辨別的**差異**。

生與死是無法量化的**抽象概念**。我為什麼需要在意？

哼。

不管怎麼說，要是他本身不是個爛人，也不會發生這種事。

布雷克是個禽獸。他是怪物。在義勇兵團的時候，他曾試圖強暴我媽，你知道嗎？

嗯。

所以你贊同荷利斯·梅森書裡關於布雷克的指控是嗎？

梅森在《**面罩之下**》寫的都是事實。拜託，我可沒**多喜歡**我老媽，但這種事不該發生在**任何人**身上。

不然你說為什麼布雷克從沒**控告**梅森？

∫喀哧喀哧∫

道德瑕疵？

我來這裡，不是要猜測一位因公殉職的人是否有什麼道德瑕疵。我是來警告……

強暴只是**道德瑕疵**？你知道他打斷了她的**肋骨**嗎？你知道他幾乎**勒死**她嗎？

強，把這怪胎**攆出去**。

21

你似乎惹惱蘿莉了。

我想你該走了。

曼哈頓博士，我出於尊重，警告了偉特和崔博格，也打算提醒你和你的這位女性朋友。

我認為有人正在鏟除蒙面英雄，也許是某個懷恨在心的老敵人。我相信……

我說了。你該走了。

我花了不少時間才成功進來這裡。

在我把話講完之前，我……

……不會離開。

哼。

22

他走了。

妳還在**生氣**嗎？

對。我就是不**喜歡**羅夏。他有**病**。病到**腦子**裡去了。

我也不喜歡他的**味道**，還有他那恐怖的單調**嗓音**，全都不喜歡。

警方越快**逮住**他**越好**。

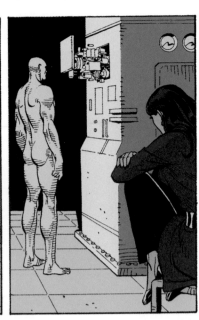

強？

怎麼了，**蘿莉**？

我只是在想，我一定是太**緊繃**了，才會被**羅夏**那種蛆蟲氣成這樣。

我有時覺得被**困住**了。也許我晚上該**出去**透透氣。

羅夏提到了**丹·崔博格**。我們有**好幾年**沒見過丹了。

也許我該打給他，邀他一起吃**晚餐**。

你不**介意**的話。

當然沒問題。

太棒了。

我會參加。但我可能快要找到**超膠子**了，只要能把它加進「**動物寓言集**」裡面，就能完全證實**超對稱**理論。

我打給丹。

哈囉，**丹**？我是蘿莉。蘿莉·猶斯派契克。不錯啊，你呢？

太好了。欸，我只是覺得，好像幾百年沒見到你了，想說也許可以聚聚，吃頓**晚餐**。

嗯嗯，那就**今晚**如何？拉菲爾餐廳，九點半？

好極了。

哦對，很好，強非常好。

那晚點見囉，丹。

拜拜。

23

*Bestiary：「**動物寓言集**」在本書中表示兩種不同東西：一是一項收集亞原子粒子的計畫，二是一家酒吧名稱。

31

羅夏日記。1985年10月13日。晚上11:30：

週五晚上，一名喜劇演員死在紐約。

有人把他丟出窗外，撞上人行道時，他的腦袋活生生塞進了肚子裡面。

沒人在乎。

除了我以外，沒人在乎。

他們才是對的嗎？我在浪費時間？

戰爭很快就要開始了。成千上萬的人將烈火焚身；成千上萬的人將在疾病與災難中死去。

這麼多人會死，何必特別關心其中一人？

因為世上有是非黑白，邪惡必須受罰。即使末日就在眼前，我也不會妥協分毫。

只是，該受報應的人太多……

……而時間卻那麼少。

24

嗯，應該很**晚**了。

蘿莉，**今晚**真美好。**確定**不讓我買單嗎？

不了。既然軍方要我當他們**祕密武器**的**情婦**，我偶爾來一盤非洲式義大利麵，他們應該還負擔得起。

哈，聽起來有點挖苦。

不。**不算**是。只不過軍方願意包養我，就只是為了讓**強**放鬆心情，保持愉悅。

呃……妳跟強**還好**嗎？

我跟**強**？

哦，**沒事**。沒事，一切都好。

好到不行。

我只是一直在想「我三十五歲了。到底都做了些什麼？」

我已經有八年都處在**半退休**狀態，在這之前的十年呢，則穿著愚蠢的戲服到處跑，只因為我那笨蛋**老媽**希望我這麼做！

你還**記得**那身打扮嗎？

那條白痴**短裙**，還有開到**肚臍**的領口？天啊，真是**惡夢**。

天啊，沒錯，**惡夢**。

嗯，現在**回想**起來……我們到底為什麼要**做**那些事？穿得怪模怪樣的幹嘛？

基恩法案根本是我們**人生**中最棒的事。

是啊，也許妳是**對**的。

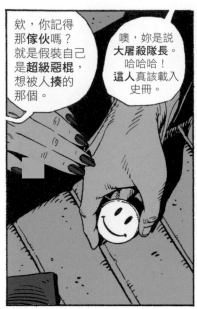

欸，你記得那傢伙嗎？就是假裝自己是**超級惡棍**，想被人揍的那個。

噢，妳是説**大屠殺隊長**。哈哈哈！這人真該載入史冊。

絕對**要**！我記得他從這家**珠寶店**走出來，被我逮個正著。我根本還不知道這傢伙在玩什麼**花招**。

反正我就開始**痛扁**他，還一邊想著「老天！**他的**呼吸方式好好笑！是有**氣喘**嗎？」

哈哈哈。

他也對**我**玩過這招，只是我**聽説**過了，所以直接**無視**他。

哈哈哈！

他跟了我一整**路**……**大白天**的，他大喊著：「**懲罰我！**」我説「**別想！滾吧！**」

後來他怎麼了？

嗯，他對**羅夏**也耍了這招，羅夏把他丟進**電梯井**。

噗哈哈哈！

我的天啊，**抱歉**，我好像不該笑。哈哈哈哈哈！

哈哈哈！的確**不該**笑的……

噢嗚。

噢呵呵呵呵……

天哪，真是**舒暢**。感覺好久沒有這樣**開懷**大笑了。

是啊，**誰還**笑得出來呢？

畢竟笑匠死了。

午夜時分，所有特務和超人類隊員紛紛出動，去圍捕那些知道太多的人。

——巴布·狄倫

26

《面罩之下》

此處摘錄荷利斯・梅森自傳《面罩之下》的部分章節，讓讀者一窺他成為蒙面英雄夜梟之前的時光。轉載已獲得作者授權。

一、

在我住的街區，轉角有家雜貨店，一位名叫丹妮絲的女士在那裡工作，她是全美國沒出版過作品的小說家之中，最棒的作者。過去這些年，她已經寫了四十二本言情小說，沒有任何一本曾放上書店的書架。不過我比較幸運，近期的二十七本小說，我都能在去買咖啡或豆子罐頭時，聽到作者本人口頭連載故事情節。我對於她的文學技藝萬分景仰。當我打算開始寫你手上拿的這本書時，發現要下筆還真令人怯步，很自然地，我想到可以問問丹妮絲的意見。

「那個」我說：「我不太知道怎麼寫書。所有我想寫進去的材料都在腦袋裡，但我一開始該寫什麼？該從哪裡開始？」

丹妮絲正在為清潔劑紙盒貼上價格標籤，她頭也沒抬一下，優雅地向我遞上長年孕育的智慧珍珠，她的嗓音帶著倦意，卻有如溫厚的恩典降臨。

「從你能想到最悲傷的事開始寫，擄獲讀者的同情。接下來，相信我，就跟散步一樣容易了。」

謝謝妳，丹妮絲。這本書獻給妳。其他該題贈的對象，我不知該從何選起。

我能想到最悲傷的東西，是〈女武神的飛行〉。每次我聽到這首曲子都會陷入低潮，開始感嘆一大堆的人性與生命中的不公，以及你在半夜三點因為消化不良而睡不著的時候，會沉思不已的各種事情。現在，我意識到這星球上沒有其他人會在聽到這激昂的曲調時默默拭淚，但，那只是因為他們不認識莫・維農。

當年，我父親突然決定帶著家人離開祖父在蒙大拿的農場前往紐約，莫・維農是雇用他的老闆。維農修車廠就在第七大道，雖然父親開始在那工作時才1928年，生意已經不錯，他的薪水足夠讓我、母親和姊姊蓮莎衣食無缺。父親在工作上十分積極熱情，我以前一直以為那只是因為他對汽車情有獨鍾。現在回想起來，我發現那不是唯一的原因。對他來說，擁有一份工作，能夠養活他的家人，這本身一定意義非凡。他決定搬到東部而不照他老爸安排繼承農場，這件事讓他們爭吵過無數次。其中大部分爭執都是以我祖父發表預言作結，他說我爸和我媽即便只是踏進紐約，也必將窮困潦倒、道德淪喪。對我父親來說，能過上自己選擇的生活，並且保障家人不致落入貧窮，讓他老爸的警告落空，肯定是世上最重要的事。不過這一點，是我現在才瞭解的後見之明，當時我只以為他對於修車如癡如狂。

總之，離開蒙大拿的時候我十二歲，接下來在大城市的幾年，正好是我會樂於跟著父親偶爾去修車廠晃晃的年紀，就在那地方，我首次見到他的老闆莫・維農。

莫・維農大約五十五歲，長著一張老紐約臉，今天你再也看不到這種臉了。說來好笑，但某些臉似乎真的有流行又退流行的情況。看看那些老照片，裡頭每個人長相都有點類似，簡直像是彼此都有親戚關係。再看看十年後的照片，新類型的臉開始一統天下，老臉逐漸減少，終至消聲匿跡。莫・維農的臉就像這樣：三層下巴，下唇自命不凡地捲著，眼睛周圍明顯凹陷，頭髮梳向後腦勺，幾乎要碰到襯衫衣領的標籤。

維農修車廠，約1928年。由左至右依序為：我父親、十二歲的我、莫維農、佛瑞德・莫茲。

　　我會跟著父親進入修車廠，而莫就坐在他的辦公室，旁邊是玻璃隔間，方便他盯著廠裡的人工作。有時父親要跟莫確認一些事項才能繼續工作，他會派我去辦公室詢問，這意味著我有機會到莫的聖地裡面開開眼界。或者該說，開開耳界。

　　莫是個歌劇迷。辦公室角落有一台新款黑膠唱機，他會以自己能忍受的音量上限，整天播放他熱愛的那七十八張刮痕累累的老唱片。以今天的標準來説，「他能忍受的音量上限」算不上什麼噪音，但在1930年代可是相當刺耳，那時一切都比現在安靜得多，

　　還有件事，是莫奇特的幽默感。只要看看他收藏在辦公桌右邊最上層抽屜裡的那堆東西，就知道我在説什麼了。

　　在那抽屜裡，除了亂七八糟的橡皮筋、迴紋針、收據和其他雜物以外，莫收藏最多的，是一大堆毫無品味的新奇玩意兒，規模之大，是我人生僅見。那都是些淫穢下流的小玩具和小道具，莫從惡作劇商店或是康尼島旅途中挖寶來的，最驚人的，是種類花樣竟如此之多：你印象中老爸出外跟其他小夥子喝個大醉後，帶回家裡調戲你媽的每一種廉價色情小道具；筆管畫了個女孩的原子筆，只要倒著拿她身上的泳裝就會不見；各種乳房造型的鹽罐、胡椒罐；各種塑膠假狗屎。藏品超齊全。每次有人要進他辦公室，他就會想辦法用他最新拿到的鬼玩意兒整人。實際上，通常整到的人是我爸而不是我。我想他不太喜歡自己兒子一直看到那種東西，可能的原因，或許是祖父烙在他腦海中的道德警告。至於我，倒是沒被冒犯，甚至覺得有趣。有趣的不是那些東西本身……就連那時的我，年紀都已經大到不會覺得那些東西有多好玩了；我

覺得有趣的地方在於，一個成年人居然無緣無故有一整個抽屜滿滿都是這種荒唐的東西。

言歸正傳，1933年的某一天，大概在我十七歲生日過後的幾天，我跟我爸到維農修車廠，幫他在一輛開腸剖肚的福特車油膩膩的內部構造裡戳來戳去。莫待在辦公室，穿著一對由人造泡沫橡膠製成而相當逼真的女人乳房（我們後來才看到），他想讓從前端辦公室送來早晨郵件的小夥子看到時笑一笑。等信的時候，他正在聽華格納。

郵件如期而至，小夥子遞郵件時，盡責地朝那壯觀的乳溝科科笑了幾聲，就離開辦公室，讓莫仔細閱讀早上的信。在那疊郵件中（同樣地，我們也是後來才知道），有封信是莫的老婆碧翠絲寄來的。信裡告知他，過去兩年她一直在跟佛瑞德·莫茲偷情（佛瑞德是維農修車廠雇用的技師中，最受信賴且資深的一位）。正是在那天早上，這個人很不尋常地，沒出現在修車廠。根據信件的結語，這是因為碧翠絲捲走了夫妻共用帳戶中所有的錢，跟佛瑞德遠走高飛到墨西哥的提華納。

直到莫的辦公室門砰一聲打開，工廠裡的人才知道有事發生了。〈女武神的飛行〉旋律伴隨著唱片的炒豆聲猛然衝出門外。莫僵在門口，滿眼淚水，手裡握著一封揉爛的信，這戲劇性的一幕讓所有人都轉過頭來看他。他身上還穿著那對假乳房。華格納的樂音在他身後越來越澎湃激昂，我們幾乎聽不清他說的話。劇烈的傷痛、狂怒與受辱的尊嚴競相爭奪著聲音的控制權，導致他最後說出口的語調反而近乎呆滯。

「佛瑞德·莫茲過去這兩年一直在跟我老婆碧翠絲亂搞。」

他宣告完畢，就杵在那，淚水流過他的多層下巴，滲進那粉紅色的橡膠乳房，在他的胸頸之間發出微細的聲響。那聲響被女武神的馬蹄踐踏而過，永遠消失了。

所有人都笑了起來。

我不知道那是怎麼回事。我們看到他在哭，但他是以平板單滯的語調說出那句話，身上穿著一對假乳房，還有砰砰作響的勝利樂章氣勢軒昂地環繞著他。我們沒一個人能忍住不笑。我爸跟我笑到肚子痛，旁邊辛苦修車的其他人笑得頻頻拭淚，把臉抹得油汙斑斑。莫就站那看了我們一分鐘，然後回到辦公室，關上門。沒多久，隨著一陣尖銳的刮耳噪音，華格納沉默了。莫從唱片溝槽上一把扯掉唱針，接著，只剩一片寂靜。

大約過了半小時，有人代表大家進去看看莫，並跟他道歉。莫接受了道歉，說他沒事。看起來也是如此，他拿掉了假乳房，坐在桌前處理日常文書作業，好像什麼事也沒發生。

當晚，他提早讓大家下班回家，然後在工廠裡找了台還能運轉的車，從排氣孔接了條管子伸進車窗。他發動引擎，讓自己在一氧化碳氣體重重包圍下，緩緩沉入那苦澀

我從警察學院畢業（1938）

的、最終的長眠。他的兄弟接管了生意，甚至最後還重新聘用了佛瑞德・莫茲擔任首席技師。

　　這就是為什麼〈女武神的飛行〉是我能想到最悲傷的事，雖然那是別人的悲劇，不是我的。但我就在那，而且跟著所有人一起笑，所以，我想那多多少少也算是我的故事。

　　說到這裡，要是丹妮絲的理論沒錯的話，我應該已經完全贏得了你的同情，而接下來的事就只是散散步。所以，也許現在可以放心把你買這本書想讀到的內容一五一十交代清楚了；也許，可以放心告訴你，為什麼我比莫・維農還要瘋狂。我沒有一整個抽屜的色情小玩意兒，但我或許也有自己的怪癖。雖然我這輩子從沒穿過什麼假奶，但我也曾身穿著一樣古怪的東西，站在笑到快死的人群裡，眼中滿是淚水。

二、

　　1939年我二十三歲，在紐約市警隊掙得了一份工作。寫到這裡之前，我其實從沒好好審視過，為什麼我選擇了這一行。我想原因有很多吧，但其中影響最大的，可能還是我祖父。

　　雖然我頗憎恨這老人對我父親施加的罪疚感、壓力和指責，但我生命的頭十二年畢竟是在祖父身邊度過，也許這簡單的事實終究為我的道德觀烙下了不可磨滅的印記。對於上帝、家庭和國家，我從未有過祖父那樣極致虔誠的信仰，但今天我回顧自己，會發現基本的正直觀念是從他那邊直接傳承給我的。他名叫荷利斯・華茲華斯・梅森，也許是因為我父母用他的名字為我命名讓他很開心，所以他總是特別關心我的教養與道德指導。他不遺餘力想要深植在我腦海的觀念之一，就是鄉下人在道德上比城市人健康，城市根本是汙水池，世上所有欺瞞、貪婪、慾望和無神思想都匯聚其中，任其潰爛腐敗。隨著我年紀漸長，發現蒙大拿這些窮鄉僻壤的農場裡，有多少酗酒、家庭暴力和虐待兒童的問題隱藏在鄰里親善的表象背後，才瞭解祖父的評價顯然有失偏頗。儘管如此，來到都市的頭幾年，我看到的一些事讓我在道德上受到劇烈震撼，揮之不去。在某種程度上，至今仍是如此。

　　這裡有皮條客、A片業者、勒索專家。還有會放狗趕走年老房客的房東，他們為的是招攬出價更高的租客；染指幼童的老頭子；毛還沒長齊卻已殘忍至極的少年強姦犯。這些人就在身邊，到處都是，對於這世界，這世界的未來，我作嘔到骨子裡。更糟的是，有時我會大喊著要回去蒙大拿，氣壞我的父母。儘管環境如此，我其實沒想要回去，但有時我怒氣大發，想到最能傷害他們的方法似乎就是說那些話。這些話會喚起早年那些懷疑、憂慮，與沉睡在內心深處的內疚感。現在我當然很懊悔，真希望在他們活著的時候我有說出來。我想告訴他們，帶我來這座城市是正確的，這對我是好事。我希望能讓他們知道這個。這樣他們應該會活得輕鬆不少。

　　都市的世界與祖父描繪的正直美好世界漸行漸遠，當兩者間的裂縫大到令人沮喪而難以忍受，我就會轉向另一項愛好，就是通俗冒險小說。事實上，老荷利斯・梅森對於這種暴力又浮誇的雜誌，肯定會感到鄙視和厭惡，但我敢肯定，這些書裡盛行的道德觀會引起他的共鳴。像是《薩維奇博士》和《魅影奇俠》的世界就屬於這種黑白分明的價值觀，善的一方從

蒙面英雄登上頭條新聞。（《紐約公報》，1938年10月14日）附上畫家所繪「蒙面義警」概念圖。

沒有一絲疑慮，而惡的一方必將受到應得的懲罰。拉蒙·克蘭斯頓頭戴寬邊帽、腰繫自動手槍，他高舉的善良和正義觀念，乍看之下與我記憶中那憤怒而寡言的老人（他總是孤身在蒙大拿的夜晚端坐，除了聖經以外無人陪伴）相距甚遠，但我總忍不住想著，要是這兩人哪天見面，一定有不少話題可聊。而對我來說，這些英勇又機智的偵探與英雄，讓我在一瞬間瞥見了道德「正常」運行的完美世界。除了行動受阻的自殺式刺客和咬著氰化物膠囊的敵方間諜以外，在《薩維奇博士》的世界裡從沒有任何人自殺。要是你能選擇，會想住在哪個世界？

我想，我之所以成為警察，就是在回答這個問題。同樣地，後來我進一步超越警察的身分，也是出於同樣的動機。瞭解了這一點，接下來要講的故事，我想就比較容易消化了。我知道，許多人都覺得很難理解我們這類人的行為，到底是什麼驅使我們去做那些事？我無法代替其他人回答，再者，我猜每個人的答案都不一樣。總之，我的答案很簡單：我喜歡冒險，不去行俠仗義我就渾身不對勁。我聽過所有心理學家的理論，也聽過各種笑話、謠言與嘲諷，但一言以蔽之，對我來說，我打扮得像貓頭鷹去打擊犯罪，是因為好玩，因為必須有人挺身而出，也是因為這差事真他媽過癮。

好了。就是這樣。我說出來了。我扮裝。像隻貓頭鷹。我還打擊犯罪。也許你開始瞭解為什麼我有點期盼上述的職業生涯摘要能博君一笑，至少跟戴著綠帽和假奶、聽著華格納的可憐人莫·維農比起來，希望我還好笑一點。

對我來說，一切是從1938年開始的，那一年，人們發明了超級英雄。第一期的《動作漫畫》發行時，我已經老得不適合看漫畫了；或者說，至少是老得無法在大庭廣眾下看漫畫而不致影響升遷機會。但我在巡邏途中發現一大堆孩子都在看，忍不住開口向其中一個說，我能不能看一下。我打算要是有人看到我在看漫畫，我可以說這是為了跟年輕族群拉近關係。

第一期的內容很多。有偵探冒險故事，還有關於魔術師（名字我記不得了）的故事，但從我翻開這東西的那一刻起，就只有超人的故事讓我念念不忘。這裡頭呈現了那種通俗小說的基本道德觀，又去除了黑暗和曖昧不明的成分。《魅影奇俠》裡面彌漫的那種恐怖又略帶兇險的氣氛，在這明亮原色構成的超人世界裡完全不見蹤影；而通俗小說裡有時很明顯的那種壓抑的性衝動（總是讓我不適且尷尬），在此也消失殆盡。我始終無法完全確定拉蒙·克蘭斯頓與瑪歌·蓮恩之間在搞什麼，但我猜肯定遠遠不像克拉克·肯特與露易絲·蓮恩的關係那麼單純健康。當然，這些舊日角色如今都已消失，遭人遺忘。但我確信至少還有幾位老讀者有印象，知道我在說什麼。總之，我重複讀了那故事大概有八遍之多，直到借我書的孩子已經抱怨連連我才還他。應該不必解釋我有多著迷了。

這喚起了許多我早已忘在記憶深處的事，讓我十三、四歲曾有的幻想又重新運轉起來：班上最漂亮的女孩遭到惡棍欺凌，我把他們打得落花流水，但當她要獻吻感謝我，我拒絕了。歹徒綁架了數學老師艾柏汀小姐，我一路追查，把他們一個一個幹掉，把她救出來。後來她決定和那尖酸刻薄的英文老師理查森先生解除婚約，因為她已經無可救藥地愛上了這個表情嚴峻、沉默寡言的十四歲救世主了。我站在那呆呆看著那本我半借半搶來的漫畫，腦海中那些畫面如潮水般湧來。雖然我對於自己被這些顯然幼稚的幻想逗樂感到可笑，但笑得太輕了，比起當時我對莫‧維農事件的笑聲，連一半都不到。

總之，雖然我不時會設法從毫無戒心的小子手上，連哄帶騙地借來最新一期的熱門漫畫，然後一整天在腦袋裡的高樓大廈間飛簷走壁，但這些幻想一直都只是幻想，直到那年秋天的某一天，我翻開報紙，發現超級英雄已經從四色印刷的世界逃出，闖入了白紙黑字的報紙標題。

第一則新聞平平無奇，但已經具備了最貼近我心的那些作品的種種元素，因此引起我的注意，讓我將它在記憶中歸檔，以供未來參考。該事件是關於紐約皇后區發生的一樁襲擊搶劫未遂案。一名男子和他女友晚上離開戲院，走路回家，遭到三名持槍歹徒結夥攻擊。搶走那對情侶的貴重物品之後，歹徒開始毆打、虐待那名年輕男子，並揚言要侵犯他女友。就在這時，有個「臉上戴著東西的人從天而降」，他奪走三名歹徒的武器，接著把三人痛打到送醫急救，其中一人甚至因為脊椎受損而雙腿癱瘓。目擊者對事件的描述混亂而矛盾，但故事中仍有某種東西讓我難以忘懷。接著，一週之後，同樣的事又發生了。

第二件案例的報導更加詳細了。那是件超市搶案，「一名體格有如摔角手，頭戴黑面罩，身披斗篷，脖子套著繩圈的高大男子」介入，阻止了搶劫得逞。搶案發生時，這名奇異的人物破窗跳入超市，極其殘暴地毆打主嫌犯，嚇得其他還沒被打殘的搶匪急著放下武器，舉手投降。將這次蒙面人行俠仗義的事件與上次的事件連結起來，報社為這篇報導下了簡單明瞭的標題：「蒙面判官」。第一位出現在漫畫世界之外的蒙面英雄有了自己的名字。

我把那則新聞讀了又讀，我知道自己必須去當第二位蒙面英雄。我找到了我的天命。

「哦，瞧瞧這大美女！美得像幅畫，**身材還**保持這麼好！」

「親愛的，是什麼風把妳吹來這死亡之城？」

「媽，**懶惰**不是什麼末期絕症，「**死亡之城**」那種鬼話就省省吧。我帶了一些花給妳。」

「噢噢！大金主！」

「強怎麼不在？」

「強去參加**葬禮**。我不怎麼想**去**，所以他把我傳送到**加州**，也就是這裡。」

「我剛去**女廁**吐了一輪。」

每次都一樣不舒服。前一秒還在**紐約**，下一秒，咻，到加州了！再見，我的**早餐**。

可憐的**寶貝**。

那，這場**葬禮**，是我**認識**的人嗎？

「**葬禮**？喔，不，那只是，呃，某個官方場合。」

「強**必須**出席。算是個禮節吧。他們還要他穿上**西裝**，煞有其事的……」

是艾迪·布雷克的葬禮嗎？

媽……

蘿莉，別把我當**小孩**！我**認得字**好嗎。我在**報紙**上讀到了，他被謀殺了。

「看來他終於拋出最後的**笑點**了，是吧？」

「可憐的艾迪。」

可憐的**艾迪**？媽，妳在**說**什麼？他幾乎把妳……

蘿莉，妳還**年輕**，不懂這種事。**過去**的事啊。

不管**發生什麼**事，都是四十**年**前了……

「都是陳年往事。」

1

43

喔?看來**達豪**集中營也是陳年往事。我就**永遠**不會原諒幹出那種事的人……

我是說,當你老了,會從不同的**角度**看事情。再**嚴重**的事都變得**微不足道**了。

「到頭來,終究得兩手一攤,隨他去了。」

喔,**是喔**。隨他去喔。

怎樣,妳是覺得我應該縮在牆角暗自**啜泣**整整四十年嗎?還是希望我出家當**修女**?

「人得活下去啊,親愛的。」

「生活要繼續下去。」

末日近了!

對了,今天天氣真好!你們……≶啊一咳≶

你跟**強**真該搬到這來,**天氣**多好啊。今天**紐約**有像這樣艷陽高照嗎?

「呃,嗯,是啊,差不多啦……」

嗯,好吧,那就好。≶啊一咳≶大量**陽光**就像**維他命**,有益健康。保持健康是**最重要**的。

別理那什麼時髦的紐約式生活……

忘憂園
安養中心

「我是說,要是沒了**健康**,你還能幹麼?」

到了**我**這年紀≶啊咳≶你就會想照顧身體了。所有老朋友都**過世**了,而且……

媽,**可以了**。妳沒有必要一直開**門**開**窗**。妳看,我把菸**熄掉**了,可以了嗎?

徹底熄滅了。

缺席故友

這下子，義勇兵團只剩我們三個了。我、荷利斯·梅森，還有可憐的拜倫·路易斯，關在緬因州的瘋人院。

真好笑……艾迪是我們之中最年輕的，還總是拿我們有多老來開玩笑。

「他說他會來為我們送葬。」

「妳看看，艾迪就是這樣，講話一副睥睨天下的樣子，好像死亡永遠輪不到他似的……」

EDWARD MORGAN BLAKE 1924-1985

他是笑匠

一直以為自己能笑到最後。

3

是嗎？強倒是跟我說過一些布雷克在**越南**幹的好事。聽起來他的**幽默感**可真異於常人。

哦！說到這個，讓我想起了……

妳還記得寫信給我的那**傢伙**嗎？他寄給我一個**紀念品**……

妳是說那個想要妳那套**舊戲服**的人？**說真的**，媽，妳這樣是在**鼓勵**那些傢伙……

這是什麼？

是一本《**提華納聖經**》……只有八頁的小本**色情漫畫**，三〇、四〇年代的產物……

他們專畫**報紙漫畫欄**裡的人物，像是**白朗黛**，甚至也有**真實人物**，例如**梅·蕙絲**。

而這本畫的是**我**。

是妳……？

噢，**老天**！媽，這太**下流**了！有人寄這東西給妳？

沒錯。聽我說，這些東西是**寶物**，跟**古董**一樣。至少值八十美元以上。我真有點**受寵若驚**。

受寵若驚……？

讓我想起人們曾經對我**垂涎三尺**？沒錯，當然是**受寵若驚**。有什麼**問題**？

蘿莉，我已經六十五歲了。每過一天，未來都**黯淡**一點。但往事就不一樣啦，即使是最汙穢不堪的……

……嗯，也只會隨著**時間**過的越久，越來越**明亮**。

好啦，各位，拍到好照片了！

我們能**動**了嗎？我終於可以抓抓腋下了？

哦嗚！我被閃到像**眼睛進沙**啦……

46

真的？讓我看看，也許我能幫妳吹出來……

噢，艾迪！少來了！

好的，夜梟先生，一共八張照片，一週就會弄好。

哇！拍照還真不簡單！蒙面判官，你覺得我的髮型拍出來會好看嗎？

說實話，莎莉，這種熱鬧場合不適合我。我寧可上街去幹正事。

街頭無聊斃了！山姆大叔怎還不把我們送到歐洲去大顯身手？

呃，首先，我們根本沒參戰。其次，我們應該避免介入政治問題……

也許波蘭人也是這樣想的，嗯？妳同意嗎，莎莉？

呃，波蘭人會怎麼想，我可是一無所知！

我呢，希望我們離得越遠越好。光是想到戰爭，就快嚇壞我了……

喂！注意你的翅膀！

拜託……這是在吵什麼？會議結束了！

各位，五分鐘後到大廳集合。我們回夜梟之巢喝杯啤酒吧。

好啊。你們先走，我換個衣服。

嗨

*註：wing在此有雙關意味，暗指政治立場（如左翼、右翼）。

大家都在等……

你這卑鄙的狗雜種……

喂，等等！是她自己想要的，她……

呃啊啊

你這變態畜生，我要打斷你的脖子……

呃呃呃

≶呼≶

≶喝≶

你就愛這種事對嗎？蛤？

越打越爽是吧……

滾。

喔，沒問題，沒問題我滾。不過，你跑不掉的，總有一天，輪到你變成笑柄……

快滾！

7

起來吧……

還有，老天，多穿點衣服。

媽，這超低級！

哦，甜心，粗暴一點。

哦，天啊寶貝快不行了！

天哪，我真的搞不懂妳怎麼能忍受這種羞辱。難道妳不在意人們怎麼看妳嗎？

媽？

嗯？

我是說，這些下流的形象不會讓妳反感嗎？說真的，母親，妳……

為什麼妳只有在生氣的時候才叫我「母親」？

再說，妳的形象有比較好嗎？我可沒有跟一顆氫彈上床……

強不是氫彈！

親愛的，兩者唯一的差別是，氫彈不需要三不五時跟女人上床。

TO SALLY JUPITER BEST WISHES Varga.

嗯哼。好吧，我懂了。

妳一定也知道自己這麼說很不公平吧？

是嗎？世事永遠都很艱難啊，親愛的，不管公平不公平，雨都是一樣在下……

……除了加州。

8

50

人為婦人所生，
生命苦短，
多有患難；

生長如花，
又被割下，
飛去如影，
不得片刻存留。

即便在
年華正盛
時，死亡
也常伴
左右。

除了祢，我們
還能向誰尋求
救贖，主啊，
儘管我們的罪
招來祢的
義怒。

首先，很高興有
這麼多人願意
前來赴會。

我很高興。

其次，有些人只知道
我是大都會隊長，
我的名字是
尼爾森·嘉納，
叫我尼爾森就可以。

第三，呃，我想
我該說一句，歡迎各位
參與首次舉辦的
犯罪剋星會議！

〉嗝呃〈

法國退出北約
軍事協定

⑨

為什麼要有「犯罪剋星」？

如各位所知，本國自從1949年義勇兵團解散後，就一直沒有蒙面英雄組織。

專責執法單位停滯不前，但罪犯可沒停下腳步。

社會上每天都出現新的惡行：濫交、毒品、校園顛覆行動，應有盡有！現在，集結眾人之力成立犯罪剋星，我們……

放屁。

蘇聯稱曼哈頓博士為「帝國主義者的武器

蛤？

我說，放屁。這種噱頭，什麼犯罪剋星的，臭氣沖天。

尼利，這是怎樣，年紀一大把了還想玩警察抓小偷？

不、不是的……

呃，別那麼快就否定這個想法。我跟羅夏已經展開合作，我們處理黑幫問題有不錯的成績……

確實，我同意……但這種規模的團隊似乎比較像公關秀。又大又笨重……

沒錯，但那只是組織方面的問題吧？只要找到適合的人能夠運作整個團隊，我想……

喔，我倒想知道那個人選會是誰？

你有想到嗎，法老？畢竟你是世界上最聰明的人，對吧？

就算不是天才也能看出美國有很多問題需要解決……

完全同意！但只有白痴才會以為那些問題小到你們這些家伙就能解決。

你們完全不知道這世界正在發生什麼事。

相信我。

10

我跟**其他人**一樣，都有充足的資訊。只要能適當處理，世上的問題，**沒有無法克服**的。

只需要用一點**智慧**。

而你正好**多得是**，對吧？

你們這些人根本是**笑話**。聽說魔洛克回到城裡了，心想「喔老天！我們**聯手幹爆他**吧！」

你們以為這有**意義**？以為這能**解決任何問題**嗎？

呃，這**當然**有意義，如果……

沒什麼**狗屁意義**。來，我讓你看看**為什麼沒意義**……

喂！你、你在幹麼？

什麼意義也沒有，因為三十年之內，**核彈**就會跟**金龜子**一樣滿天飛了……

我的**展示圖**……

PROMISCUITY

ANTI-WAR DEMOS

DRUGS

BACKUNREST

……然後呢，我們的**法老先生**就會成為**廢墟**中最聰明的人囉。不好意思，**我還有約**，先走一步。

報紙漫畫欄裡再會吧。

強，我想回家了，走吧。

聽我説，尼爾森，呃……看來這行不通，也許……

拜託！不要全**走光**了……

總得**有人**來做這事，你們**看**不出來嗎？

總得**有人**拯救**世界**……

……噢，全能的主，噢，神聖而慈悲的救主，莫將我們送往永恆之死地，承受苦痛折磨。

11

全知的主，祢深知我們心中的祕密；

莫將祢慈悲之耳闔上，請領聽我們的禱辭，赦免我們。至聖的主，噢，最全能的神，噢，神聖而慈悲的救主……

……永恆的審判者，我等臨終之際，請免除我們的苦……

……死亡的一切苦痛，都由祢主宰。

該死的**煙火**！

我還以為這國家已經受**夠**了要命的煙火。

12

54

我想越戰勝利之夜對他們來說一定很有意義。

呿。誰贏了戰爭只對北越佬有點意義，對越南平民而言根本沒差。不過對美國呢，意義超級重大……

我是說，要是我們輸了這場戰爭……不知道。我們會被逼瘋吧？我們這個國家。

但多虧有你，我們沒輸，對吧？

乾一杯吧。

聽起來不怎麼愉快。你是個怪人，布雷克。你對人生和戰爭的態度都很怪。

怪？

我說……一旦你看清世上一切都是個什麼樣的笑話，唯一合理的選擇就只剩下去當喜劇演員啦

燒成焦炭的村莊、身上掛著人耳項鍊的孩子……這些都算是笑話嗎？

嘿……我可沒說這些笑話很好笑！我只是配合演出……

哈！你看！

他來了。停火以來第一架進入西貢的媒體直升機。下次選舉肯定是他囊中之物了。

老子我呢，可要搭第一班直升機閃人啦！

你這麼急著走？

博士，你在開玩笑嗎？我恨死這地方了。我恨這裡的氣溫、氣味，我恨這廉價腐敗的波本威士忌。

只要第一班直升機起飛，老子就會消失得無影無蹤……

艾迪先生？

13

噢，**好極了**。噢，還真**謝謝**你，老天。來得還真是**時候**……

戰爭**結束**了，艾迪先生。

我必須跟你**談談**。

聽著，我們沒什麼好談的。我要**閃人**了！西貢，超爛，紐約，超棒，懂了吧？

你……就這樣……丟下一切走掉？

廢話。

但**我**、**我**可沒辦法丟下肚子裡的小孩。**我**不可能忘掉！

喔，還真**不幸**。因為**我**正打算這樣做……

忘掉**妳**，忘掉妳的垃圾國家，忘掉這一切。

我可不這麼想。

我想你一定會**記得**我和我的國家。

我想你會記得**一輩子**。

蛤？是怎樣……

GORD GIN

我的**臉**……

呃啊啊啊啊啊

妳幹什麼，**賤貨**！妳毀了我的臉，妳這**婊子**……

布雷克？

……又髒，又臭，又賤……

下三濫的……

布雷克，不要……

14

……開槍。

醫護員。

得去找個該死的**醫護員**。

噢嗚。這婊子……

布雷克，她**懷孕**了。你開槍殺了她。

對對對。沒錯。懷孕的**女人**。殺了她。砰。但你知道嗎？

你就在旁邊**看**著。

你原本可以把**槍**變成**蒸氣**，或把**子彈**變成**水銀**，或把酒瓶變成**雪花**！你原本可以把我們**任何一人**傳送到該死的**澳洲**……

……但你連根**手指**都沒動！

其實你**他媽根本**不在乎**人類**。我**看透**你了。

你也根本不在乎那個叫什麼的，**珍妮·史雷特**，在你**甩掉**她**之前**就已經是這樣。

要不了多久，你也會對**莎莉·朱比特**的女兒失去興趣。

博士，你跟現實越來越**脫節**。你慢慢變得**無法依靠**。

上帝啊，救救我們這些人。

……我們親愛的兄弟離世遠去，全能而慈愛的主將樂於擁他的靈魂入懷，因此我們將他的遺體歸於大地……

15

塵歸塵……

土歸土……

……一切
還諸天地。

請注意……
各位只需要把
街道讓出……

聽好，你們這幫渾帳東西，
最好快滾回自己的老鼠窩
去！這裡有催淚瓦斯，
有橡膠子彈……

16

沒有必要恐慌。警察罷工事件已經進入談判階段……

呃啊！

好啊，要我動手是吧。

你這隻豬！你說你是笑匠是嗎？你只是隻豬，還是個強暴犯！

我們不需要蒙面義警！我們要正常的警察！

我兒子是警官，你們這群變態！

……兩顆馬鈴薯、三顆馬鈴薯……

……四顆馬鈴薯。接招！

天啊，各位，抱歉。我們別無選擇。這很危險！請離開街道……

笑匠，真是場惡夢！整座城市都炸開了。我們還能撐多久？

哈！瞧瞧他們。

跑吧，蠢貨！

笑匠？我說……

我聽到你說的了。我在政府裡的朋友說，他們正在制定新的法案。

在完成之前，唯一能保護社會的只有我們了。該撐多久，就必須撐多久。

保護社會？

要對付誰？

17

他們自己啊！怎麼了？你是因為現在的對手沒穿上一身**蠢戲服**，就覺得**不自在**了嗎？

說到這個，羅夏跟其他人都死哪去了？

強和蘿莉在處理**華盛頓**的暴動。羅夏在**城鎮**另一頭，試圖掌控**下東城**的局勢。

他，呃，他這陣子幾乎都**單獨**行動……

羅夏是個**瘋子**。從三年前他處理那件**綁架案**開始就一直是個瘋子。

他、拜倫·**路易斯**、強·該死的人型氫彈·**奧斯特曼**……全都是瘋子。

就**你**不是？

不，我不是。我在維持事物的**平衡**，並試著看這世界**好笑**的一面……

扔掉罐子，小王八蛋！

哈！你看到了嗎？這兩個星期以來，到處都寫滿了這個！他們不喜歡我們，也不信任我們。

整個局勢……**糟透**了……

嗯，**我**倒是有點**喜歡**事情**歪掉**的感覺，你懂嗎？我喜歡大家把**事情全攤開**。

但國家正在**分崩離析**。美國到底**怎麼**了？美國**夢**哪裡去了？

美國夢成真了。

就是你現在**看到**的這樣。

現在，**來吧**……讓我們**把**這些小丑改造一番。

「……他要按著那能叫萬有歸服自己的大能，將我們這卑賤的身體改變形狀……」

……和他自己榮耀的身體相似。

18

「我聽見從天上有聲音說：你要寫下……」

「從今以後，在主裡面而死的人有福了！」聖靈也說：「是的，他們息了自己的勞苦。」

「上主憐憫我們。」

「基督憐憫我們。」

「上主憐憫我們。」

「我們在天上的父，願人都尊你的名為聖……」

「願你的國降臨，願你的旨意行在地上，如同行在天上。我們日用的飲食，今日賜給我們，饒恕我們的冒犯……」

「如同我們也饒恕冒犯我們的人……」

「不叫我們遇見試探……」

「救我們脫離凶惡。」

「阿們。」

噢，**天啊**，拜託……

拜託，這一定是**誤會**！你找**錯人**了……

不。

艾德加·威廉·雅各比，又名艾德加·威廉·范恩，又名威廉·艾德加·布萊特……

……又名魔洛克。

我……我不知道你在**說**什麼。我是個**商人**，退休商人……

啊啊啊啊！

說謊。再說一次就折斷手臂。我不是在開玩笑。

噢，天啊，拜託……我在**監獄**度過了整個七〇年代。我早就不是**魔洛克**了。我只想**一個人**安度晚年。你找我幹**什麼**？

聽說你參加了今天的葬禮。

為什麼？

葬禮？我……我不知道。我也不知道**為什麼**會去。

我只是覺得**應該**去一趟。自從**笑匠**來找我之後，我就一直在**思索**他的事，然後……

噢嗚！喔，老天！我又說錯什麼？

怎麼知道的？

你怎麼知道艾德華·布雷克就是笑匠？

他自己**闖進**這裡**找**我！他喝**醉**了。沒戴**面具**。那傢伙不知道在**恐懼**什麼，哭個不停……

你們當了四十年的敵人。他為什麼要找你？

我不知道。我一**醒來**他就在**房間**裡了，醉醺醺的，口齒不清地**胡言亂語**……

我坐在床上，嚇得全身僵硬。他好像**瘋**了。我以為他要**殺**了我。

「這件事……大概在聽說他死訊的一週前吧。」

「我想那是他的最後一場**表演**。」

21

笑話。 全都是笑話。

我告訴你啊，剛開始的時候，那時我是個小鬼，在海岸邊教訓小混混，太簡單了。

世道險惡，你非得變得更險惡不可，對吧？

這套已經不管用了。

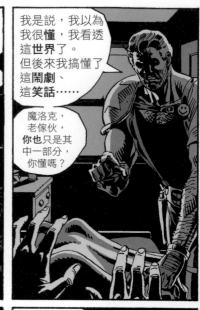

我是說，我以為我很懂，我看透這世界了。但後來我搞懂了這鬧劇、這笑話⋯⋯

魔洛克，老傢伙，你也只是其中一部分，你懂嗎？

我就當你懂了⋯⋯我看到名單上有你的名字，你跟珍妮·史雷特都在上面。但要是我發現這事你也參了一腳⋯⋯

我會宰了你。聽到沒？

宰了你。

你曾經跟那個巨大的藍色怪胎打過！你知道那顆腦袋怎麼回事！

說真的，要是誰惹火了他，天曉得他會幹出什麼事⋯⋯

他可能會⋯⋯他可能就⋯⋯

不。不想了。我不要想這種事了。

你這地方難道連瓶酒都沒有嗎？

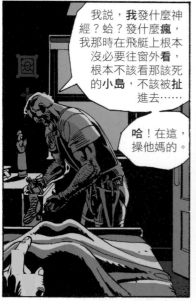

我說，我發什麼神經？蛤？發什麼瘋，我那時在飛艇上根本沒必要往窗外看，根本不該看那該死的小島，不該被扯進去⋯⋯

哈！在這，操他媽的。

咕嚕 咕嚕 咕嚕

呸 噁心。

一切都太噁了。

22

幹，這什麼爛**笑話**，我才是**笑匠**吧？

天啊，真不**相信**。我不相信有任何人會**幹**下那種事……

我無法……

我就是無法相信……

喔嗚。

噢嗚。噢嗚嗚嘩。

噢，上帝啊，**瞧瞧我**。我居然在**哭**。你不**知道**。你不知道**發生**了什麼事。

在那島上，有**作家**、**科學家**、**藝術家**，他們都**幹**了些什麼……

我是說，我做了不少壞事。**我對女人**很惡劣。

我**槍殺小孩**！我在**越南**殺過小孩……

但我從來沒做出那種事，那種……

噢，媽媽。噢，**原諒我**。

原諒我，原諒我，原諒我……

哪裡**好笑**？到底他媽的哪裡**好笑**？

我就是搞不懂**笑點**。誰來**解釋**給我聽……

誰來**解釋**給我聽。

……然後他就**走了**。

我不知道。

我不知道這是在**搞什麼**……

23

65

哼。

故事很有趣。

難以置信。

也許是真的。

你、你是說……就這樣？沒事了？

沒事？

你？

在你回來之前，我搜過你的房子。我想你一定不會介意。結果搜到非法藥物。

非法……？我沒嗑藥啊！你是要栽臟我……

苦杏仁苷。禁藥。杏核中提煉的。三年前就禁用了。

非法藥物。

噢，拜託……你認真的？沒錯，我聽說這東西可能無效，但你走投無路時，什麼東西都願意試。求你不要拿走。

我得了癌症。

癌症？哪種癌症？

呵。

你知道有些癌症最後會痊癒嗎？

有。

喔，我得的不是那種。

哼。

好吧。我記下了公司名稱。以後再去檢舉。

暫時放過你了。

我會再來看你。

別惹麻煩。

24

羅夏日記。1985年10月16日：

42街：所有看板和廣告上，滿滿的女人胸部，汙染著人行道。

瑞典情人和法國情人任君挑選……

……唯獨沒有美國情人。

美國情人；就像綠色瓶子的可樂……

已經停產了。

我一邊思索魔洛克的故事，一邊走向墓園。

也許全是謊言。也許全是復仇陰謀的一部分。他在獄中策劃了十年。

真是如此，那又如何？意味不明地提到了一座小島。還提到了曼哈頓博士。難道他也身陷險境？未解之謎還很多。

沒關係。答案很快就會出現。沒有什麼是無法解答的。

沒有什麼是完全沒有希望的。

只要生命仍在。

25

註：Enola Gay and the Little Boys：「小男孩」是投放廣島的原子彈名稱，Enola Gay則是投彈的轟炸機名稱。

墓園中，白色十字架一排一排，巨大計分板上整整齊齊的粉筆標記。

靜靜地獻上最後的敬意，不慌不忙。

艾德華·摩根·布雷克。1924年生。當了四十五年的笑匠，死於1985年，在雨中安葬。

那就是我們的下場嗎？一輩子紛擾不斷，無暇與朋友相聚……

……幕落時只有敵人獻上玫瑰。

狂暴的人生，也將狂暴而終。美鈔人、剪影美人、大都會隊長……我們都不會躺在床上壽終正寢。

沒那種命。

也許，是我們人格中的某種要素所致？某種動物性的衝動，渴求作戰與爭鬥，才造就了現在的我們？

都不重要了。必須做的，我們終究會做。

其他人呢，縱情聲色，沉迷享樂，就像一群拚命把頭鑽進母豬身子底下尋求庇護的小豬崽……

……但庇護並不存在……

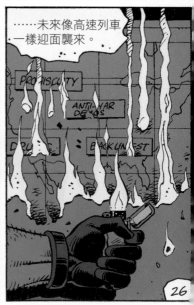

……未來像高速列車一樣迎面襲來。

布雷克懂。他把一切當成笑話，但他懂。他看見了社會的裂縫，他看見戴著面具的渺小之人試圖亡羊補牢。

他看穿了二十世紀的真面目，而他選擇讓自己反映、諧仿這樣的面目。

但沒人搞懂這個笑話。所以他這麼寂寞。

我聽過一個笑話：

某人去看醫生。他說自己很憂鬱。感覺生命殘酷無情。

他覺得在這充滿危險的世界裡，孤立無援，舉目所見，只有迷惑與不安。

醫生說：「處方很簡單。偉大的小丑帕格里亞齊今晚會在城裡演出。去看表演吧，那會讓你振作起來。

那人突然大哭。

他說：「但是，醫生……

「……我就是帕格里亞齊。」

27

69

多棒的
笑話。

大家都笑了。

鼓聲響起。

幕落。

破曉時分
我從沉睡中甦醒
縱然我心。
疼痛不已。
我該舉杯致意的
是我缺席的故友
而不是那些
喜劇演員。

——艾維斯·
卡斯提洛

《面罩之下》

此處摘錄《面罩之下》部分內容。接下來的章節，荷利斯·梅森談到了「義勇兵團」成立的來龍去脈。轉載已獲得作者授權。

三、

從我在內心深處決定要親身扮演蒙面英雄開始，到我首次潛入黑夜，臉上戴著面具，裸露的腿在風中奔跑，中間大約相隔了三個月。三個月的自我懷疑與自我嘲弄。三個月的警局健身房特訓。三個月摸索著該如何為自己弄出一套服裝。

服裝的部分很難搞，因為我得先想出名號，否則就無法進行設計。我被這事卡了好幾個星期，因為我腦袋裡浮現的每個名字聽起來都很蠢。我希望這個名字能像「蒙面判官」一樣充滿戲劇張力，令人熱血沸騰。

結果，是我在警局共事的同仁不經意給了我靈感。他三番兩次邀請我下班後去喝一杯，我都婉拒了，因為我想盡可能利用晚上的所有時間在警局健身房健身。結束後我通常會在九點就寢，睡到隔天早上五點。起床後再花幾個鐘頭運動，再戴上徽章、穿好制服，準備迎擒一天的工作。某次他又邀我去喝杯啤酒放鬆一下，我又以早睡為由拒絕了，他終於放棄了，帶著諷刺意味開始叫我「夜梟」，直到後來他找到其他人陪他喝酒為止。

「夜梟」。我喜歡。現在我只需要設計出服裝就成了。

蒙面英雄的服裝是沒什麼人認真研究過的事情之一。該有披肩嗎？該厚一點、帶有裝甲以抵抗傷害，還是強化彈性與輕量化以提升靈活度？該選用哪種面具？色彩鮮明的面具，會不會比暗色面具更容易成為匪徒目標？這所有要素都必須要仔細考量。

最後，我採用堅韌的皮革短甲、輕量鎖子甲短褲，再以覆蓋皮革的鎖甲保護腦袋。這樣選擇的設計是盡可能讓手腳靈活伸展，同時以保護軀幹與頭部為重點。我試過斗篷，因為我還記得魅影奇俠運用他的斗篷誤導敵人，讓他們的子彈全都射向那一大團漩渦狀的黑影，而非他的身體。但實際上，我發現這東西礙手礙腳。我老是被斗篷絆倒，或是勾到東西，所以我放棄了，全心全心以輕便靈活為宗旨來設計服裝。

有了護甲和收束頭髮的皮革頭盔，必要的配備其實就只剩一副小小的化裝舞會面具，用來隱藏身分。但這個環節也冒出許多一開始想像不到的問題。我的第一副面具只是用一條細繩直接綁在臉上，後果可慘了，害我差點丟掉小命。我第一次全副武裝出擊，有個持刀的醉漢用手指勾住了面具的眼眶往下扯，讓我只剩一隻眼睛能看到外面。要是我體格弱一點、警覺性低一點，或是他沒有那麼醉，我的職業生涯很可能那時候就完蛋了。在那情況下，我只能完全扯掉面具再制服他，相信酒精的力量，會讓他無法清楚想起我的臉。後來我就放棄了細繩，改用特效黏膠把面具黏在臉上，就像演員黏假鬍子那樣。

1939年初的幾個月，我開始扮演夜梟。雖然最初幾次出擊大多平淡無奇，仍然引起大量媒體關注，那只是因為在1939年，奇裝異服出門保護鄰里成了某種流行熱潮，整個美國至少有一小段時間都對此現象的發展充滿興趣。在我登場一個月後，一名自稱「剪影美人」的年輕女性登上頭條新聞，她揭發了一家不良出版商非法交易兒童色情刊物的惡行，且在行動中痛毆了該公司的業主以及兩名主要攝影師。事件過後不久，康乃狄克州的新聞開始報導一名穿著像飛蛾，能在天際滑翔的男子；此外，城市濱海區域也出現一名身著鮮黃色連身工作服的年輕男

子，清掃該地區的地痞流氓，行事風格特別殘忍粗暴，以「笑匠」為名行走江湖。從蒙面判官粉墨登場，進入大眾視野算起，十二個月之內至少就多了七名蒙面義警在美國西岸與周邊地區活動。

大都會隊長，他運用軍事技術與策略，嘗試根除都會區內部的組織性犯罪，至今仍活躍。

靈絲，目前已退休，婚姻失敗後和女兒住在一起。回想起來，她可能是我們之中第一個意識到扮演蒙面英雄可能具有商業價值的人。靈絲主要運用她打擊罪犯的名聲，登上報紙頭版，提升知名度，以拉抬她生財的模特兒事業。不過，我覺得我們這些認識她的人，多多少少都喜歡她吧，肯定不會妒恨她的謀生之道。何況，就我看來，我們連自己的行為動機都很茫然，哪有那個閒工夫指著別人說三道四。

美鈔人，原本是堪薩斯州的大學運動明星。其實他是一家大型全國性銀行內部雇用的超級英雄，這家銀行發現，他們可以利用蒙面英雄潮流，對外誇耀他們有自己專屬的英雄保護客戶的財產，塑造極具魅力的公眾形象。美鈔人是我見過最溫暖親切，也最坦誠直率的人之一，每當我想到他英年早逝的悲劇，至今仍會心痛不已。當時有匪徒搶劫他雇主的銀行，他試圖出手阻止，斗篷卻捲進了銀行的旋轉門，還來不及脫身，就遭到近距離槍擊。銀行雇用的設計師在設計這套服裝時，只顧著強化公眾魅力。要是美鈔人自己來設計服裝，或許就不會加上那該死的蠢斗篷，安然活到今天。

天蛾人、剪影美人和笑匠，還有我，我們都選擇穿上花俏的歌劇風裝扮，使用簡單、幼稚的說法來表達善惡觀，在此同時，另一頭的歐洲，卻有人正把人類拿去做成肥皂和燈罩。我們有時受到尊敬，有時被人分析，多數時候遭受冷嘲熱諷，儘管深思了那麼多，我仍然不覺得至今還活下來的我們，真的有更瞭解自己為什麼會去幹這些事。我們之中有些是受人雇用，有些是想紅。有些是出於某種孩子氣的興奮感，而有些呢，照我的看法，反而是為了某種更加成人、或許不太健康的快感。有人叫我們法西斯分子，也有人叫我們變態佬，兩種指控其實都有一些真實性，但兩者卻都不足以涵蓋我們完整的樣貌。

是的，我們之中有些人的政治立場很極端。在珍珠港事件之前，我聽說蒙面判官公開表示贊同希特勒的第三帝國的行動；大都會隊長針對黑人與拉丁裔美國人發表的一些公開言論，被視為具有種族偏見和煽動性。這些指控都無從爭辯，也難以否認。

是的，我猜我們之中某些人有自己的性焦慮問題。大家都知道剪影美人最後變成怎樣，雖然在本書中再覆述一次與她的死相關的各種事件恐怕太沒品了，但這正好是某些人眼中的鐵證：奇裝異服本身就會讓人想到情色。

是的，我們之中有些人精神不穩定。開始寫這本書的前一週，我才收到一項消息說，隱藏在天蛾人面具和雙翅背後的那名男子（他的真實身分我無權透露），長時間酒精中毒，加上徹底精神崩潰，已經關進了精神病院。

是的，我們是瘋子，我們是變態、我們是納粹，人們怎麼說都對。但我們也是在為我們信仰的事奮鬥。我們試圖付出一己之力，讓我們的國家更安全，更適於人居。單打獨鬥的時候，我們在自己的崗位奮鬥，對各自的社區都貢獻卓著，這是不可能用「異常」兩個字一筆勾銷的，無論是在社會層面、性的層面或是心理層面。

然而，等到我們終於齊聚一堂，麻煩就來了。有時我會想，要是沒有義勇兵團，也許我們老早就都金盆洗手了。蒙面英雄可能就這樣銷聲匿跡。

那麼整個世界或許不至於淪落到今日的一團混亂

四、

　　義勇兵團最初集結的契機沒什麼神祕的。大都會隊長寫信給莎莉·朱比特的經紀人，提議大家或許可以見個面，組成蒙面英雄集團，彼此分享打擊犯罪的資源與經驗。大都會隊長在打擊犯罪方面一直都是善用策略的類型，不難瞭解他為什麼會想到這種點子，雖然當時我頗訝異他會設法聯絡莎莉。他這個人親切有禮又內向寡言，莎莉那種無酒不歡、口無遮攔的作風與大膽的穿著打扮，肯定嚇得他目瞪口呆。後來，我才想到，那只是因為莎莉是唯一一位懂得未雨綢繆的蒙面義警，她有自己的經紀人，電話簿上就找得到聯絡地址。

　　莎莉的經紀人（很久以後，成了她的丈夫）勞倫斯·謝克斯奈德是個極度精明的人物。他意識到，如果沒有偶爾來點新奇的花招，重新喚起大眾的興趣，長久下去，這股緊身衣英雄的潮流終究會衰退，他的寶貝莎莉在媒體上以靈絲身分曝光的機會也將日漸減少，最後完全消失。於是，1939的年中，謝克斯奈德提議在《公報》刊登大型廣告，邀請其他神祕英雄前來相聚。

　　接下來的幾個星期，我們一個一個都赴約了。我們認識了莎莉、大都會隊長，認識了其他人，以及勞倫斯·謝克斯奈德。他做事條理分明，非常專業，雖然才三十五、六歲，當時卻讓我們感覺十分成熟穩重，值得尊敬。很有可能，那只是因為他是屋子裡唯一沒把四角內褲穿在長褲外面的人。1939年秋天，他已打理好所有公關事宜，義勇兵團終於誕生。

　　但其實最神秘的部分，是這個團隊竟然可以維持下去。

　　會穿上這身戲服的人，性格都很極端，而要讓八個這類性格的人聚在一起還相安無事的機率，大概只有九千九百九十九萬分之一。當然，意思並不是我們這些人合不來。莎莉很快就跟蒙面判官打成一片，他是我見過最高大的人之一。我始終不知道他的真名，但我敢打賭，早期那些新聞報導，拿他跟一名摔角手比對，應該是八九不離十。奇怪的是，儘管莎莉老是挽著他的手臂，看起來他卻始終對她不太感興趣。我想我應該沒看過他吻她，但也許只是因為他戴著面具。不管怎樣，1939年首屆義勇兵團聖誕派對之後，他們就開始約會，應該算是吧。就我記憶所及，那次派對是我們和樂融融的最後時光。在那之後，一切就開始走下坡。就像蘋果生了蟲，從裡向外，一點一點蛀蝕。

　　最嚴重的部分，就是笑匠。我知道他至今仍然活躍著，也在某些地區頗具聲望，但我只能就我所知來談，這個人就是我們這

首屆義勇兵團聖誕派對，1939年
（由左至右）剪影美人、靈絲、笑匠、蒙面判官、
大都會隊長（鏡中）、夜梟、天蛾人、美鈔人

一行的汙點。1940年，一場會議結束後，他在義勇兵團紀念品陳列室試圖性侵莎莉・朱比特。不久後，大家達成共識，笑匠退出團隊，對外則低調處理。謝克斯奈德勸莎莉不要對笑匠提出訴訟，以維護團隊形象，她接受了。笑匠安然無恙，繼續恣意妄為……不過大約一年後，在一樁與此無關的事件中，他被捅成重傷。這次教訓讓他決定換掉原本那套脆弱的黃色服裝，穿上了現在的皮甲。他依舊活躍，還在太平洋戰爭中，為自己贏得了戰爭英雄的美名，但我始終記得的，卻只有莎莉・朱比特肋骨附近的瘀青。我向上帝祈禱，希望美國能有個更像樣的英雄。

笑匠在南太平洋，1942年，擷取自新聞畫面

在此之後，情況日益惡化。1946年，報刊揭露剪影美人與另一名女子同居，她們是同性戀。謝克斯奈德勸我們把她踢出團隊，結果六週之後，她與她的情人就遭到宿敵謀殺。美鈔人也被槍殺了，然後在1947年，義勇兵團最大挫折來了：莎莉不再打擊犯罪，嫁給了她的經紀人。我們一直期待她重出江湖，但1949年她生了女兒，至此木已成舟。最後，連我們剩下的幾個人也不再上街奮戰了。這事已經沒意思了。跟我們敵對的惡棍，不是已經關在監獄，就是轉向比較不起眼的活動。比如魔洛克吧，他十七歲出道，在舞台上表演魔術，後來建立起自己的夜總會帝國，搭起了地下社會的關係網，他本人則藉此進化成一名才華洋溢，手法炫麗的犯罪大師。就連他也在四〇年代末期，轉向了毒品、金融詐騙和色情俱樂部等平淡無奇的勾當。終於，只剩下我、天蛾人、蒙面判官和大都會隊長了，會議廳聞起來像是男子更衣室，團隊裡沒半個女人。沒剩什麼有意思的對手值得一戰，也沒什麼精彩話題值得一談。1949年，我們洗手不幹了。但話說回來，我們畢竟在外奔波了那麼多年，多多少少也激勵了那些有意追隨我們腳步的年輕人吧，願上帝幫助他們。

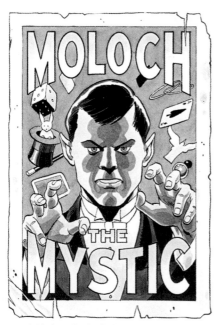

魔洛克早期宣傳海報，1937年；

義勇兵團解散了，但這沒多大意義。傷害已經造成了。

反正，不管有沒有**用**，

最後答案就是這樣。

從惡夢中脫身後，我發現自己流落到一片陰鬱的海灘。到處是屍體、人頭，以及屍體的碎片。

聽好，**全世界**每份報紙頭版我都看過了。我**什麼都知道**！**逃不出我的法眼**。

水手長雷利就躺在不遠處，鳥群在啄食他的思想和記憶。

舉個例子……**災難**越多，我的**報紙**就賣越好！這你怎麼**解釋**？

讀者啊，這樣說或許你會感到安慰：在地獄裡，至少海鷗豐衣足食。

所以說，這世上的每件事都有關聯，書報攤的小販都**懂**這個道理。我們不會逃避**現實**。

至於我，我乞求牠們取走我的雙眼，讓我不必看到更多的恐怖。

但牠們對我毫無興趣。我站在碎浪裡啜泣，此刻的處境讓我無法承受。

我們身上扛著整個世界的重量，但我們會**放棄**嗎？**不**！我們就像阿特拉斯神，我們**扛**得住！

我們會**生存**下去！

就像今天下午：《新星快報》壓著**頭版**不發，所以要到**晚上**才會**送來**！這可是**大災難**！

終於，眼淚流乾了。我的不幸不算什麼，畢竟，我還活著……

……但我應付得了！

賣報的一向能應付得了！我們**堅不可摧**！我們在災難中**欣欣向榮**！我們……

……而且我知道生命中再也不會有更糟的消息了。

噢，你好啊，先生。

你好。

東西到了嗎？

*譯註：Atlas，希臘神話中以雙肩撐住蒼天之神

78

啊？

哦！你要的《新拓荒者》！那還用說，有。我每天都會幫你留一份，不是嗎？

末日還好嗎，還有要來嗎？

今天就會來，我看到了預兆。《國家審視者》報導，皇后區生了一隻雙頭貓。

絕對是今天。

你會幫我留明天的報紙吧？

呃……當然，當然，我會留。小事一椿。

祝你今天愉快。

你不會忘記吧？

噗

腦海突然閃過一段記憶，我在大風暴中緊緊抓著某人。那人正是倒在我腳邊的船首雕像，海草蒙住她的雙眼。在那屍橫遍野的海岸，她獨自微笑

我試著解開纏住她眼睛的大型海草，後來想想，放著也好，我不希望她受到這慘不忍睹的潮線上駭人的景象折磨。

這是我僅能為她做的。儘管她承載著我穿越血海，儘管在風暴的中心，她冰冷、木造的乳房，是我唯一的滋養。

她潮濕的懷抱使我不致漂離過遠，但我能回報她的，只有這小小的慰藉……

3

我給她的愛，遠不及她給我的。

姆嗯嗯。強？你的**電視專訪**在什麼時候？今晚嗎？時間快到了？

還沒。我們還有很多時間。

ξ噗ξ

太好了。欸，你的手指，舔起來像是**手電筒電池**。感覺有各種……

呃……

啊啊啊啊啊啊

天啊！天啊，太**恐怖**了！住手！

蘿莉？別生氣。

強，快消掉分身！

我以為這樣妳會**舒服**。我只是想取悅妳……

我……我知道。**抱歉**。我反應過度了。

我只是**嚇**了一跳，就這樣。

沒事，我抽根**菸**就行了。我沒事。

抱歉。我已經不知道該怎麼讓妳**興奮**了。

強，好了，**沒事**的。別想了。我很**好**，真的。這沒……

4

80

……關係。

嗯，妳確定沒事的話……

也許我該準備一下訪談。

蘿莉？

蘿莉？妳還好嗎？

我還好嗎？

蘿莉，請妳理解……

強，你這混蛋在這工作多久了？

瞭解個屁！你一邊跟我上床一邊還在這裡工作？

蘿莉，我的工作正進行到重要階段！似乎沒有必要……

閉嘴！我恨你！

天啊，強，你怎麼可以這樣？

蘿莉，談一談好嗎？

我要走了。我穿個衣服就要走了。

如果妳覺得我的態度有問題，我很願意討論。

蘿莉？

「我記得，當年他想阻止甘迺迪暗殺事件卻失敗，不久後我們吵了一架。我說：『強，世界上該死的一切如何運作你都瞭若指掌，但你不瞭解人性！』」

5

他無法跟我建立**連結**。情感上的連結。更別提性愛方面的。

不到三年，他就為了某個**內衣外穿**到處跑的十六歲丫頭**甩**了我。

「有一天，他會知道。他會知道那是什麼滋味。」

「我懂了。那麼，**史雷特**女士，妳在瞭解自己的**處境**之後，有什麼感覺？」

痛苦。痛苦得**要命**。我開始**抽菸**……一天三包！因為我發現：「有何不可？」

我的意思是，我再也不抱有**幻想**了……

「沒人會**想念**我的！我掛掉以後，根本沒人會想念**我**。我很**清楚**。」

「尤其是他。」

懂了吧，他什麼也不**在乎**！他根本不會變老！這就是……

╛啊-咳╘
不好意思……

這就是為什麼我要把這些**說出來**。我要全世界都看清他這個人，知道他對我做了什麼好事……

「**守口如瓶**這麼**多年**，但最近發生了那件事，我必須全部**說清楚**……

╛啊-咳╘

「不好意思。」

咳 咳
曾經他對我來說那麼重要……曾經他說過多少次愛我……

呃-咳-咳-咳
噢，抱歉……

沒關係，史雷特女士

「……需要的話，我們可以在這裡結束。」

Where is the essence that was so divine?

Nostalgia by VEIDT

TREASURE ISLAND

酷
酷-咳
酷-酷

啊咳

嗯，史雷特女士，今天感謝您協助《新星快報》，提供我們這麼豐富的資料。今晚刊物上市後，一定能讓您寬慰許多……

「不，沒用的。啊咳
在他那樣對待我之後，什麼也沒用了。有些東西碎了，就再也補不回來了……」

……但我很高興你們來找我，也很高興今晚的節目播出後，所有人都會知道他的所做所為。

哦，老天，真是如釋重負……

「光是能跟人聊聊，就如釋重負。」

蘿莉？

⑦

*Gordian Knot：戈迪安繩結，與第四章結尾的諾度斯戈迪山源自同一神話。比喻必須以非常規方法才能解決的難題。

嗯，好吧，我也不知道……也許沒那麼嚴重，就只是吵架……

你以為這是第一次嗎？

丹，你無法想像跟這個人生活是什麼樣子……

「他注視東西的樣子，好像他根本不記得那是什麼，也不怎麼在乎……」

「這個世界，現實世界，對他來說，就像穿過一團霧，而所有人都只是影子……」

只是霧中的影子。

「像今晚這樣，你知道嗎？經過二十年，我終於離開了，你猜他現在會幹麼？痛苦萬分？情緒激動？」

「我打賭，他不是在為電視專訪挑衣服，就是在觀察夸克被超膠子黏住。也許兩件事同時做。」

那，妳有地方去嗎？今晚有地方可以住？

嗯，我應該會灑錢找個地方過夜，把事情好好想清楚。也許是飯店或什麼地方……

「反正找個正常的地方。」

哈哼

丹，很抱歉。我太歇斯底里了，突然這樣跑來。你好像要出門對嗎？看你都穿好衣服了。

其實我希望妳常來坐坐。今晚出門，我只是要拜訪荷利斯……

「……他不會在乎其他人怎麼穿的。」

趁熱喝吧。

我會照看妳的。

9

*Here's looking at you, kid.：《北非諜影》對白，後來成為敬酒用語。

85

是啊，照看**我**。

你知道嗎？**有時候我看著自己**，越看越**困惑**……

「有時候我看著自己，心想：『為什麼一切會亂成一團？』」

無論如何，你不會想被扯進那些爛事中。

好了……我耽誤你去找**荷利斯**的時間了。**大衣**披上，我跟你一起走過去。

不把**咖啡**喝了嗎？

「不，抱歉……太苦了。」

「總之，我寧可隨便到什麼地方，也比坐在這裡**自怨自艾**好。」

嗯，好啊，妳**確定**不想坐這再**聊會兒**嗎？**荷利斯**不會介意我**晚**點到的……

丹，已經快六點十五分了，你**知道**紐約週六晚上的交通……

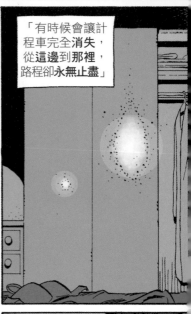

「有時候會讓計程車完全**消失**，從**這**邊到那裡，路程卻**永無止盡**」

好的，大功**告成**。跟銅牆鐵壁一樣安全。不過到底**怎麼回事**？有人**搶劫**？

呃，不。不不……是一位**朋友**。我不**知道**他要來……

哈！我也有這種哥兒們，老是**醉醺醺地**出現……

「每次都出乎**意料**！」

女士，我不小心聽到你們**對話**，那個計程車啊，要不要打給我**兄弟**的公司叫車？公司叫**普羅米修斯**。總比走路好，這一帶治安很糟啊。

沒關係。

剛好我心情也**很糟**。

⑩

若提到**日內瓦談判**，官方立場是，只要蘇聯繼續堅持在議程內討論你，談判就不能繼續下去

噓！節目開始了

各位女士先生們，節目準備**開始**了……

「……相信**我**，我們今晚為你們準備了非常**特別**的節目。」

這是他有始以來第一次參加現場問答節目，讓我們先以**熱烈掌聲**歡迎曼哈頓博士本人，強納森・奧斯特曼博士

強，希望你不介意我這麼**問**你……

「……最近可**好**，博士？」

「哈哈哈哈哈哈哈哈！」

「好」是個**相對性**的概念。缺乏**本質上**的意義。

呃……沒錯！好的！我們直接進入問答環節吧。你……那邊那位……

博士，如果紅色陣營在阿富汗有動靜……

「……您會準備**開打**嗎？」

啪啪啪啪啪啪啪啪啪啪啪啪啪啪啪

/2

就我所知，阿富汗的局勢目前不需要我關注。

好的。現在，**那邊那位**，先生，沒錯，就是你，**請說**……

「試著盡量**展現活力**。」

奧斯特曼博士，我是道格‧羅斯，《新星快報》的撰稿人。

請問您記得**瓦利‧威佛**嗎？**六〇年代**初，報上都稱他是「**曼哈頓博士的搭檔**」。

他在1971年死於**癌症**。

EXIT

PRESS

EXIT

PRESS

「我想應該很**突然**也很**痛苦**。」

我記得瓦利，是我的好友。我參加了他的葬禮。

那艾德加‧W‧雅各比呢？另一個名字叫**魔洛克**。您遇過他**好幾次**，就在六〇年代你們的幾場**大戰**還是**對決**中……

真的？

「……總之就是你們**超級英雄**的那套。」

13

您知道雅各比也得了末期癌症嗎？

魔洛克……？不……不，我不知道。我不……

怎麼啦，博士？您不喜歡這幾個問題嗎？

「我是不是讓你覺得不怎麼愉快？」

我再問個問題吧：珍妮·史雷特女士在六〇年代與您是情侶，她現在受到肺癌折磨，您知道嗎？

醫生宣告她剩下六個月可活。

有發現任何關聯性嗎

「……從我的角度看來，答案相當明顯。」

珍妮……？但……沒人告訴我……

你，你是在暗示……？

夠了，到此為止！提問結束了！博士累了，很抱歉，民眾們……

「……節目到此結束。」

14

曼哈頓博士，你有多**常**……

我説了，讓我自己靜一靜。

呃……嗯……

該去找個**飯店**了。我快**累壞**了。經過那一場……噢，**天啊，我們**兩個欸，居然被**搶劫**！

你看……我都在**發抖**了。腎上腺素退去後，我**每次**都感覺很**怪**……

「有點空虛。」

等等，妳確定嗎？要不要一起去**荷利斯**那裡，先**喘口氣**再説？

不了。一天裡經歷這麼多超級英雄的事，已經**夠**了。

我要找家**飯店**，好好想想我的情感**關係**……

「……看看我能不能想到任何理由繼續**留下**。」

「呼，你知道嗎？現在感覺**好多**了，我終於把事情**説出來**了。謝謝你願意**聽**。」

總之，丹，你多**保重**。**世道**艱難啊。

是啊，**蘿莉**，妳**也**保重。

再見。

16

丹尼！你沒事吧？

你遲了，我以為你出了什麼意外！

不……不，我碰到一點小衝突……

不只是你。我剛在看曼哈頓博士上電視！他們簡直要把這可憐的傢伙釘上十字架……

強？呃……

什麼意思？

有個傢伙站起來指控博士害許多人罹癌，包括珍妮·史雷特。

博士看起來大受震撼，大喊讓他靜一靜。但攝影機這時候卻給他一個大特寫。

……下一刻，畫面就整個當掉，接著我們看到的就是停車場的影像了。

他把所有人都傳送到電視台大樓外面了，包括攝影機跟所有東西。

但……但我剛才跟蘿莉在一起。她不知道這事……

嗯，她很快就會知道了。節目是在黃金時段播出。

很快全世界都會知道。

重播片段

17

漫步～～ 漫步在月球～～

危險 隔離區

你在做什麼？

嘩啊！

抱、**抱歉**，**奧斯特曼**博士，我、我被您嚇到了。哈哈哈。遵、遵照上級的**命令**……我、我在漆這個警、**警告**標示……

在那集**節目**播出後，我們認為**最好還是遵循安全作業標準**……

安全作業標準。瞭解。

看來無論是現實還是感情，跟我一起生活都不安全。希望你能幫我轉告猶斯派契克和你的上級長官，我要離開了。

離開？

危險 隔離區

是的。應該會先去亞利桑那州，然後去火星。

火……？

噢嗚……哈！哈哈哈！博士，我還真信了！哈哈哈！嘿，說真的，你這人還滿……

……平易近人的……

靠夭。

中士？

中士，我有消息要通知您……

19

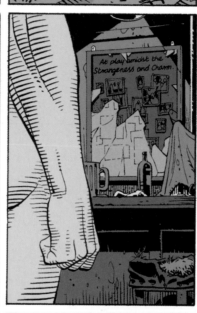

當晚，我在冰冷、遙遠的星辰之下，輾轉難眠。我思忖著那冰冷、遙遠的上帝，想著大衛鎮的命運就掌握在祂手中。

祂真的存在嗎？

還是祂曾經存在，但如今已離開？

21

朝陽爬上我身，我既沒想通什麼，憂慮也絲毫沒有緩解。沿著海灘，有好幾具沖上岸的屍體，已經脹滿屍氣，腫腫變形。

你看到**這個**了嗎？他不見了！《新拓荒者》說是**俄國佬**搞的鬼！

我開始動手埋葬那些濕黏的屍體，盡我所能，把那些破碎的肢體拼回去，在埋葬屍體的過程中，我也埋葬了家人生還的最後一點奢望。

我**說**，你知道**接下來**會是什麼嗎？

也給我一份《公報》。

沒問題。來，給你。我從**一開始**就認定這是**紅色**陣營放出來的謠言。我可是**賣報紙**的。

你呢？我看昨天**世界**沒有毀滅啊。

你確定嗎？

我開始用漂流木挖坑，必須深一點、廣一點。我從沒看過，也沒想像過這麼多死人的場面。

正午時分來臨，又消逝。黃昏時，坑挖得夠深了，我動手拖行那些冰冷、殘破而悽慘的東西，把他們送進我準備的被窩裡。

我邊拖屍體邊咒罵著。我希望妻子和女兒長眠之際，為她們蓋上被子的，會是一雙更溫柔的手。

我又哭了起來。上帝啊，誰來保護她們？

喂！你居然**又**回來了？你自己說，你是要看到什麼時候才打算付這本漫畫的錢？

她們就快遭到黑船襲擊。我不在，誰來照顧她們？

22

「……我們**所有人**全都有**大麻煩**了！」

嗯？

⚡嗯⚡

⚡哼-哼⚡

早安，丹尼爾。

我帶了週日的報紙給你。

笑匠被謀殺，曼哈頓博士自我流放……

一週之內，我們就少了兩個人。

下個是誰？偉特？猶斯派契克？我？

還是你？

順帶一提，你新裝的鎖，一撞就開了。換更牢靠一點的吧。

New York Gazette ** SUNDAY

曼哈頓博士離地球

新裝的鎖？

便宜貨。買把貴一點的吧。居家安全再小心都不為過。

尤其在這段期間。

這段期間，沒人是安全的。

下次再來看你。謝謝咖啡和麥片。

SUNDAY SECTIONS **New York Gazette**

曼哈頓博士離開地球

BENNY ANGER

24

你知道吧,**超級英雄退流行**了。現在是海盜的天下。

我精疲力盡,睡在墳土上,夢裡迴盪著恐怖又熟悉的孩童尖叫聲。我看到黑船逼近所有我心愛的人……

……但我無力阻攔。

下月待續。

回想1939年,蒙面英雄還沒在現實中出現之前,超級英雄漫畫可是**日正當中**。我想那種吸引力現在已經消磨得**差不多**了。

我記得有**超人、閃電俠**……

哦!晚報送來了……

喂,大叔,**這東西我不買**!耍我啊,故事根本沒**結局**!

饒了我行嗎?我要接貨了!

謝了,恰克。

才講到那艘**船**越來越近,即將**殺光**所有人,就**沒**了。什麼狗屁,我要回家了。

來看看這美好的週日夜晚世上**發生**了……

騙錢的**海盜**,哼,你留著吧。

噢,老天啊。

什麼?

噢……不必了,你……你拿**去**吧……

帽子也送你。聽好,回去陪你媽,好嗎?對她**好**一點……

我是說……我是說人人都得互相扶持,不是嗎?

這是我的原則……

呃……**沒錯**!嘿,謝謝你送我**東西**。我得走了,**保重**,老兄。

好,好,你**也**保重。

別擔心書錢。我的意思是,人生**苦短**……

FINAL | **New York Gazet**

蘇聯入侵阿富汗

這是我的**最終結論**。

25

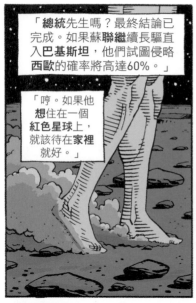

「**總統**先生嗎？最終結論已完成。如果蘇**聯繼**續長驅直入**巴基斯坦**，他們試圖侵略**西歐**的確率將高達60%。」

「哼。如果他想住在一個**紅色星球**上，就該待在**家裡**就好。」

那麼，將軍？**你覺得呢**？

我們在七天內就能備妥軍力，**先發制人**。我建議**速戰速決**。

我們有54%的機率能在他們一半的轟炸機升空前就**淨空**他們。

「我的意思是**完全淨空**。」

嗯。那**我方**的損失在可接受的範圍嗎？

請看這套模擬程式，如果我們擊倒了**東方集團**，但他們的核彈頭有**一部分**已經**發射**的情況……

「……整體戰況會是下面這樣。」

啊……有**結果**了。英國毀了、德國毀了……

嗯。好的，不算**最糟**的劇本。

那裡是不是有一些往我們**東岸**飛來？按照我們的**緊急**計畫，這時候我們該**去哪**？

26

「別的地方，亨利。」

「噢。波士頓……還有紐約……巴爾的摩……都完了。」

……華盛頓……

哇。還真是……

「……真是讓人喘不過氣。」

「對了，我得問問，你有估計過輻射塵飄移的範圍嗎？」

馬上顯示。按照預測的風向，墨西哥應該會最嚴重。我們或許還能搶救大部分農業地區……

所以要犧牲整個**東岸**嗎？我**不知道**……

「我一直暗自盼望，會是**其他人**來做這個重大**決定**。」

「這要三思而行。」

就像從前的**海戰**。很大程度上，是由變化莫測的**風勢**所左右。

風是**大自然**的力量。**完全公正**……

27

「毫不在意。」

各位，我想
我們先等待一個
星期，再決定
是否要
大動干戈……

「在那之後，人類的命運，
就掌握在權能遠高於
我的存在手裡了。」

「但願他站在我們這邊。」

審判全地的主，豈不行公義嗎？　　——《創世紀》第18章，25節

《面罩之下》

此處摘錄《面罩之下》部分內容。接下來的章節，荷利斯‧梅森談到1950年代的創傷，以及新一代超級英雄的堀起。轉載已獲得作者授權。

五、

義勇兵團以一場聖誕慶典為1940年代揭開新局，到了1950年代，同樣的盛況未能再現，或許這是好事。解散團隊後的十年間，冷冽悽涼，不光是我，對大多數蒙面英雄來說，都是如此。而且，這困境似乎將永無止境。

我想最糟的部分就是我們太晚意識到，自己始終只是短暫的風潮，就跟呼拉圈和吉魯巴舞廣告差不多，都只是用來填充報紙空白版面的材料罷了。在莎莉‧朱比特與經紀人結婚之後，這位經紀人在公關宣傳方面那種孜孜不倦又精明能幹的樣子，明顯消退殆盡。他已經瞭解到，變裝英雄的時代結束了（但我們渾然不覺），決定見好就收。後來，我們發現媒體越來越少報導我們的功績；如果有，也多半帶著嘲弄的口吻。我至

1947：莎莉與勞倫斯‧謝克斯奈德結婚。你認得出群眾裡有哪些知名的熟面孔嗎？

今仍記得五〇年代早期廣為流傳的許多蒙面義警笑話。像是暗諷我們之所以被稱為「義勇兵團」，是因為我們在床上只能撐幾分鐘？（譯註：義勇兵團原文為Minutemen），這還是其中最客氣的一則。此外更有一大堆關於莎莉‧朱比特的露骨黃色笑話。其中大部分還是我們上次見面時她自己告訴我，我才知道的。

莎莉在1949年生了個女兒，叫蘿瑞‧珍，她的婚姻似乎也是在那時候出了問題。這事在街談巷議中已經廣為人知，我想沒有什麼必要在此重述。只說一句也就夠了，這段婚姻在1956年結束，從那時起，莎莉一手拉拔女兒長大，她是個一流的母親，那女孩長成了聰明伶俐、朝氣蓬勃的年輕人，任何一位母親都會以這樣的女兒為榮。

那十年間的事，一言以蔽之，就是情勢開始越來越嚴峻。還記得那時候，我覺得世事真可笑，世道越糟，笑匠似乎混得越好。我們這群人裡頭，就只有他仍在報紙頭版出沒，偶爾還登上頭條新聞。他在軍隊中的功績給了他良好的政府人脈，他似乎常常被塑造成某種優秀愛國者的象徵。在那個麥卡錫主義高漲的年代，沒人對於笑匠在政治上的立場有一絲一毫的懷疑。

對我們其他人而言，就不是這麼回事了。我們每個人都必須在眾議院非美活動調查委員會面前宣示忠誠，而且被迫向委員會的一名代表揭露自己的身分。雖然這令人惱怒，但對我們之中大部分人來說，並沒帶來什麼切身的麻煩。大都會隊長有傑出的軍中資歷，我在警局服務，基本上，我們算是很快就洗清了嫌疑。天蛾人的情況可就沒那麼簡單，最大的問題是他在學生時期交的朋友中，有一些左翼人士。最終，他還是獲得清白了，但調查過程既漫長又殘酷。我猜想，當時他承受的壓力，免不了是他日後酗酒成癮的起因，繼而又導致他日後的精神異常。

只有蒙面判官拒絕宣示，因為他不打算向任何人公開自己真正的身分。壓力升高後，他

直接消失了⋯⋯至少，看起來消失了。對於蒙面英雄來説，消失不算什麼大問題，就只是卸下裝扮而已。感覺上是蒙面判官寧願退休也不願揭露身分，而有關當局對好像也對此十分滿意。

關於美國第一位蒙面英雄的失蹤，有件細節至今仍讓我耿耿於懷，這件事毫不起眼，甚至可能根本無關。消息來自《新拓荒者》的一篇報導，時間是在蒙面判官失蹤後大約一年。作者提到當時有位知名的馬戲團大力士也失蹤了，他名叫洛夫・穆勒，在參議院小組委員會聽證會的高峰期，他辭了工作。三個月後，一具嚴重腐爛的屍體被沖到波士頓海岸，撈起後初步認定其身分即是穆勒。有人朝穆勒的腦袋開了槍（姑且假定這具屍體確實屬於那位知名的舉重高手）。那篇文章推測，穆勒出身於東德家族，他逃亡的原因，是害怕身分曝光，因為當時正處於獵巫狂熱的高峰，共產主義分子是頭號公敵。此外，

（左）蒙面判官（右）洛夫・穆勒。
他們是同一人嗎？

文章內容也暗示，穆勒可能是遭到紅色政權的上級處決。

我一直思忖著這件事。穆勒消失與蒙面判官最後露面的時間點，幾乎完全一樣，而這兩個人的體格也十分吻合。無論那具被沖上波士頓海岸線的屍體是不是屬於穆勒，總之在此之後，再也沒人看過穆勒與蒙面判官，或聽説他們的消息。他們是同一人嗎？如果是，他真的死了嗎？如果死了，誰殺的？蒙面判官真的是共黨手下嗎？真實的人生是一團迷霧，混沌無常，很少有事情一清二楚，水落石出。我花了很長的時間，才理解這一點。

當時，變裝英雄面臨的重大問題之一，是缺乏旗鼓相當的變裝罪犯。我想我們之中沒人意識到自己有多需要他們，在這些壞蛋逐漸銷聲匿跡之前。想想，如果有一場自由參加的扮裝大賽，你大費周章到場後，才發現只有自己一個人，你會顯得很蠢。如果有反派加入，就好多了，總之沒了他們，場面就有點尷尬。其實變裝罪犯的人數從來就沒有英雄的人數多，但到了四〇年代末，這方面的差距就更加明顯了。

大多數罪犯在放棄扮裝的同時，也結束了他們的犯罪生涯，但其中有些人，只是換了一種更低調也更有利可圖的方式而已。新生代的惡棍，儘管名字常常取得花裡胡哨，外表卻多半是西裝革履的平常人，經營著毒品、賣淫等勾當。我當然不是説他們的危害不算什麼⋯⋯完全相反。我只是説，打擊這類罪犯，實在沒什麼意思。我在五〇年代偵破的所有案子，似乎都特別齷齪、陰鬱，往往還令人毛骨悚然。我也不知道該怎麼説⋯⋯就好像空氣中彌漫著一股荒涼刺

骨、惴惴不安的氣息。感覺像是某種生命中的基本元素，屬於所有人的基本元素，在我們沒能完全理解之前，就消失殆盡。那種感覺我不太可能說得清楚，除非你還記得我們在戰後體會到的那種令人顫抖的雀躍心情，或許我還能傳達幾分：當時，我們覺得自己撐過了二十世紀最黑暗的一頁，我們堅守陣地，站穩了腳步；我們覺得自己艱辛奮鬥，終於爭取到和平繁盛的新時代，而且將會一路幸福美滿，迎向2000年。這種樂觀態度貫穿了整個四〇年代到五〇年代早期，但到了五〇年代中期逐漸煙消雲散，某種不祥的氣氛開始蔓延。

什麼樣的氣氛？一部分是那些披頭族、爵士樂手，以及開口閉口都在公然譴責美國價值的詩人們；一部分是貓王和整批搖滾樂風潮的大爆發。難道我們為國家賣命打贏戰爭，只為了讓自己的女兒迷上那副德性、那種歌聲的年輕人，隨著他們尖叫、狂歡？就在我們以為終於將一切扳回正軌的時刻，社會的劇變突如其來，我們怎可能不懷著一種風雨欲來的不安度過整個1950年代？我們擔憂著無藥可救的災難即將撲天蓋地而來。有人認為會是戰爭，有人認為會是飛碟，但實際上向我們席捲而來的都不是這些，而是1960年代。

六〇年代，除了帶來迷你裙和披頭四，也為這世界帶來了一件凌駕一切、無與倫比的事物：曼哈頓博士。曼哈頓博士的到來，讓「蒙面英雄」、「變裝勇者」這些詞彙，變得跟當時扮演這些角色的人一樣成了廢棄物。一個新詞彙在美語中誕生了，一個嶄新而幾近駭人的概念闖入了我們的認知中。這，就是「超級英雄」的黎明時刻。

曼哈頓博士的存在，是1960年3月時公諸於世的。我認為世界上的任何一個人，在聽到這項消息時，都免不了經歷一場奇怪的混亂情緒。在這股奇異感受中，最主要的成分是無法置信。有一個存在體，可以飛簷走壁，可以不經任何路程就瞬間移動其他地方，可以動個念頭就徹底重組物質；絕對不可能有這樣的存在。另一方面，宣布這項消息的單位是我們的政府，要說他們純粹是胡亂編造了這項消息，也是同樣不太可能。在這兩種想法的衝突中，反而讓人逐漸變得容易接受那夢境一般、不太現實的首批新聞影片：一個藍色的男人，揮揮手就把一輛坦克融化；一堆拆解下來的步槍零件，在沒有任何人接觸到的情況下，詭異地飄浮在空中。一旦接受了這是現實，這些東西反而變得難以消化。如果你同意那飄浮的步槍零件畫面是真實的，那某種程度上表示，你也必須同意以往所知為真的一切，都有可能不是真的。我們大部分人在那幾年都必須學著跟這種奇特的焦慮感共處，事實上，那感覺至今仍在。

伴隨著這項消息而來的還有其他情緒，或許更加難以辨明及定位。那是某種興奮感……有點像是聖誕老人的真實性突然獲得證實。同時，這種感受卻又附加了一種惡劣又起伏不定的恐懼感與不確定感。雖然難以精確定義，但如果要我一言以蔽之，那就是：「我們被取代了。」我說的不只是我們這群沒有超能力的變裝英雄而已，你知道，雖然曼哈頓博士的出現，絕對強化了我那種遭到淘汰的心情，進而促使我最終決定完全退出英雄這一行。但你想想，他的存在使得蒙面義警完全過時了，那麼換個角度，整個地球上的所有生物，又有誰能例外？我們的社會恐怕還沒有完全理解曼哈頓博士的到來，確切而言意味著什麼；也尚未仔細想過，我們生命中的一切可能因此發生何等改變。

雖然曼哈頓博士目前是新生代變裝英雄中最耀眼的，但他不是第一個，也絕不是最後一個。1958年的最後幾個月，報紙上提到有一樁鴉片和海洛英的大型走私案，被一名叫法老王的年輕英雄破獲。這位英雄無人能敵的高超才智，似乎讓他的名聲在犯罪分子之間迅速竄起，更別說他還有一身傑出的武藝。

1960年6月，我在一場慈善活動中首次見到曼哈頓博士與法老王。法老王似乎是位不錯的

年輕人，而我個人覺得曼哈頓博士有點距離感，不過這可能主要是我的問題，因為只要站在那個人身邊我就渾身不自在，即便我已經習慣了他的軀體形象所帶來的震撼也沒什麼改善。那感覺真的很怪⋯⋯第一次見到他，你的腦袋會想尖叫，想燒了自己的保險絲，立刻自我關機，拒絕接受他的存在。這種感覺會持續好幾分鐘，而他依舊在那，沒有消失，最後你只好接受了，因為他真的站在那，正在跟你說話。再過一陣子，幾乎就習以為常了。

幾乎。

總之，在那場慈善活動中⋯⋯（印象中那是紅字會為救濟印度饑荒而辦）⋯⋯對我而言，很多事都清楚了。我環視在場的各個英雄，發現這景象實在令人不怎麼愉快：笑匠張狂地展露他蠻橫的性格，叼著那根可憎的雪茄，噴得周遭的人滿臉是煙；天蛾人手拿著酒杯，口齒不清地說著話，任憑每個句子的語尾消散無蹤；大都會隊長的肚腩開始凸了出來，儘管他嚴格執行加拿大空軍的體能訓練；最後，暫且不談兩位年輕英雄，看看我自己吧：四十六歲了，騙不了自己，眼前這些人彈個手指就能搬山移海，我居然還想打進他們的圈子。我想就是這個自我覺察的時刻讓我醒悟，那是我首度決定要把面具束之高閣，去找個正經工作。距離我從警局退休的日子已經不遠了，我開始盤算著，這段驚心動魄的冒險生涯已經夕陽西下，如今我還有什麼想做的事呢？回顧這一生，我試著找出我過得最快樂的時光都在幹什麼，我想以此為依據規劃未來的生活。

再三考慮之後，我有了結論，沒有什麼事比在莫・維農的修車廠幫我老爸搞定頑固的引擎更快樂的了。結束了打擊犯罪的生涯之後，對我來說，要是能在自己開的修車行敲敲打打，讓廢棄的車輛起死回生，以此度過下半輩子，那肯定是最令人心滿意足的甜美時光。

1962年5月，我付諸行動了。

我退休了。去修車。也許餘生都會在這修車吧。就我看來，英雄這一行是一門藝術，訣竅之一，就是要知道自己何時該收手，要能意識到時移勢易，條件大不相同了。這嶄新的萬神殿是奇人異士的舞台，沒必要為你留個位子。世界在前進，我坐在扶手椅上，手邊放一罐啤酒，指頭上還透著新鮮機油的味道，只要靜靜觀賞這一切，也就滿足了。

我的滿足感有一部分來自於，知道自己二十三年的面具生涯或許還是留下了一些整體性的影響。怎麼知道的呢？是一封信告訴我的。寄件人是位年輕人，他的名字我無權透露。信裡談到他對於夜梟的事蹟無比景仰，他提議，既然我退休了，也不再使用那個名字，或許他可以借用我的名字，因為他想要以我為榜樣，成為一名打擊犯罪的鬥士。後來我去他家拜訪，看到許多不得了的科技，他打算把這些運用在戰鬥中。我太佩服了，實在無從婉拒他使用我那個傻名字。這些文字印成書的時候，新任夜梟很有可能已經在巡視紐約街頭了。另外，莎莉・朱比特告訴我，小蘿莉希望長大後也能像媽媽一樣當個超級女英雄。誰知道呢？超級英雄原本似乎只是曇花一現的流行風潮，如今卻在美國生活中扎了根，開枝散葉。

無論是好是壞。

照片在我手中。

照片中有一男一女。他們在遊樂園裡，時間是1959年。

十二秒後，我把照片丟在我腳邊的沙地上，起身走開。照片已經掉在那裡了，就在十二秒後的未來。

現在還剩十秒。

照片在我手中。

二十七小時前，我在基拉・弗萊茨測試基地的一家廢棄酒吧找到這張照片。

照片還在那裡，在二十七小時前的過去，那家漆黑酒吧的相框裡。

我還在那裡，看著那張照片。

照片在我手中。女人用姆指和食指捏著一顆爆米花。摩天輪停在此刻。

現在剩七秒。

1985年10月，我在火星。1959年7月，我在新澤西州，帕里塞茲遊樂園。

現在剩四秒。

我厭倦了觀看這張照片。

我張開手指。照片掉在我腳邊的沙地上。

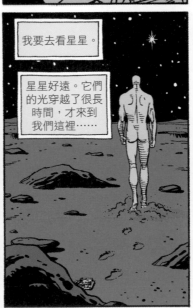

我要去看星星。

星星好遠。它們的光穿越了很長時間，才來到我們這裡……

我們看見的所有星星，其實都只是它們昔日影像。

我距離太陽兩億兩千七百萬公里。

太陽的光已經是十分鐘以前的東西了。再過兩小時，它才會抵達冥王星。

兩小時後的未來，我在一座玻璃陽台上觀看流星，想著我的父親。

十二秒之前的過去，我張開手指。照片滑落下去。

我在看星星。哈雷彗星沿著週期七十六年的巨大橢圓軌跡，穿越太陽系。

父親對星體運行的精確性讚嘆不已。他的工作是修理鐘表。

1945年，我坐在布魯克林的廚房，在黑色絨布上排列齒輪，排得入迷。我十六歲。

1985年，此刻我在火星，五十六歲。

那張照片掉在腳邊，從我指間滑落，拿在我手上。

我凝望繁星，讚嘆其錯綜複雜的軌跡，它穿越時間，穿越空間。

我想為那股推動天體運行的力量命名。

鐘表匠

那是1945年8月7日。布魯克林的上午空氣潮濕，消防逃生門開著。

強？你在哪？

在這。我趁著上學前的時間修你那支懷表。

別管懷表了！你看到新聞了嗎？

新聞？

他們在日本投下了原子彈！一整座城市！完全蒸發！

唉！這不是當鐘表匠的時代了……

這改變了一切！會有更多炸彈。這才是未來。

我兒子難道該跟隨我投入這種過時的行業嗎？

爸？你在幹什麼？

我是為你好。這個叫原子科學的東西……那才是這世界需要的！而不是什麼懷表！

喂！還我啊！

愛因斯坦教授說，時間在每個地方都不一樣。你能想像嗎？

如果時間並非真實存在，鐘表匠的存在還有什麼意義？

等等！不……

我這一行都是屬於過去的事；但我的兒子必須掌握未來。

爸，不要丟！

四十年前，布魯克林下起一陣齒輪雨。

一百一十五分鐘後的未來，流星群穿過火星稀薄的大氣層，如雨落下。

1948年，我來到普林斯頓大學。

1958年，我拿到原子物理博士學位畢業。

齒輪如雨落下……

3

1959年5月12日：我來到基拉‧弗萊茨的第一天。葛拉斯教授跟我握手，他請瓦利‧威佛帶我認識環境。

他嘴上叼著根土耳其香菸，濃厚的味道彌漫在狹窄的辦公室。

我三十歲……

我們聽說有個**普林斯頓**的新人要來，就是你吧？對了，**愛因斯坦**不就在普林斯頓嗎？

我在的那段期間他不在。但我聽過他一次演講。

天啊，太棒了吧。知道嗎？我聽說他跟**老婆**吵得很兇。很扯吧？像**那樣**的人，**天才**欸，連**他**也搞不懂**女人**！

嗯，我想他也是人，跟大家都一樣。

這是什麼地方？

啊，這是進行**內蘊場實驗**的地方。比如說，如果除了**重力**以外還有某種**力場**使物質保持**聚合**，那會如何？

我想**破**頭也不懂啊，不過我只是個**助理**啦……

那**這個**呢？

這是我們的時間鎖**測試艙**，這可以讓他們在嘗試將物體從內蘊場中分離時，不會造成輻射外洩。

我們這地方有一大堆像這樣的新型安全設施。

欸，但我跟你説……其實基拉這地方根本**沒人在意**這些垃圾。

來……我帶你去看個地方，那才是**真正**的重量級思想誕生之地。

我們把那地方叫做「**動物寓言集**」……

4

就從這裡進去……

瓦利帶著我從亞利桑那的陽光底下，進入一家擁擠的酒吧。突如其來，湧起一股似曾相似的印象：我之前就看過這個地方……

……只不過，在那印象中這是個荒廢的遺跡，星光穿過倒塌的天花板，在腐爛的地板上閃耀……

幻象消失了，差一點連痕跡都無法留下。那是1959年5月12日。瓦利介紹我跟某人認識……

這位是珍妮·史雷特，這位是強·奧斯特曼。強從普林斯頓大學來的。

哦哦……新人！你來接替漢克·梅鐸斯，對嗎？

是嗎？

我猜的。漢克去年秋天長腫瘤去世了。那邊有張照片，就在吧台後，戴眼鏡的那位。

嗯，以科學研究員來說，你還真年輕。

這個……算是我爸推了一把吧。我常發生這種事。我的人生似乎一步一步都是別人推著走的。

嗯嗯，我想也是。

我請你喝一杯吧？

她點了一杯啤酒請我，這是第一次有女人對我這樣做。當她把那冰冷、滲著水珠的玻璃杯遞給我時，我們的手指互相碰觸……

1963年，我們大吵一架之後做愛，我們之間的溫柔與暴力總是恰成正比……

1966年，她在打包行李，滿眼淚水，憤怒得心灰意冷。

那張照片掉在我腳邊的沙地上。

5

1959年7月，我回到新澤西度假，拜訪大學時代的老友。

珍妮和我一起從亞利桑那出發，一路同行，她母親住在澤西。

她從車站打電話回家，沒人接。我們去遊樂園玩，打發時間，等她母親返家。

嘿，這對小情侶！先這樣別動！

呃我們不是……

很好！美極了。一張漂亮的照片，尤其是這位女士……

他給我們一個地址，可以花75美分領取照片。我們轉身走向旋轉飛輪，一路為他的誤會笑個不停。

走過射擊攤位的時候，珍妮的表帶斷了。沒來得及撿起來就被個胖男人踩過。我跟她說我會修。

她母親還是沒接電話。我們決定到我的飯店再打一次。我們都知道接下來會發生什麼。每一件事都像齒輪一樣彼此精確地咬合在一起。

我們抵達飯店。她又打了一次電話。她母親還是不在。

她問我是不是真的能把表修好。我們一起坐在床邊，察看損壞程度。

1959年，我的臉頰貼在她腹部，聽見脈搏跳動。

1966年，行李箱怎麼也關不上，她哭了起來。

1985年，一百分鐘後，流星群如雨落下。

116

1959年8月，我們已經從澤西回來一個月了。那件意外已經在未來等我。

強？你修好我的**表**了嗎？

好了！其實早就好了！在……

噢。

怎麼了？

沒事。早上我們**重設內蘊場艙房**時，我收在**實驗服**裡面了。妳**等**我一下。

我穿過廣場，進入內蘊場中心。透過一英尺厚的**窗玻璃**，我看到大衣放在**測試艙裡**……

我就快大難**臨頭**了。

其他人吃完午餐回來，我請他們放我出去，一邊笑著說自己還真是蠢。

除了我以外，沒有人笑。葛拉斯博士的臉瞬間慘白。

他解釋道：因為下午要進行從十五號水泥塊移除**內蘊場**的實驗，所以發電機已經開始暖機，暖機時門會自動上鎖。

我問他另外**十四**個水泥塊是什麼下場……

……他告訴我了

不！不不不不！不！

我……很**抱歉**，奧斯特曼。整套程序都**鎖**住了，我們無法覆寫**時間鎖**……

……因為那是安全裝置。

天啊！讓我出去，讓我離開這裡……

珍妮？別走！我需要……

不！別**逼**我！噢，我沒辦法在這眼睜睜看著……不要逼我

我辦不到，好嗎？

7

大門在她身後大聲關上。我看著葛拉斯博士，但他別過了眼神。我聽見**粒子加農炮**的護盾滑開的聲音。

我口袋裡有一件東西。我拿出來**看**……

跟新的一樣。

空氣變得太熱，又熱得太快。我迫切希望有位美麗的女性遞給我一杯冰透的啤酒……

測試艙裡頭的所有原子同時尖叫起來。

那道光……

那道光將我化為碎片。

9月，他們辦了一場象徵性的葬禮。實際上沒有任何東西可埋葬。

10月，珍妮把我們在澤西拍的合照釘在動物寓言集的玻璃框裡頭。那是我在這世上僅有的一張照片。

11月……

你有讀到那個**共產主義者**統治**古巴**的消息嗎？一個叫**卡斯楚**的？

我有看到**照片**！老天啊，這年頭的人有什麼**毛病**？瞧他那一臉**鬍子**！

我是說，我還記得那時候，**卡蘿·安**開始在牆上貼滿那個**歌手**的照片，眼神不三不四的，一個叫什麼**貓王**的怪人……

我還以為從此**再也**沒什麼東西能嚇到我了。

唉唉唉唉啊啊！

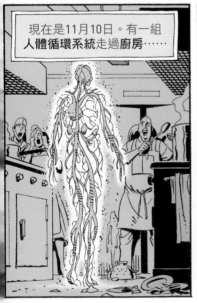

現在是11月10日。有一組**人體循環系統**走過**廚房**……

11月14日：全身有一半長出肌肉的骷髏，站在邊界圍籬附近，它尖叫了三十秒，然後**消失**……

真的，重點是將所有零件以正確的順序重新組裝……

9

唉,我正在考慮乾脆**離開**這地方。有東西在我們身邊**陰魂不散**……

瓦利,**拜託**,我不想**聽**這種事。

天啊,對不起,但……

欸欸,妳有聽**到**嗎?像口哨的聲音?是我**幻聽**還是怎樣……?

不,不,我也有聽到。那是……**啊**!我的**手臂**!汗毛全都豎起來了……

別**慌張**!大家都別慌!

啊啊啊啊啊!發生什麼事了?刀叉都迸出了火花……

哦,我的老天。妳看到了嗎……

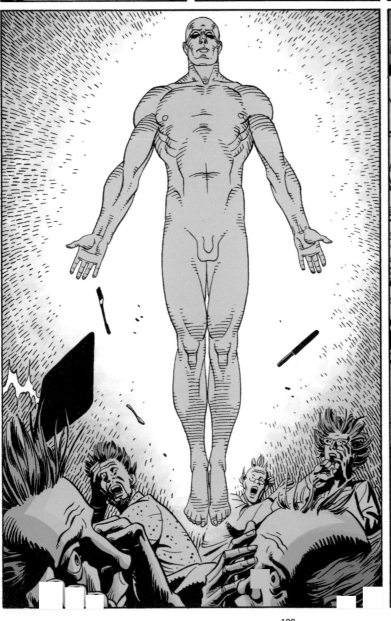

強?

他們抬起頭,一張張慘白的臉凝視著我,我被包圍在突如其來的紫外線強光中,看起來顏色淡薄,如真似幻。

11月,烈日灼身。

⑩

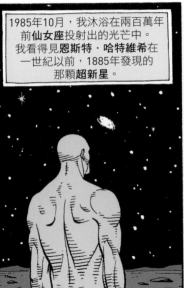

1985年10月，我沐浴在兩百萬年前**仙女座**投射出的光芒中。我看得見**恩斯特·哈特維希**在一世紀以前，1885年發現的那顆**超新星**。

它閃耀著，像在對**三葉蟲**眨著眼，但光芒抵達的此刻三葉蟲早已滅絕。

超新星乃**黃金**誕生的唯一途徑。宇宙中所有黃金都來自**超新星**。

1959年聖誕節……

你……你**喜歡**嗎？我的意思是，這類東西你會喜歡嗎，畢竟你現在，呃……

你知道我的意思。

我非常喜歡。它的**原子結構**排列成完美的網格，像一面**棋盤**，它……

珍妮？怎麼了？妳會冷嗎？我可以提高房間的**溫度**……

不……我不冷。

只是害怕。

怕我？

不。對。唉，天啊，聽我説，我……

我害怕，因為感覺很**怪**，好像一切都變了。不只是你，**一切都變了**！

我是説，我不知道你變成什麼了。沒人知道。你被**分解**了，又把自己**重組**回來……

他們説你能辦到**任何事**，強，他們説你現在就跟**神**差不多。

珍妮，我不認為**有神**。就算有，我也不是祂。

我還是同一個人。什麼都沒**變**。我仍然**想要妳**……

我**永遠**都想要妳。

就在我説出這句謊言的時候，我聽見1963年她對我咆哮；1966年她啜泣不已。我的手指張開。照片掉了下去。

11

1960年2月，一切都在寒冷的天氣中結凍了。我開始接受，從今以後我再也感受不到冷暖這個事實。

非常好。

下個**月**我們**公開**後，全**世界**每一本雜誌都會想要這張照片！

喜歡你的**服裝**嗎？很光滑吧？

不怎麼喜歡……尤其是這個**頭盔**。這**符號**代表什麼？

呃，哦，那個表示，嗯，**原子**，原子**能**之類的……

毫無意義。氫原子還比較合適。我想我不會再戴這個東西。

那樣的話你的標誌要放在哪裡？公關說每個人都得有個標誌。

他們不知道我需要什麼。

你不知道我需要什麼。

如果我必須有個**標誌**，那必須是個我**崇敬**的標誌。

就是這個。

我……我**喜歡**耶！很有意思，對吧？雖然**簡單**，但……

對對對！這就對了，**好極**了。人們會牢牢**記住**的。只要看到這個，就會想起**曼哈頓博士**。

什麼博士？

他們說這個名字可以最能讓美國的敵人聯想起那些不祥的東西。他們要將我形塑成某種華而不實卻致命的東西……

Pork Times

原子彈
轟
廣島

一切都脫離我的**掌握**了……

12

1960年3月……

……早上公告的消息，到現在仍令人**暈頭轉向**。這也許是近代世界歷史上最重大的事件了。

我們再**重複**一次：超人是**存在**的，而且是個**美國人**。

根據五角大廈的消息來源，這位不可思議的存在體能操控原子結構。這裡我們可以看到他隔空拆解步槍的過程……

……而在**這段影片**中則可看到，他要對付**巴頓戰車**也沒什麼難度。

目前克里姆林宮對此尚無任何回應。

……此外，這項令人幾近難以置信的發展，會如何影響**武器**與**太空科技**，也尚待進一步**研究**。

雖然今天下午稍晚時他已經在**基拉·弗萊茨測試**基地接受媒體拍照，但這位代號為「**曼哈頓博士**」的超人類……目前尚未對媒體發言。

GILA FL
TEST BA
PER DOLOREM A
RNMENT PROP

我們改為採訪1940年代蒙面英雄風潮中目前仍在世的幾位**變裝義警**，問問**他們**的感想。

這個嘛，呃，我們當然十分高興。

大 都 會 隊 長

非常、非常高興。

噢，那個……聽說他能穿**牆**什麼的。

哈！你把他們**嚇傻**了！

我想還是眼**見**為憑吧。

靈　絲
（莎莉·朱比特

你穿上老式雙排扣**西裝**讓他們**拍照**，一轉眼，就成了人人口中的**時尚熱門**話題！你能**想像**嗎？

你成功走**到**這一步了。

是嗎？

有時候我倒覺得自己**一直**都在這裡。

我現在就在那裡，在1960年，說著這些話，看著那台電視機……

⒀

現在是6月，我跟幾位變裝英雄一起出席慈善活動……他們是一群友善的中年男子，喜愛奇裝異服。我跟他們毫無共同點。

唯獨其中最年輕的一位，叫**法老王**的，似乎有點意思……

11月，報紙封我為犯罪鬥士，於是五角大廈説我必須打擊犯罪。在魔洛克的地下老巢，嘆息聲轉變為驚恐的尖叫。

我未曾考量這些行為是否道德。

1961年9月，約翰·甘迺迪和我握手時，問我當一名超級英雄是什麼感覺。我説他應該十分瞭解那種感覺，他點點頭笑了……

兩年後，在達拉斯，他的頭驟然向前倒下，又往後倒。兩槍斃命……

14

*譯註：迪利廣場為甘迺迪遇刺地點。

呃，所以你的意思是，你早就知道他會被槍殺？

強，我……我是說，如果你說的是真的，那，你為什麼不做點什麼？

我無法防止未來發生。對我來說，未來已經發生了。

強，你在說什麼鬼話？你能預知未來？什麼都知道？我們的未來也是？

1959年，我聽見1963年的此刻，妳在這裡大吼。不久後，我們做愛……

就這樣？我就像個木偶？強，世界上的一切如何運作你都瞭若指掌，除了人性。先生，你的預言錯得離譜。

總統遭致命槍擊

al 1963

不。瓦利送來我為妳訂購的耳環之後，我們做愛了。

閉嘴！強，你快把我搞瘋了！有時候我覺得你根本就在搞砸一切！

我是指這所有的新科技，都是因為你才誕生！事情發展得太快了。不該……

是門鈴聲嗎？

珍妮？郵差把這東西誤送給我了。抱歉我沒能早點過來。幫我跟強問聲好。

呃……

呃，好的。謝了，瓦利。

強？

我……我只是害怕。我覺得好像有一股無形的巨大力量包圍著我。

抱我好嗎？

1963年，一小時後的未來，她的汗水冷卻、乾涸，在11月的臥房裡。

16

1964年，我通知五角大廈，我不會再穿那套專屬服裝。

1966年，我身處一間有許多扮裝人士的房間。

……第三，呃，我想我該說一句，歡迎各位參與首次舉辦的犯罪剋星會議！

一位非常年輕的女孩坐在我右邊。她微笑著看我……

1985年，我的手包圍著她的臉。

1966年，扮裝人士在爭吵。珍妮緊緊拉著我的手臂……

什麼事？

你直盯著那女孩看，還什麼事！專心開會。

確實，我同意……但這種規模的團隊似乎比較像公關秀……

她很漂亮。每次深吻後，她都會在我嘴唇上再輕輕啄一下，彷彿留下簽名。

1966年，戴面具的人們仍然在爭論不休……

不久後，會談破裂了。珍妮的聲音冷酷、暴怒……

強，我想馬上回家了，拜託。

拜託！不要全走光了……

到了外頭，珍妮指控我想「勾引少女」。憤怒的淚水湧出，她問我是不是因為她老了。

是真的。她老去的痕跡一日比一日明顯……

……而我，站在這裡，靜止著。

17

1966年5月……

你真好，願意陪我出來巡邏。我媽把她知道的都教給我了，但我對這些事還很陌生。

呃……你女友不會介意吧？

你這隻豬！我就知道你跟她有一腿！我就知道！

你有病！她幾歲？十四？十五？

豬！

我……我不知道該怎麼稱呼你。我叫蘿莉。你有其他名字嗎？除了曼哈頓博士以外。

有。

我叫強。

你去告訴她！等她的臉蛋皺起來，奶子下垂，而你永遠是該死的三十歲，那會是什麼情景！

你告訴她，看看她對此有什麼高見！

1959年，珍妮把杯子遞給我。

1966年，她在打包行李：滿眼淚水，憤怒得心灰意冷。

那張照片掉在我腳邊的沙地上。

18

128

1969年，我收到父親的死訊。

1959年，他打開一份軍方傳來的電報，得知他兒子在一場事故中被徹底分解。我從來沒有向他更正這項資訊。

基拉·弗萊茨於1970年關閉。在蘿莉的二十歲生日那天，我們搬進位在華盛頓的新公寓。

我對外公開了自己的真實姓名。父親死後，繼續隱瞞這件事似乎沒什麼意義。

1971年1月，尼克森總統請我介入越戰；十年前，甘迺迪面臨古巴危機，卻一個字都沒跟我提過。

11月末，我收到消息，瓦利·威佛死於癌症，享年三十四歲。

3月，我在西貢，再次與笑匠艾德華·布雷克見面。目前他多半為政府工作。我想，我也是。

布雷克這人很有意思。我從來沒見過任何人像他那樣，刻意擺出不把道德當一回事的樣子。

他在此地如魚得水，那種狂亂的氛圍，毫無意義的大屠殺……

我開始對越南有所認識，也理解了越南反映出什麼樣的人類處境；在此同時，我也意識到，很少人會允許自己接受這種理解。

布雷克就不同了。

他徹底理解這一切……

……而且毫不在乎。

19

5月，我在這裡已經待了兩個月。

美方預期越共將在本週內投降。其中許多人已經放棄抵抗……

他們常會要求直接向我投降。他們一方面對我感到恐懼，另一方面，又有一種宗教性的敬畏。

我想起了廣島核爆後，報導中所描述的，那些見識過原子彈的日本人的樣子。

6月，越戰勝利之夜，笑匠從皮套中掏槍，他被割裂的臉血流不止……

1985年10月，我決定創造點什麼，於是別開眼神，不看那些也許在億萬年前就已燃燒殆盡的星星。我不想再看它們。

我不想再看那些已逝的東西。

20

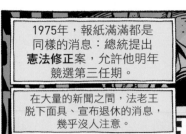

1975年，報紙滿滿都是同樣的消息：總統提出**憲法修正案**，允許他明年競選第三任期。

在大量的新聞之間，法老王脫下面具、宣布退休的消息，幾乎沒人注意。

ADRIAN VEIDT ALIAS OZYMANDIAS

他的真名是**安德林·偉特**，白手起家的百萬富翁。從英雄生涯退役後，他邀請蘿莉跟我造訪他在南極的隱居處。

哦！那是什麼？好漂亮！

那是**布巴斯提斯***。一種經過基因改造的**猞猁**。她的**伙食費**恐怕會讓人大吃一驚。

我都不知道現在的**優生學**已經這麼**先進**了……

過去十五年來有跳躍性的**進展**。從量子物理到**交通運輸**，各種領域都是如此。

比方說，就我所知，安全、快速而平價的**飛船**可能不久後就會問世……

……這一切都是拜你所賜。有了你的協助，我們的科學家如今唯一的限制只剩他們的**想像力**。

肯定還要加上他們的**良心**，對吧？

希望如此。

他的眼神透露著悲哀與了然。佣人為我們端上印尼菜，他一邊談論著自己的商業計畫，一邊不停地把吃剩的菜餚拿去餵那頭美麗的怪貓。

21

*譯註：Bubastis，此名取自古埃及城市。

1985年，我在物色合適的地點進行創作。我坐下，我藍色的手掌中捧著一把粉紅色的沙。

這荒涼的星球。如此美妙，如此絕對的寂靜。

1977年，一座城市在怒吼。

警方罷工，他們認為變裝英雄使他們無法履行職責。人們對此惶恐不安，彷彿嗅到了無政府狀態的氣息。

在我下方，蘿莉把帶頭的人從群眾中拖出來，但這過程太慢了……

看看他！看那個**怪胎**！這是對**上帝**的違抗！

我最好做點什麼……

注意。你們將全部返回家中。

哦？是嗎？要是我們**偏不**呢？你這藍色大水果。

你誤會了。

我不是在提出請求。

我的天啊。

隔天，我在報紙上讀到，有兩個人因為發現自己突然回到房裡，震驚得心臟病發。但我確定，暴動會造成的傷亡更多。

22

1977年8月3日，由參議員基恩提出的緊急法案通過了。

再一次，義警執法的行動現在成了非法行為。後來他們修改了法律，確保像我這樣在戰略上具有實用價值的人才不受此限。

只要我繼續在政府監督下行動，就能豁免於法律之外。當整個國家的國防力量掌握在我手中，他們就難以將我定義為非法。

布雷克也獲得豁免，因為他一樣全職為政府工作。

後來，在他成功解決伊朗劫機事件之後，就連最猛烈批評他的評論家也噤聲了。不過，蘿莉還是痛恨他。

她自己也因為基恩法案而遭強制退休，但她本來就不怎麼熱衷於蒙面英雄這一行，所以並不在意。

她母親倒是比她還失望。

新一代的夜梟也宣布將會退休，雖然他不打算公開身分。

蘿莉見過他幾次。她說他的名字是崔博格。

在這些人之外，唯一還在活動的蒙面義警，叫做羅夏，真實姓名不明。

針對強制退休一事，他表達了感想，方法是在警局總部外面丟下一具連續強姦犯的死屍，並在屍體上留下一張字條。

23

現在是1981年，蘿莉和我到新單位就任，是位在紐約的洛克斐勒軍事研究中心。

那裡設備精良，適合我做研究，但蘿莉覺得我們缺乏隱私。

她會喜歡這裡。

粉紅色顆粒落下，穿越我藍色的手指，像一條散亂無序的矽氧聚合物之河，彷彿孕育著無限可能，形成萬千種形體。

……但這是錯覺。事物的形體不只存在於空間，也存在於時間。某些大理石塊裡面藏著雕像，內嵌於它們的未來之中。

地點是紐約，我們在散步。

街道上，臭氧的味道多於汽油。扁平、觸摸不到的灰色汙漬在夏日的人行道滑動著，那是頭頂的飛船投下的影子。

1959年，一名孩童為了飛走的氣球哭泣。

珍妮的表帶即將斷掉。某處，那胖男人正朝著射擊攤位笨重地前進，對於他沉重的腳步所伴隨的命運，渾然不覺。

1985年8月。我跟蘿莉一起走過中央車站。我們在書報攤前停步，買了一本時代雜誌，主題是紀念**廣島核爆週**。

封面是一支破損的懷表，指針停在爆炸的瞬間，表面破裂……

……指針凍結。

（24）

*原文Hand，既是手，亦是指針。

1985年10月12日星期六，我們收到艾德華·布雷克遇害的消息。

整個週末，蘿莉的心情似乎都焦躁不安。

16日星期三，蘿莉拜訪她母親，我參加布雷克的葬禮。

一名穿著黑色大衣的削瘦男子留了一束玫瑰就走。我認識他嗎？

現在是19日星期六。我的手包圍著蘿莉的臉……

1966年，變裝人士爭吵不休。

1959年，我告訴珍妮，我永遠都想要她。

稍後，蘿莉離開了我。

從前在屋頂上，我緊摟住她十六歲的身體，聞著她的香水，永遠不想失去她，同時也心知我會失去她。

再稍晚一點，在擠滿群眾的電視攝影棚，有人指控我害死了身邊親近的人。

「癌症」這個詞，在觀眾焦慮的耳語中迅速流竄，像一串鞭炮。

我厭倦了這個世界，這些人群。我厭倦了捲入他們人生的糾葛中。

在亞利桑那，我走進那家廢棄的酒吧，生起似曾相識的感覺……

……我從破損的相框中取下那張照片……

……然後轉身離去。

25

前往火星。

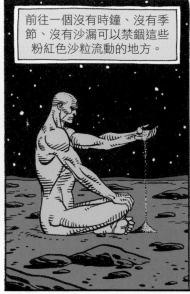

前往一個沒有時鐘、沒有季節、沒有沙漏可以禁錮這些粉紅色沙粒流動的地方。

在我下方的沙子裡，隱藏著我的創造物，它神祕的形體就埋藏在沙子的未來中。

我浮空進入稀薄的空氣中。

我準備好，可以開始了。

一個新世界在我周圍逐漸成形。是我在形塑它嗎？還是它本身命中注定的外形引導著我的手？

1945年，原子彈落在日本，齒輪散落在布魯克林，未來的種子，不經意地撒下。

沒有我，很多事都會不一樣。如果那個胖男人沒有踩壞手表，如果我沒把表忘在測試艙……

那麼責任在我嗎？還是那胖男人？還是我父親？畢竟他決定了我的職業。

我們之中，哪個人該負責？

是誰創造了世界？

27

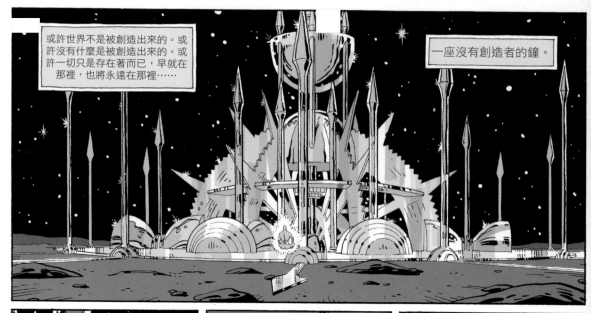

曼哈頓博士：
超級力量與
超級大國

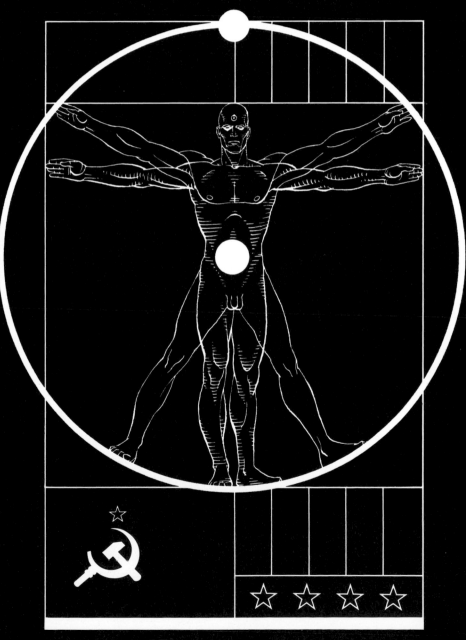

作者：彌爾頓‧葛拉斯教授

導　言

在二十世紀的發展過程中，人類陸續見證了一系列行為上的自相矛盾與道德上的進退失據，這些難題是迄今為止人們從未想像過，可能也無從想像的；有些人或許會對此現象感到興味盎然。科學，在傳統上是玄學與宗教的敵人，然而今日，我們逐漸瞭解到，量子物理所勾勒的宇宙模型，與道家和其他神祕主義者已經悠遊其中好幾個世紀的宇宙相去無幾。有大量年輕人在體系僵化的工業導向文化中長大，他們猛烈地抗拒工業主義，試圖替換成祖先鍾愛的（這點暫且存疑）某種改良版農業生活風格，其中包括大型公社家庭，有時候還會採用小規模的以物易物經濟模式。　有人穿著好幾千美元的靴子，忙著到月球表面去踩幾個腳印，在此同時，有些孩童卻三餐不繼。我們長久以來的努力是為了打造天堂，結果卻發現天堂裡鬼哭神嚎，慘不忍睹。

最諷刺的是，人類凡是在準備掀起血腥的戰爭之際，總會以和平之名高談闊論，慷慨激昂，從古至今皆然。這種二元對立並非二十世紀獨有的發明，但卻是在這個世紀，發展到登峰造極。在此之前，人類從未如此高聲疾呼，追求世界和諧，卻又同時瘋狂囤積毀滅性武器，欲罷不能。有人說，第二次世界大戰是「終結戰爭之戰」，而原子彈則是發明來終結戰爭的武器。

然而戰爭還在繼續。現今的地球上，沒有任何一個國家能全然避免軍事動亂之苦，若不是在對抗鄰國，就是內戰頻傳。不僅如此，國家投入越來越大量的金錢開發特殊武器或特殊作戰，希冀能夠一舉帶來所謂的長久和平；但此舉榨乾了經濟系統，留下滿目蕭條的都會景象，罪惡叢生，人們關心的不再是國家安全，而是微小的個人安全，像是人能不能在深夜到商店買一瓶牛奶，出來時不必被人搶劫。我們不惜代價、艱苦保衛的安身立命之處，如今變得一天比一天危險。終結戰爭的戰爭，終結戰爭的武器，這些東西終究辜負了我們。

現在，我們有了「終結戰爭之人」。

關於強納森・奧斯特曼博士以及他後來成為的那個存在體，我和他之間的往來在其他地方已有詳細記載。因此，我想這裡只需簡短覆述一下。1959年，在一場出乎意料，也絕對無法重現的事故中，一位年輕美國男子遭到徹底分解，至少在肉體上是如此。儘管身體消失了，卻透過電磁場的形式，使類似意識的東西存活下來。且在一段時間以後，這東西竟有能力重建一具與之前近似的身體。

或許就是在這重構外在形體的過程中，這全新且全然原創的實體，徹底精通了掌控所有物質的能力；他能夠操縱建構物質的基本粒子，藉此任意改造現實。當我們首次將此存在體超凡的源起透過新聞向全世界揭露時，有句話被用來總括這一切，在各種場合中，人們總認為是我和其他同事創造了這句話。在那個命運的夜晚，電視螢幕上的新聞快訊中，有一行字被無止盡地反覆播送：「超人是存在的，而且是個美國人。」

我沒說過那句話。不過,我確實記得,有位堅持不懈的記者,非要我講句話讓他引述,才願意離開,所以我跟他說了點類似的話。我推測那句話經過報社修改,或是潤飾過語氣,以免冒犯大眾情感;在任何活動中,我都沒說過「超人是存在的,而且是個美國人。」我說的是:「上帝存在,而且是個美國人。」如果稍加思忖,你發現這句陳述使你不寒而慄,別擔心,對於這個概念產生強烈而沉重的宗教性恐慌,只表示你還有理智。

自1960年代中期,一度頭昏腦脹的大眾意識首度開始理解到,人類中出現這樣一個新生命形式,意義有多重大,全球政治平衡發生了劇烈的改變。我國有許多人認為這種情況再好不過。美國在軍事方面不容置疑的至高地位,也在經濟方面賦予了我們某種優勢,我們可以操控西方世界的經濟政策,為我國的利益服務。不難想像,由一位效忠美國,又擁上帝全能之力的王者來統馭世界,這個想法令人極度難以抗拒。假使將這位超人類救主定位為活體核武威脅,我們似乎就終於能夠保證永久的和平降臨地球。關於最後這個想法,正是我最重要的論點所在之處:我不認為我們擁有了一位「終結戰爭之人」。

我認為我們創造的是一位「終結世界之人」。

在曼哈頓博士面前,美國的競爭對手將毫無招架之力,這種假設雖然令人欣慰,卻禁不起仔細檢視。據我瞭解,目前五角大廈認為,一般來說,既然面對的是無解的難題,蘇聯將不得不接受他們失去世界性影響力的事實,而最終以落敗收場。

曼哈頓博士隨時都有能力在一瞬間摧毀大片蘇聯領土,這論點已經獲得證明,或至少,有強而有力的理論支持。此外,類似的理論推衍方式也證明了,如果蘇聯透過其本國和歐洲境內的基地,向美國全面發動核武攻擊,曼哈頓博士能在導彈擊中目標之前,至少將其中百分之六十的導彈拆解或扭轉方向。由於實力如此懸殊,有人認為,俄羅斯絕不會冒險挑起世界性的全面衝突。而對於美國來說,引發這種爭端也毫無益處,那麼,這是否表示世界和平終於到來,可以高枕無憂?不,沒那回事。

原因在於,以上推測其實是拿美國人的心理去揣測蘇聯人的狀態。要是真的想瞭解俄羅斯人怎麼看待第三次世界大戰的可能性,首先必須瞭解他們如何看待第二次世界大戰。二戰期間,同盟國成員中,俄羅斯經歷的苦戰及其承受的慘烈損失,沒有任何其他國家比得上。事實上,希特勒襲擊蘇聯核心地區的戰役失利,正是他最終兵敗如山倒的主因;雖然這場戰役付出的大部分代價,都是蘇聯人的性命,但勝利的果實,卻是由全世界收割。隨著時移事往,俄羅斯人在戰爭中的貢獻遭到貶低與否認(由於我們兩方在政治上的鴻溝日益擴大,這種情形更加顯著),我們歌頌自己的豐功偉業,而遺忘了我們所疏遠的昔日同盟。然而,俄羅斯人可沒忘了這回事。那場在他們的土地上開打的戰爭帶來多少腥風血雨,有人仍烙印在心,幾乎可以確定的是,這類人當中,想必也不會沒有政治局的成員。多年來,我讀過俄羅斯高級司令部發布的各種公告,結論是,我深信他們絕不會允許自己的國家再次蒙受類似的威脅,為此他們將不惜一切代價。

像曼哈頓博士這種重大威脅的存在，無疑抑制了蘇聯的冒險主義，有無數次的局面，蘇聯都不得不在某些議題上退讓，而非冒險升高緊張情勢，發動沒有勝算的戰爭。這類逆轉往往是一種羞辱，於是，我們可能會產生一種錯覺，以為蘇聯將無止盡地忍受自己尊嚴掃地。這是個誤會，因為他們的確還有另一個選項。

那個選項叫做「相互保證毀滅」。簡單來說，曼哈頓博士無法百分之百阻止蘇聯的核彈頭擊中美國領土，就算絕大多數都被他攔下，剩下的數量，要有效終結北半球所有有機生命體，也還是綽綽有餘。曼哈頓博士降臨以來，無論是俄羅斯還是美國，雙方的核武儲備量都急遽升高，「超人類的出現使全世界朝著和平的方向邁進」這種想法已告幻滅。把「無窮的毀滅」除以二、除以十或除以二十，結果仍然是「無窮的毀滅」。如果我們最終威脅到蘇聯的統治權，他們會不會乾脆選擇這種絕對的自殺式攻擊？會。依照他們的歷史以及他們對世界的觀點，我深信答案是「會」。

但我們現任的政府並不這麼想。他們持續濫用這種天上掉下來的優勢，讓美國的影響力步步進逼蘇聯的核心利益，讓他們備受威脅。有了這位活生生的神人眷顧我方之後，我們的領導者似乎全然陶醉於這種狐假虎威式的全能之力，而沒有意識到，光是他的存在本身，就使得這顆星球表面所有生物的生命遭到扭曲。

這不僅是國內的事實，也是國際性的事實。因曼哈頓博士而成真的科技已經從根本上改變了我們對衣著、食物、旅遊的想法。我們開電動車、悠閒舒適地搭乘環保又平價的飛船四處旅遊。我們的整體文化不得不自我扭曲，以順應某種超越人類的存在，如今，我們已經體會到這件事的後果了。證據無所不在，就在我們的日常生活中，在我們讀慣的報紙頭版中。單一個體有權改變整個世界，這讓世界朝著徹底毀滅的終點站又進了一步。現在，神明不再透過神話、信仰來與我們對話，而是走到了我們身邊，直接對這星球上每位男女老幼的生活施加影響。全世界的安全，掌握在某個遠超乎人類理解的存在體手中。

我們所有人，都活在曼哈頓博士的陰影下。

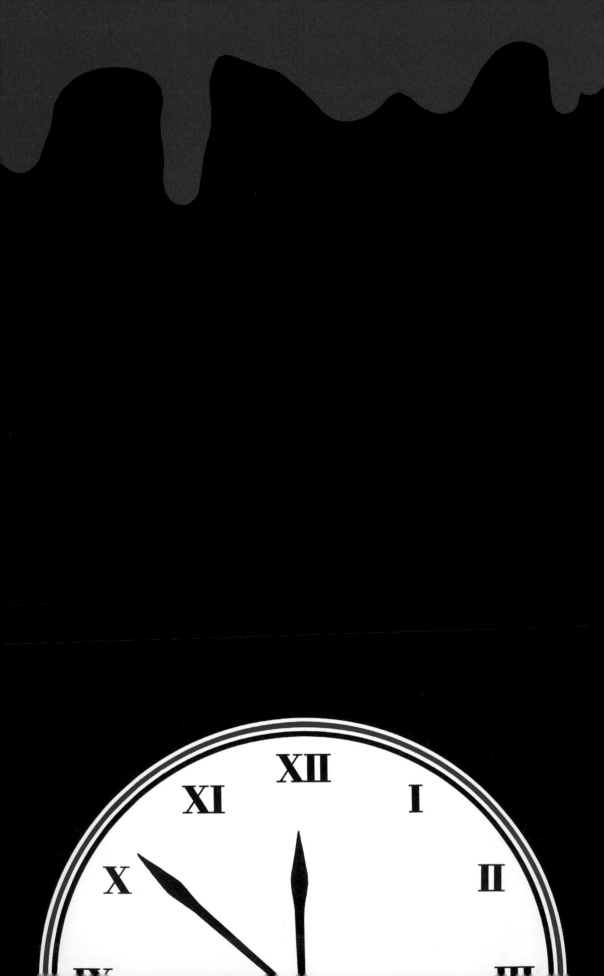

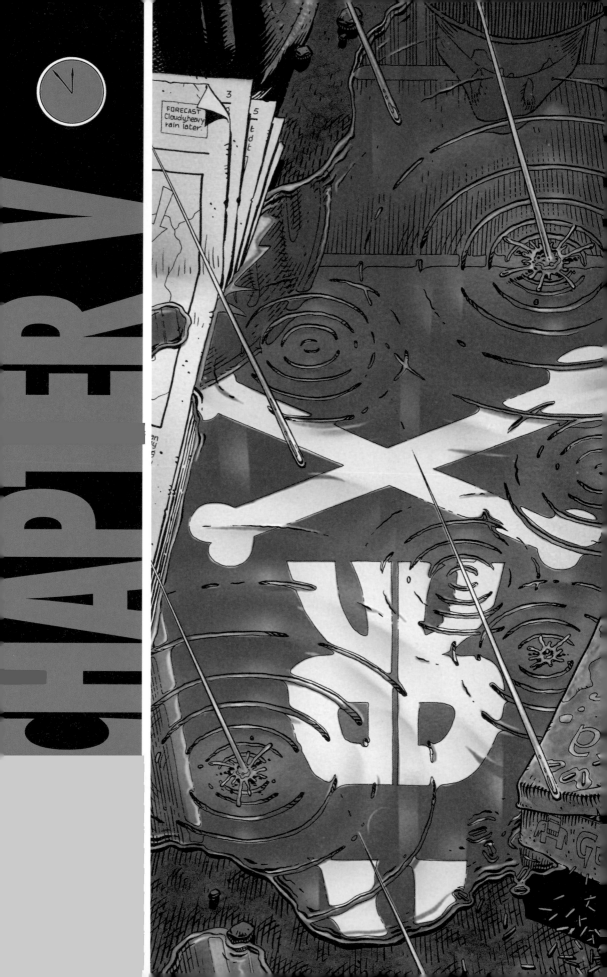

出來吧……我聽到**聲音**了。我知道有人在那……

喂？

嗯哼。

我懂了。

好吧，很好。

好的，這樣的話……

你要玩我就陪你玩。

以為我**怕**你是吧？

你以為我會怕你這種彈簧刀都拿不穩的小毒蟲是嗎？

蛤？

你是這樣想的嗎？老子會怕你？

喂？

2

懾人對稱

我……
我不是
……

我拿槍不是
要對付你。

啊啊啊！

不，拜託，
什麼……？

槍。

沒有
執照。

我查過了。

很不好。

4

另外，你滿身大汗，看起來不太舒服。

你該涼快一下。

呃啊！

我的天啊……等等，拜託，你到底要我怎麼樣？

沒事。只是經過。

獨居老人。我想你會喜歡有人陪伴。

那，呃，我、我可以離開冰箱嗎？

不行。

我們可以聊聊笑匠。他來過這裡。提到一份名單：你跟珍妮·史雷特都榜上有名。還說過有人要找曼哈頓博士麻煩。

幾天後，曼哈頓博士被當眾羞辱，被迫自我流放。

有人指控他害人得癌症：包括你和珍妮·史雷特。

真糟糕。

但……我不懂，你為什麼要找我麻煩？

因為我認為布雷克的名單是癌症名單。有人寫下這份名單。有人把你的名字填上去。有人把名單交給媒體。

是誰呢？

有意思……曼哈頓博士和笑匠一直都是你最大的敵人。現在他們都被除掉了。真巧啊。

是誰？魔洛克。

幕後主使是誰？

我……我不知道。我說過了，我什麼都不知道啊。

不對不對。語調不對。

沒什麼說服力。

噢不。不不不，天啊，不要……

羅夏，拜託，不是我。我不知道！

我不知道是誰！

5

嗯嗯嗯。

這次好多了。

噢嗚。

天啊。
天啊……

告辭了。如果想起什麼，就留個紙條給我，四十街跟七街交叉口，岡噶餐館對面的垃圾桶。

還有，槍支執照。快搞定。

好的。呃呃呃，好，你說什麼都好……

抱歉弄亂了。

要做歐姆蛋難免打碎幾個蛋。

羅夏日記。1985年10月21日：

凌晨2:35，離開雅各比家。詆毀曼哈頓博士的陰謀，他一無所知。他只是被利用而已。

是誰利用他？俄羅斯人當然有重大嫌疑：曼哈頓和笑匠都是軍方要角。

但笑匠提到某個島嶼，住著藝術家和作家。條件不合。

無法專心。太累了。週六以來就沒睡過。

走路回家，路邊的垃圾桶塞滿戰爭的謠言：戰力評估、傷亡人數、開戰動機……

在這無盡的鮮血與雷電之間，等待一束領悟之光。

我們需要瞭解**所有事情**，赫希太太……

戰爭。

他說跟**俄羅斯人**的戰爭快開打了，說要救**孩子們脫離苦海**。

多米妮克，她一直把「戰爭」說成「戰戰」。她才**三歲**，只會**重複**別人說的話。而且……哦。

哦嗚嗚嗚嗚嗚嗚嗚。

好的，赫希太太。我們**不問**了。**卡帕迪**警官會載妳去醫院。

老天。到底**發生**什麼？

有個擔心發生**核戰**的傢伙。在孩子的媽面前把兩個小孩都殺了，再割斷自己的**頸靜脈**。

這類鳥事會越來越多。

嗯，好吧，我呢，認為這跟**占星學**有關。**哈雷彗星**再次出現的時間就在這陣子。那可是**毀滅**的徵兆。

是啊。**俄羅斯入侵阿富汗**也是。

啊，會過去的。第三次世界大戰，永遠不會發生。沒人**瘋**到那個地步。

靠。他拿什麼東西幹**這事**的？

菜刀。他們的名字是**克萊兒**與**多米妮克**。

好**名字**。像是**電影明星**。

是啊。

好了，你想吃點**早餐**嗎？

好。

好極了。欸，別讓這種事毀了你一整天。這些瘋子多半都是被**媒體煽動**起來的。

媒體只會讓人**無聊**，不會讓人在某個週一早晨起床屠殺自己的**孩子**。

能搞出這種事的是**別的**東西。

那是完全不同**類**的煽動。

⑦

我的家園和家庭都毀了。我的世界已經成為廢墟。命運之手隨興一揮，毫不在意我苦澀無奈的抗議。

喂，**蠢蛋**！水都**濺**起來了！

不然我**該**在哪充電？

你才是別擋在**充電樁**前面……

這座島嶼和**大衛鎮**都受到同一片浪潮沖蝕，但要游泳過去無疑是**痴人說夢**。

好多了。今天的《公報》來了嗎？

當然，你知道吧。這場**戰爭**看來是玩真的。真到應該已經開始設想**逃生路線**了。

就是在那時，我有了打造木筏的念頭。

像我**爹**，在三〇年代德國局勢惡化時，拔腿就**溜**了。

當然啦，那是**二次大戰**。而三次大戰呢，你是能**溜**去哪？

……雖然我自己也懷疑那東西能不能浮起來。

不管怎樣，這電力夠我開到**康乃狄克州**了。下個**送貨日**見了。

嗯，再見……

這島上的樹看起來沒什麼浮力，沒有其他助力可能很難抵達大衛鎮……

突然間，我想起了我埋掉的那些人，想起他們肚子裡脹滿的瓦斯。我對自己腦子裡浮現的想法顫慄不已。

「能溜去哪？」

嗯。

我想驅除這噁心的想法……

唉，那種事不會**發生**啦。倒是不知道什麼耽擱了《新拓荒者》

……但這念頭就是不放過我。

下個月的**漫畫**提早到了，今天的《新拓荒者》卻遲了。

該死的戰爭，把一切都搞亂了。

我終究來到了那個墳墓，開始挖土。我的計畫令人作嘔，但我別無**選擇**。

以當下的**處境**而言，我別無選擇。

靠杯！

真的是一切。

8

我愛的一切，我生命的所有支柱，全都面臨毀滅的命運，除非我能比那恐怖的黑船早一步抵達大衛鎮。

我一邊全心回憶著妻子的雙眸，一邊從地下拖出屍體，沙子從他們身上的孔洞流出來。

我取下他們的衣物，撕成一條條帶子，把他們綁在一起。

偶爾我會停下來，著迷於某個刺青驚人的美，或是某個老舊傷疤背後的謎。

下午，我砍了足夠的棕櫚樹，固定在人體浮筒上面當甲板。

成果令人滿意，我等到黃昏的退潮時間，就登上木筏，往東航行。

向東行，橫渡夜之海。

向東行，枉死之人的裸背乘載我。

黎明到來，木筏底座的腐肉引來海鷗群聚。

飢餓使我動作迅猛，一伸手就從空中扯下一隻海鷗。船難以來我還沒吃過任何東西。

胃裡塞滿生肉；海鷗的血厚厚積在下巴，我繼續漂向大衛鎮。我的家園就在那。

誰也別想從我手中奪走

9

他們説我不能再**住**那裡，因為**強**不在了。

另外，他們凍結了我的**公帳帳戶**，所以現在我只剩**存款**了。等於是丟給我一句：「好啦，反正我們拿走妳的房子跟錢，自己看著辦吧。」

那妳要**住哪**？妳打給妳**媽**了嗎？

噢，那會讓她**太得意**。沒多久我就連睡覺也得聽她**嘮叨**了。

沒事。我能應付。但我最火大的是他們根本把我當**免洗工具**。

總之，謝謝你請我**午餐**。我最好去找個**便宜房間**過夜。

對了，你沒事吧？你看起來**不太舒服**……

沒事。沒事，我很好。我們**再找時間**見面吧。

沒問題，拜拜，丹。

蘿莉，等等。

妳**知道**，呃，我那邊隨時歡迎妳。

噢，怎麼能**麻煩你**……

不，一點也不麻煩。我那邊**空間**很充裕。畢竟，我們**交情**那麼久了，我們又是幹**同一行**的，而且我們倆個都，呃……我們……

我們倆個都是**沒人要的**。

10

154

門外的吼叫聲吵醒了我，11點。我發現自己沒把臉脫掉就睡著了，可惡。我比我想像中還累。應該再小心一點。

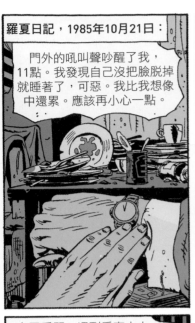

街道對面，一群青少年拿著噴罐，正在廢棄的建築物上塗鴉。記下了他們的外形，準備開工。

首先，脫下臉，摺起來，藏到夾克裡。只要沒有臉，沒人認識我。

沒人知道我是誰。

出了房間，遇到房東太太。照常抱怨著衛生和房租等。她又肥又白的脖子上有紫色的咬痕。還很新。

她讓我想起母親。

到了街上，查看了被亂畫的建築物：門口畫的是一幅剪影，一男一女，可能沉醉在性愛的前戲。

我不喜歡。看起來像鬧鬼。

四十街和七街交叉口，看到崔博格和猶斯派契克一起離開餐館。他們認不得我。

一段地下情？是不是猶斯派契克一手策劃讓曼哈頓博士自我流放，好讓崔博格乘虛而入？另外，她還痛恨笑匠。必須進一步調查。

走進餐館，買了咖啡，坐下來監視我的祕密信箱，就在街對面。

路過的行人丟進各種東西：糖果包裝紙、報紙、一雙用自身的鞋帶綁起來的鞋，鞋舌垂掛在外，看起來很恐怖。

這座城市是一頭動物，兇猛而複雜。為了瞭解牠，我研究牠的糞便、牠的氣味、寄生蟲的一舉一動……

我坐在這監視垃圾桶，紐約向我敞開了牠的心。

11

跟你説真的，這一堆該死的鳥事，讓我心裡產生一種古怪的感覺。

一隻海鷗在我胃裡。

阿富汗事件：下一個是巴基斯坦嗎？

就是覺得，不知道我們還能撐多久。

太陽沿著世界油滑的邊緣，搖搖晃晃地爬上來。那頓野蠻的早餐在我體內兇性大發，把我折磨得慢慢昏了過去。

我吞下太多鳥肉。我吞下太多恐怖。

唉，第三次世界大戰是個噩夢。能想到這種事的人，只有**軍火商**了。

你自己**看看**。你看**財經版**。那些傢伙，他們打算大開**殺戒**。

一切都歪斜了。頭頂上，食腐動物飢腸轆轆地繞著木筏飛。他們是一群披著羽毛的尖叫聲。

他們**貪**得無厭。渴求著他們根本沒有時間花的鈔票。

喂，老兄，我在**讀書**欸。

唉，難道人們都看不出徵兆嗎？他們不知道這件事會變成怎樣嗎？

看吧？**漠不關心**！每個人都躲到漫畫裡去了，還有電視！真讓我**反胃**。

海鷗合唱團的這首**屠宰場之歌**沒能讓我暫忘胃裡的噁心感，我跪下來乾嘔。水手長雷利的雙眼從木材的夾縫間瞪視著我。

突然之間與必死的命運對視，這在我體內喚起了某種詭異的清晰感。

我是說，這一切，都有可能**消失**：人類、汽車、電視節目、雜誌……

甚至連「**消失**」這個詞也會消失。

瞧，賣報的小販最**懂**這些。咱們有本事**綜觀全局**。

一陣暈眩，我凝視著下方的倒影世界，水裡的海鷗盤旋不已。一名瘋子，唇上沾了厚厚的血，從水裡盯著我看。

他的眼睛、他的鼻子、他的臉頰，對我來説都很熟悉，但我無法心懷慈悲地把它們拼在一起，變成一張我認識的臉。

這是我們受到的**詛咒**。我們看得出所有該死的**連結**。

所有該死的**線索**。

阿富汗事件：下一個是巴基斯坦嗎？

沒多少時間了，偉特先生。

最好**快一點**。

好的。好的，知道了。

今早要見的是**玩具商吧**？

是的。他們想在**法老王**系列玩具中推出一些新**角色**。也許是您的**死對頭**之類的。

死對頭全死了。

呃，**哇**，現在大家究竟怎麼了？大家都趕著踏上**死亡之旅**。

像今天早上的**新聞**，有個腦袋壞掉的傢伙殺了自己的**孩子**，您有看到嗎？

沒有，我沒看到。

顯然他是因為害怕爆發**戰爭**！這不是很**蠢**嗎？

明明沒有人會**瘋**到去**發動**戰爭，為什麼大家會那麼**絕望**？

也許他們不像妳那麼年輕又樂觀。

嗯，我不知道。我想也許跟這裡的裝飾有關。一大堆埃及玩意兒，很陰森，處處讓人想到死亡。

對古代埃及人來說，死亡並不陰森。他們將死亡視為一場靈魂探索之旅的起點。

妳不覺得這種思維讓人挺欣慰的嗎？

您開玩笑吧？

我是說，減重五公斤，這叫人欣慰。下個月**加薪**，這叫讓人欣慰。

葛蘿莉亞·凡德的時尚服飾、MTV……這些東西都讓人欣慰。

至於靈魂探索嘛，還算可以，不過……

噢，天啊。

噢，天啊。小心，他……

/3

14

呃呃呃……

你嘴裡是什麼……？別想。張開嘴巴。

張開！

噢，真是。

偉特先生，後退一點。接下來交給我們處理……

閉嘴。他嘴裡有顆毒膠囊。

不准咬下去！不准咬，你這人渣。

誰派你來的！

我要知道幕後主使是誰。

喀。

可惡。

打給玩具商，取消法老王產品線。

要是他們問原因，就說我沒有任何敵人。

16

羅夏日記。1985年10月21日：

有人想殺偉特。這證實了「蒙面英雄殺手」理論。殺手正步步進逼。

檢查了信箱。有封魔洛克送來的消息。也許有關聯？

羅：
晚上11:30打過來。有消息。緊急。
雅各比

接著，要到巷子裡拿回我的臉。烏托邦外頭，警察逮住了一個嗑了KT-28的小夥子。

他高聲嚷嚷著一些關於尼克森的事。一些關於炸彈的事。

除了我之外，是不是大家都瘋了？40街上方，一頭大象飄過天空。

在那之外，看不見的遠方是間諜衛星。只要衛星瞇起它們的玻璃眼，我們就全都死定了。

對於這無情的世界，只有一種回應是合情合理的。

巷弄裡，冷而死寂。

我的東西原封不動，留在我安置的地方。

等待著我。

穿上身，我就脫去了偽裝，成為我自己，從恐懼、軟弱和欲望中解脫。

我的大衣、我的鞋，我無瑕的手套。

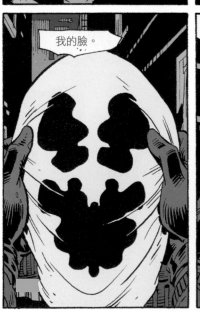

我的臉。

打給魔洛克之前，還有三小時。

沿著巷子離開時，聽到女人的尖叫聲。都市之夜合唱曲第一個浮現的音符。

走到事發地點了。是一樁強姦或搶劫未遂案，或兩者皆是。

清了清喉嚨。那名男子轉過頭來，他的眼神流露出令我滿意的東西。

有時，夜晚對我無比慷慨。

18

丹，說真的，你不知道我有多**感激**這一切。

跟我原本**以為**自己今晚會過夜的地方相比，這簡直是**天堂**。

喔，呃，房間不是特別好，但應該還算**舒適**。而且我就睡在走廊另一端，要是半夜醒來**需要**任何東西都可以找我。

呃，像是**咖啡**、**阿斯匹靈**之類的都行。

哦，我**沒事**。只是累得要命，我會一覺睡到**星期四**。謝謝你的**照顧**，丹。你就像我的**大哥**，你**知道**吧？

當然。嗯，很高興能幫上**忙**。

晚安，蘿莉。

晚安，丹。

做個好夢。

可惡，真該死。

19

親愛的讀者，請聽我說：冥界是濕冷的，冥界是孤寂的。

牠們嘴裡的牙齒仿佛都有獨立的生命，放肆撕扯著支撐木筏的屍體。那雙來自史前的小眼睛閃閃發亮，好像即使在安眠時也狂怒不已。

在我小船底下的東西發起了猛烈的暴動，幾乎把我甩進利齒組成的恐怖深淵中。

筏面進一步傾斜，我緊緊抓住桅杆。水面翻起白色的泡沫，有東西要上來了。

該怎麼描述這傢伙呢？我似乎從沒聽過有體型這麼巨大的鯊魚，牠既不是黑色也並非全白，而是一種斑駁的淡黃色。

此外，牠被我的繩子纏住了。

我驚恐無比，深怕牠再次潛入水中，把我一起拖下去。我跪下來，緊握著剛才在手中斷裂的桅杆。

那頭鯊魚睜著鐵石般的污濁眼睛直盯著我看……

……，就在那瞬間，我們理解了彼此。

半盲、半死、被痛苦折磨至徹底發狂。這黃色的大海怪試圖逃離，牠拖著我的木筏在血的航道中奮力前行。

我絕望地攀住木筏，在刺骨驚人的水花中咒罵不止。

20

這該死的雨讓人坐立難安。

終於，鯊魚死了……

……死了一會兒之後身體才停止游動。

誰**在乎**？這整份**工作**就像逆**水**行舟！

這時節還在街頭工作的都是**頂天立地**的真漢子。

喂，整天開計程車快煩死我了！來本《好色客》。

嗨，喬伊。**普羅米修斯**近來如何？還在為人間帶來光明嗎？

寬慰的時刻稍縱即逝，我的前程仍是一片黑暗。

那堆**阿富汗**屁事，確實需要來點光明。

啊，阿富汗遠在天邊。

這個月的**摺頁女郎**是誰？

其他鯊魚仍近在咫尺，虎視眈眈。

該**擔心**的是**巴基斯坦**。他們根本門戶**大開**。

嗯嗯嗯。

我們都很脆弱。

牠們擔心我木筏底下的殘屍不夠吃，我衷心祈禱那些屍體足夠餵飽牠們。

我**想**到一件事。有張**海報**要你幫忙**張貼**，以免扯爛。

酒足飯飽後，牠們散會了。我暫時**安全**了。

當晚，我吃了鯊魚肉。若不是我乾澀的笑聲聽來如此可憎，我就會嘲笑這個這角色對調的場面。

女同性戀反強暴？

這是在**搞笑**嗎？

這是場**公益演**出。你現在就把它貼**上去**，還是要我幫你**整整形**？

我的木筏造型變得越來越詭異荒唐，也反映出我自身的轉化過程。

這想法使我感到慰藉，我在這無桅桿的船上繼續漂流，航向黎明。

「為人間帶來光明。」

狗屁。

21

當今這世道，我看這些**救世主**跟**成道者**之類的，恐怕都不值幾毛**錢**。

有**電話**。

嗯，和平跟開悟**本來**就沒市場。

嘿，我以前有張唱片的**封面**就是這張圖。

別亂碰。那是**證物**。順帶一提，**電話**在響。

當然。對了，今天一整天我都有種古怪的**感覺**，好像有某種東西彌漫在**空氣中**……

那是**聲波**，大哥。從電話發出來的。

不，我是指，首先是那個**兒童命案**，然後又有人襲擊安德林·**偉特**。感覺好像有個**模式**，**導向**某個地方……

史蒂夫，你到底要不要接那該死的**電話**？

我**說**，要不是我手上有這堆你忘了弄的**布雷克案**文書作業，我寧願**自己**去接……

好啦，好啦，我現在就**接**。

喂？是的，**我是范警探**。

有線報？當然。請問您的姓名……？

匿名，蛤？好吧，這就算了，你**有**什麼消息？

肉什麼？你說**鯊**嗎？肉**鯊**？你告訴我哪裡有肉鯊幹麼……

……肉鯊。

好。好的，我知道你在講誰了。你說哪裡……？好，收到。他什麼時候會在那？他……？

好，瞭解。我們要出動了，再見。

史蒂夫，開**玩笑**吧！該不會是在講……？

完全**正確**。追查這麼多年，現在居然有人直接把那渾蛋**端上餐桌**。

走吧，兄弟。該**赴約**了。別管**紅燈**，直衝現場。

十一點三十分。

你好啊，雅各比。

23

收到你的紙條了。沒想到你會找我。

今天有人想槍殺世上最聰明的人。

你聽説了嗎？

笑匠、曼哈頓博士、法老王……有人正在獵殺蒙面人士，雅各比。有人要我們的命。

也許是某個老敵人。也許是你在監獄裡見過的人。

想到不少名字。

是二當家？妙法吉米？皮相之王？問題很多，沒有答案。

也許你能給我開示一下。

羅夏？

24

羅夏，這是警方廣播。

我們知道你在裡面。

你跑不掉了。

聽好，如果裡頭有其他人，我要你先讓他們毫髮無傷地出來⋯⋯

不。

不、不、不。

⋯⋯然後你也跟著他們，雙手舉到明顯的地方。我給你三十秒⋯⋯

我中計了。被陷害了。居然自投羅網。

蠢啊，蠢，真蠢。

⋯⋯超過時間我就無法保證你的安全。

來吧，羅夏。痛快點，投降吧。

哼。不可能。絕不投降。

時間一分一秒過去了，羅夏。聽好，我們的人已經團團包圍，我們有槍也有催淚瓦斯，我們準備了一大堆傢伙等著招呼你。

武器。好的⋯⋯

十五秒。

十秒。羅夏，你這是在找自己麻煩。五秒。四秒⋯⋯

好吧。就這樣了。時間到了，我們要進攻了。希望你準備好了。

就等你們了。

25

哈囉，有人嗎？

靠，他最好給我出現**在**這。如果那是假線報……

看到那個**鎖**了嗎？他肯定**來過**這裡。

我們先把一樓拿下，再慢慢往上攻。

還有**別忘**了，這裡有隻**猛虎**。小心點，他可不是……

唉呀啊啊啊啊啊！

喔幹……

我著火了！噢，天啊，我**燒起來**了！

小心！小心，他在**樓梯**放火……

上帝啊，**發生**什麼事？到**廚房**拿點水來，把火**滅**了！

追上他。這裡沒路可以逃的。

靠。

喂！這裡需要更多**水**！還有該死的**支援**在哪？

他**在**哪？煙太大了……

他在呼他就在前面，在咳三樓。

真要命，後面的人有跟上嗎？怎麼回事？

他們就在後面。好……好，他就在某個地方……

老兄，我不**喜歡**這狀況。這傢伙根本是**野獸**……

26

……按照情況簡報，至少他通常不帶武器。他……

啊啊啊啊啊！天啊，救命，我的**眼睛**！

幫幫我啊，我**看**不到了……

讓開！讓開，我沒有空間可以……

……開槍……

查理，**怎麼了**？我的**眼睛**，我的**眼睛**啊……

威利斯和格里夫斯**受傷**了。別管火勢了，看在上帝分上，快**來**幫忙！

噢嗚。

啊啊呃呃。

他在臥房！我們**找到**他了！

查理？查理受傷了嗎？我**看**不到。現在情況**怎麼樣**？

史蒂夫，裡面是什麼狀況？有人在**尖叫**……

沒事啦。沒事，我們把他困住了。**肯定**沒問題。

那裡是**死路**。

他**出**不去的。

呃啊啊啊啊啊

27

喝啊啊！

抓住他！
抓住他，
他跳下來了！

嗚嗚呃……沒事。
一點也不痛。起來。
必須起來。
我中計了……

到底是誰？
誰陷害我？

起來。
起來起來起……

嗚呃

很好玩
是吧？玩很
爽嘛，死
變態！

啊啊啊

剝掉他的
面具！扒
下這狗崽
子的臉！

沒問題。靠，
他好臭。
是鬍後水嗎？

不！不不
不不不！

看！他的鞋！
裡面有墊片！
這矮子穿了增高鞋！

不！我的
臉！還我！

喔？
他是誰？

他是誰？這醜八怪可是黑社會
的瘟神……待會我們要把他跟
他們關在一起。這就是業力啊，
兄弟。萬事到頭終有報。

一切都會找到
平衡。

28

猛虎啊，猛虎
在暗夜的森林裡
燃起耀眼的光
是何等不朽之手，永恆之眼
才能在你身上
造就如此儡人的對稱？
——威廉·布雷克

以下內容來自《金銀島：漫畫寶庫》（弗林特版，紐約，1984）第五章，轉載已獲得作者及出版社授權。

如上一章所述，1950年代末期，E.C.的海盜系列作品征服了市場，所向無敵。五〇年代中期雖有短暫的反漫畫浪潮，照理講這可能會傷害E.C.公司，但結果他們毫髮無傷，甚至還迎來一波成長。當時的政府直接站在支持漫畫的一方，為的是維護他們旗下某種漫畫賦予的特工形象，這使得漫畫產業就像突然獲得山姆大叔（或至少可以說是J·艾德嘉·胡佛）的庇佑一般。不太意外的是，身為少數預料到海盜題材即將爆紅的公司之一，E.C.營運蒸蒸日上，他們在該領域的霸主地位一時間無人能動搖。

直到1960年5月。那時有一部傑出的新作品首次問世，出版社是「國

踩在十五名死者胸膛上的男子

家漫畫出版社」（National Comics），也就是現今的DC。那部傑作名叫《黑船奇譚》。雖然銷量未能超越《海盜風雲》（PIRACY）和《皇家海盜》（BUCCANEERS）等巨作，然而《黑船奇譚》獲得評論盛讚，對後世同類作品造成深遠影響，在漫畫史上留下不可磨滅的印記，直至今日仍有一定地位。確實如此，DC漫畫近日再版該系列最經典的前三十期，仍舊獲得廣大迴響。由此觀之，儘管距離初版發行已經過了四分之一世紀，這部作品的威力似乎未曾被時間沖淡。

《黑船奇譚》究竟有何特別之處？儘管如今多數人是聽說該作品後期的內容爭議才聞風而來，請別忘了這系列作品在發行之初就受到熱烈歡迎。那麼，一開始到底是哪一點讓成千上萬的讀者如痴如醉？

讓我們從頭說起，幾乎可以確定是，喬·奧蘭多的畫作厥功甚偉。本系列第一期到第九期全部由他作畫（《格拉帕戈斯·瓊斯》除外，這是部食之無味的附錄作品，刊載到第六期為止）。奧蘭多原本是E.C.《海盜風

雲》裡頭廣受歡迎的《馬尾藻海域故事集》畫師，國家漫畫編輯朱留斯·舒瓦茲成功將他挖角過來。他被視為海盜畫家之中的明星，各公司爭相邀請的人才。比起許多E.C同期畫家，他更能適應題材轉換，從科幻、恐怖轉向氛圍完全不同的海盜故事，他游刃有餘。在這發展迅速的領域中，也許他是最受敬重的藝術家了，粉絲們莫不殷殷期盼《黑船奇譚》的第一期上市。

他們沒有白等。第一期確實是經典的奧蘭多風格。劇本由當時初出茅廬的新星馬克斯·希亞執筆，雖然內容紮實，但跟他後來的作品相比，不免有點老套、容易預測故事走向，在這期漫畫中，奧蘭多的筆觸、陰影與臉孔，明顯凌駕了劇本，營造出黑暗莊嚴的氛圍，讓讀者欲罷不能。

這故事等於是書名那艘船的介紹辭，而這書名顯然是借用了布萊希特與懷爾合寫的《三毛錢歌劇》裡面的一艘船。在這第一個故事裡，三名人生道路大不相同的男子，都被命運帶往一家碼頭邊的小酒館找工作。那地方幾乎是個廢墟，只有一個陰沉的旅店主人一語不發端給他們淡啤酒，隔壁桌還坐了個皮膚黝黑、身形高大的船長，聆聽他們交換彼此的故事。

這些小巧的故事各自獨立，包裹在更大的敘事框架裡。不難預料，故事結尾都有個翻轉，揭露這幾個說書人本身都是十足卑鄙無恥的傢伙，背信棄義是他們的家常便飯。船長在旁邊聽完故事，說他聽得津津有味，邀他們上船同行。就在登船之際，他們發現船身的木材似乎滲出一股極其恐怖的死亡氣味，但已經太遲了。這三位走霉運的水手瞭解到這是艘地獄來的船，專門載運邪

喬·奧蘭多，約1953年

惡的靈魂，讓他們在血跡斑斑的甲板上徘徊至永遠。

船長的身分始終沒有講明，他就是撒旦嗎？或者他自己也是這艘船的受害者？但讀者沉浸於奧蘭多那令人屏息的畫面中，這種問題可以說是無足輕重。從第一個人的故事開始，奇詭的場景就讓人目瞪口呆：兩名盜墓者在教堂墓地底下長滿蠕蟲的隧道裡，拿著鏟子纏鬥至死。至到故事結尾，鬼氣森森又令人回味無窮的最後一幕：恐怖的黑船漂向遠方，消失在白色的大霧中。每一頁的畫面都是驚心動魄，

即便在文字平淡無奇之處，災厄與邪魅的氣息也躍然紙上，彷彿觸手可及。

後續各期的篇章裡，奧蘭多的手筆依舊出色，而劇本作者希亞也適應了媒材，品質逐漸提高。隨著信心迅速增長，希亞開始嘗試一些在當時來說算是相當新穎甚至基進的故事主題。第三期的故事〈一息尚存〉，是透過一名溺水男子的視角來講述，他腫脹的雙眼看見一生的記憶輪番上演，期間穿插著他對於溺斃體驗的恐怖描述。即使今日來讀，這故事仍能喚起近乎身歷其境的窒息感受，讀完故事把書放下的那一刻，無疑是種解脫。結尾的場景，是大量死人與溺斃者在海底朝向黑船的錨索走去，他們要沿著錨索爬上船，回到他們命運的歸宿。這畫面至今仍是奧蘭多最令人毛骨悚然的傑作之一。

到了第五期，從讀者迴響來看，這套作品顯然已經廣受歡迎，而且奧蘭多和希亞獲得的讚譽可說是平分秋色。據內部人士透露，這位作家有生以來首次收到粉絲來信，這對他卻造成了負面影響，他開始認為自己才是這套作品的主要功臣，對於奧蘭多位居要角心生不滿。他開始在劇本中寫進不可能畫得出的細節描述，並且針對已經畫好的作品無止盡地提出吹毛求庛的修改要求。

儘管創作團隊日生嫌隙，兩人仍繼續創作《黑船奇譚》到第九期為止，奧蘭多請舒瓦茲將他調離這套作品，他表示劇本作者的狂妄自大是造成他做此決定的主要原因。在這九期作品中，他們一起打造了許多令人難忘的故事，其中最知名的莫過於第七期的〈愛德華・提區的船歌〉。這篇故事是

向東行，
橫渡夜之海。

向東行，枉死之人
的裸背乘載我。

金銀島：
漫畫寶庫

透過死去的海盜愛德華·提區（人稱黑鬍子）以韻文形式道出，讀者最先接收到的，是一種在道德上黑暗又悲觀的感受，這種氛圍成了希亞在本系列作品中的文字基調，而且跟奧蘭多的作畫風格相得益彰。那個時期的讀者，恐怕都對黑鬍子那張讓人心驚膽戰的特寫難以忘懷，他被描繪成暴力與邪佞的化身，在那格圖像中，他的眼神彷彿躍出紙面，直視讀者，提醒著他們自身的處境也許不比提區高貴多少：腳下的木板左搖右晃，我這世界是個腥臭、鹽漬的地獄。不過啊，或許你們的世界也沒好到哪去：在你們那裡，主教以香丸掩鼻，漫步停屍場；在你們那裡，卑鄙之人繁衍興旺，蠕動爬行跪地上。

奧蘭多離開後，這套作品的繪畫部分交給一位知名度相對較低，但技藝十分精湛的畫師，名為華特·芬柏格。在此之前，他最為人所知的是眾多西部漫畫作品，儘管夾在吉爾·凱恩和艾力士，托斯等西部漫畫大師之間而不太受到注目，但由他執筆填補檔期的作品往往非常精彩。雖然奧蘭多在《黑船奇譚》前幾期的作品已樹立典範，但芬柏格終究獲得了大放異彩的機會。不知何故，很少聽說芬柏格和希亞之間有摩擦傳出（或許是奧蘭多的離去，讓這位喜怒無常的作家有所警惕，決心收斂自己的行為），事實上，他們也的確持續合作，直到第三十一期，希亞退出本系列。

雖然希亞的寫作技巧還在逐漸成長，但不管怎麼說，後面二十幾期同樣是能與

奧蘭多作品比肩的一代經典。

他在這段時期寫下的東西仍是一貫的黑暗、不祥，形而上的恐怖與面對現實的倉惶失措，兩者的平衡恰到好處，尤其在主題涉及道德或性的時候更是發揮得淋漓盡致。讀者要是期

待著振奮人心的冒險故事，翻開此作時，看到那種耽溺於以扭曲、陰暗的論調描繪人類處境的內容，若不是感到排斥，就是會沉迷其中。像是〈船首雕像〉的故事，直言不諱地表現了男同性戀題材；而極其痛苦的〈孤立無援〉在讀者心中最是印象鮮明。

〈孤立無援〉分成上下兩篇，刊

黑船奇譚

61

登於23、24期,芬柏格與希亞的合作在此達到極致,令人汗毛直豎。這篇故事有個特別之處,就是通篇故事只有一個角色,大半以畫外獨白敘述。〈孤立無援〉的故事內容,描述一名年輕水手所乘船隻被黑船擊毀,來不及回鄉警告所有人地獄之船即將來襲。他漂流到一座無人島,只有其他船員的屍體相伴。想到他被困在這座島上,而黑船上那些禽獸必然會撲向他的城鎮,蹂躪他的家園、妻子與兒女,讀者會對這名發狂的水手所受到的身心折磨感同身受。為了

阻止這場災禍,他強烈渴望趕回家鄉,於是我們看到這位水手最終以匪夷所思的方式離開了島嶼,他打造了一艘或許是海盜漫畫史上最駭人也最恐怖的載具:他挖出不久前才埋進土裡的同伴屍

體,然後把這些脹滿氣體的屍身綑在一起,綁到他的自制木筏底下當浮筒,指望能搭著這玩意兒回到故土(本章節標題正是由此而來)。當他憑藉這恐怖的東西安全抵達大陸時,這位無論外表或內心都日漸狂亂的水手,憂心如焚地想回到家鄉,為了達到目的,甚至在路上殺人搶馬,不擇手段。最後的場景,文字與畫面配合得天衣無縫,讀者會發現這名水手雖然逃出了無人島,但最後卻以更加驚悚的方式,讓自己在人性上扭曲到另一種孤立無援的境地。

大約從系列第二十五期開始,問題來了,希亞開始嘗試爭議性題材,故事圍繞著黑船船長搶來的藏書內容展開。其中有一冊遭禁的圖書,原本應該送往梵帝岡的地窖,永世不見天日,但卻在運送的半路上被海盜劫走。本來預計發行的五冊故事,有四冊遭DC以「露骨色情」為由拒刊,因此引發了一波爭論,希亞也因此離開這部作品,甚至直接離開了漫畫界,回去寫小說,像是那部兩度被拍成電影的經典之作《霧舞》。

本文寫作之時,希亞下落不明。事件情況就像他筆下任何一個故事一樣詭異。某天早上,這位作家從自宅消失,從此沒人見過他的蹤影,警方至今仍在調查中。他不僅留下一批優秀的小說和劇本,還有一整套典範級的海盜故事,根據《奧佛斯特價格指南》,現今大約叫價一千美元。還有很多故事等著被重新發掘、重新檢視,就像那些讓人趨之若鶩的傳說祕寶,隱藏在這類浮誇、刺激的類型作品表象之下。

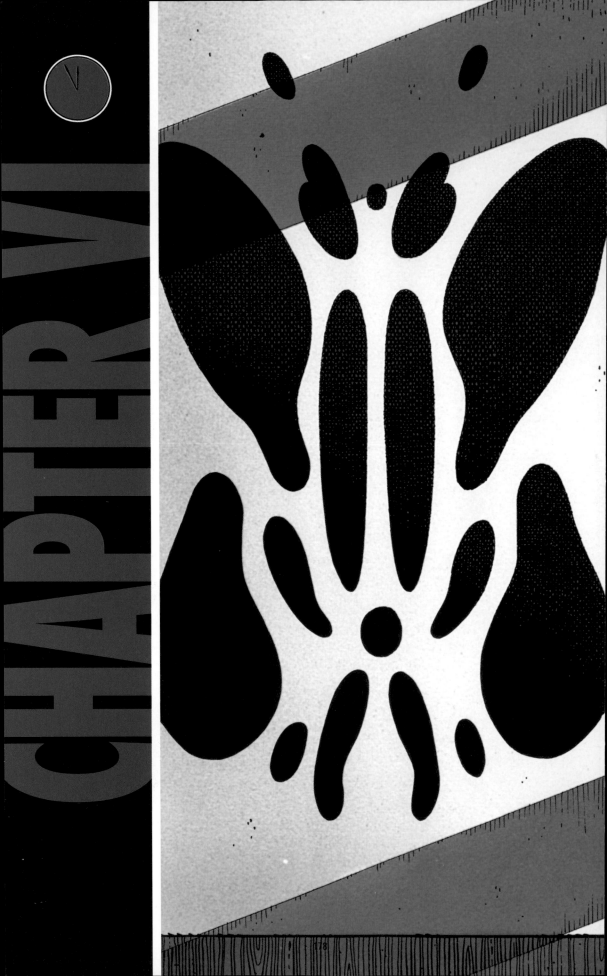

好的，你應該知道這是什麼……

第一次與寇瓦克斯面談……他比我聽說的更令人不安，不過我很樂觀。這次成功的話，我會聲名大噪。

請你看看這張圖，說出你看到什麼。

他非常沉默寡言，表情和聲音都很淡漠。要取得他的回應往往很困難。

華特，可以看看這個嗎？

幫個忙，看一下吧？

以外表來說，他醜得挺有魅力。我可以盯著他看好幾個小時……但要是他反過來盯著我就不行了，那會讓我很不舒服。他似乎從來不眨眼。

儘管如此，我深信我能幫助他。優秀的精神分析學家可以解決所有難題，大家都認為我很優秀，擅長與人溝通。

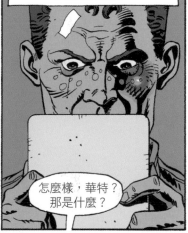

怎麼樣，華特？那是什麼？

你看到什麼？

美麗的蝴蝶。

沒想到他對羅夏墨跡測驗的回應相當正向，既光明又健康。我真的覺得他會越來越好。

只希望他別那麼緊繃就好。

1

希望他不要一直
那樣盯著我。

深淵也在凝視著你

他的全名是華特·喬瑟夫·寇瓦克斯，出生於1940年。母親的姓名是希薇亞·喬安娜·寇瓦克斯，原名為希薇亞·葛里克。父親姓名不詳。

我們再試試
其他的吧？

身高168公分，體重64公斤。以他的**年紀**來說，身材維持得很好，只是有一大堆瘀青和撕裂傷，大部分都是**被逮捕**時造成的。

這個
呢？

警方把他狠狠揍了一頓。1977年警察大罷工時，他發表了許多反警察的煽動性言論，這筆帳他們可沒忘。

來吧，
華特……幫
幫我吧？

警方不喜歡他；**黑社會**不喜歡他；根本**沒人**喜歡他。我從沒見過如此**孤僻**的人。他到底是怎麼**變成**這樣的？

華特？

好，很好。

華特，現在請告訴我，卡片上是什麼圖案……

2

我已經說**沒興趣**了。五塊拿去。妳還**不值**這些錢咧。

五塊……？

五塊？你這**人渣**！下流的**人渣**！你**敢**這樣拍拍屁股走人？你**敢**走試試看！

滾開呀，白痴。

媽……媽？

媽，**對不起**。我、我、我以為他在**傷害**妳。我以為……

你這**小廢物**！

嗚哇！

你知道你害我付出多少**代價**嗎？醜陋的小畜生。

啊啊啊啊啊啊！媽咪咻咻咻……

噢

啊啊啊

啊啊

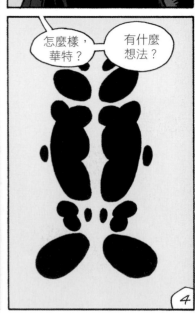

怎麼樣，華特？

有什麼想法？

我早該聽**其他人**的意見！我應該把你**拿掉**的！

④

幾朵漂亮的花。

好極了。

華特,很高興今天聽到你的這些**回應**,另外,也希望你**瞭解**……

我真的覺得有**希望**,華特,你不覺得嗎?

唔……好的,華特,我想今天到這裡就**可以**了……

警衛會帶你回去你的,呃,你的**地方**。

我們**明天**見。

嘿!嘿,羅夏!你死定了……

沒錯,但死前得當我們的**女人**爽一爽,不錯吧?

我要把你大**卸**八塊,娘砲。要把你踩在地上像葡萄一樣剝皮……

羅夏……

你要跪地**求饒**了。你得在這裡待到**老死**……

捅到你尖叫,割斷你喉嚨,羅夏……

羅夏

你**死**定了,羅夏……

拿掉
面具更醜

羅夏

你有**媽媽**嗎？她**死定了**。
有**小孩**嗎？他們**死定了**。
姊妹呢？一樣是死
……
讓你流血、流血、
流血！

羅夏

你有養狗嗎？牠……

羅夏

流血、流血、流血！

宰了你宰了你
宰了

羅夏

恨你，羅夏

舌頭伸出來，塞到

把你像條**魚**一樣剔
出骨頭，然後

羅夏！

到你嘴裡，
然後我再

你穩死的，
羅夏

撕成一條破布，
用來綁住你的
眼睛，我再

羅夏

早**晚**的事，
羅夏

有夠臭，羅夏

扒光你的衣服，
把你塞進破可樂
瓶裡

讓你流血~
讓你流血~

……叫**你**
啦，矮子。

喂，有病
啊？**聾**了還
是**怎樣**？

我……我要去**店**裡**買**
東西。幫我**媽**……

哈哈哈。**我**
也有東西要
給**你媽**咧。

沒錯。幹麼
不給？大家
都有，我聽
說……

對吧？小
鬼。你媽
是**妓女**？

她當然是。他要
幫我們牽線啦，
對嗎？小雜種。

讓我**過**
去！我必
須去……

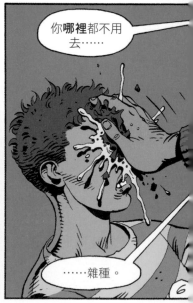

你**哪裡**都不用
去……

……雜種。

184

啊哈哈哈！看他這蠢樣……

不只蠢，聞聞看，還很臭。

婊子養的。

搞不好有虱子。說不定還染病。

啊哈哈哈哈哈哈！

你有得病嗎？妓女生的垃圾。

狗雜種。

不把這小畜生抓來好好檢查檢查不行。

啊哈哈哈哈哈哈！

靠，他搞不好什麼病都有。

賤畜。

就像在軍隊裡。我爸說……

好啦，雜種，褲子脫下來。我們要幫你檢查了。

喂，李奇，小心，他要……

蛤？你這賤東西……

咿咿咿咿咿咿咿咿咿咿咿咿呀啊啊

咿咿咿咿！咿咿咿咿咿咿咿咿呃呃啊！

啊啊啊啊啊！走開！放開我！

天啊，你看那邊……

喔，天啊，你看，骯髒的畜生。

好了！好了，夠了！夠

把他拉開！天啊，誰來把他拉開，不然

啊啊啊啊啊啊！噢，靠！不不不不不

抓住他手臂！抓住他手臂！

根本是畜生。像條瘋狗……

應該要關起來。他居然那樣咬

什麼父母養出來的。

完全是瘋狗……

1951年，他攻擊年紀比他大的孩子，用一根點燃的香菸幾乎弄瞎了那傢伙。當時他十歲。

7

管理單位調查了他的**家庭背景**，把他帶離了母親，送往**收容機構**。離開她之後，他似乎有所**改善**。

寇瓦克斯在校成績優異，他成為一名**聰明**的孩子，但異常**沉默**。

馬爾？

即使在1956年，當他得知自己母親被殘忍殺害，他的回應也只有短短的一個字：

「好。」

馬爾，很**晚**了。你那個**羅夏**的案子弄得差不多了嗎？

不是羅夏。是華特·**寇瓦克斯**。羅夏只是個幻想出來的**病態人格**。妳知道嗎？在**保釋聽證會**上，他什麼也不**回答**。

新聞都說他很可怕。馬爾，別陷得太深。這可能會毀了你好脾氣。

葛蘿莉亞，我心寬體胖，哪有什麼能毀了我的脾氣……

……雖然他早期的人生發生了點事，一直幻想著**從未見過的**父親……

噓。把工作留在**辦公室**吧。你的人生很美好，我的人生很美好。其他人並**不重要**。

確實不重要。只不過他**沉默**又**憂鬱**，我真的覺得能幫他**走出**這困境。

嗯，如果有人辦得到，那非你莫屬……

你是我所**認識**最好、最正向的人。**所以**你更應該好好**照顧**自己。不過啊，你確定跟這個叫**寇瓦克斯**的傢伙打交道**安全**嗎？

別擔心。他在**新新懲教所**等待**審判**，那裡**警衛森嚴**，他不會有**威脅**。

不再有了。

好吧，希望沒有。來……別提工作了。今晚很美……

……我們來試試讓今晚**永遠不會**結束。

8

186

早安，華特。今天我想……

呵啊-啊嗯姆

抱歉，昨天太晚睡。今天，我想做點別的。坦白說，華特，我想聊聊。

我想跟你聊羅夏。

能跟我聊聊嗎？華特。

能告訴我羅夏的事嗎？

你一直叫我華特。

我不喜歡你。

呃……

你……你不喜歡我。好吧。好的。

唔，具體來說是為什麼呢？

肥胖。有錢。以為自己知道別人的痛苦。

醫生，我會告訴你一些事。

我會告訴你羅夏的事。

9

「1956年。16歲。離開育幼院。成為服飾業工人，沒有專業技能。」

「工作尚能忍受，但不愉快。必須處理女性衣物。」

「1962年。接獲特殊訂單，要用曼哈頓博士新發明的免紡布料做洋裝。兩層乳膠間夾著黏性液體，能感熱與感壓。」

「客戶是個年輕女孩，義大利名字。拒絕收貨。她說太醜了。」

「錯。一點也不醜。」

「黑與白。不斷移動。不斷變形……但絕不混合。永遠不會變成灰色。」

「太美，太美了。」

「沒人要。注定是我的。拿回家。學著用加熱工具重新接合乳膠。」

「經過一番裁剪，看起來一點也不像女人的衣物了。」

沒多久就無聊了。布料沒用了。塞進衣箱就忘了這回事。

兩年過去。1964年3月。上班路上，停在一家小報攤，買了報紙。她就在那，頭版。

「訂購特製洋裝的女人。」

「凱蒂·吉諾維絲。」

☆ 🔲 New York Gazet

女子遇害
鄰居冷眼
旁觀

「我確定是那女人的名字。」

「被強姦。虐待。殺害。就在這裡。紐約。在她的公寓門口。」

「將近四十位鄰居聽到尖叫。袖手旁觀。沒人報警。有些人甚至在旁邊看熱鬧。你懂嗎？」

「有些人甚至是在觀賞。」

「我看清了人們的真面目。藏在所有藉口、所有自欺欺人背後的真面目。可恥的人性。我回家，把她不要的洋裝剩下的布料拿出來……」

……做了一張臉，一張我在鏡裡看到還算能忍受的臉。」

⑩

一張臉。我懂了。

華特，**凱蒂·吉諾維絲**的遭遇**真**的能證明全體**人類**都**無藥可救**嗎？

我覺得是**負面的世界觀**限制了你的思維。**好人**也是有的，像是……

你嗎？

當然不會。你只是這樣想。你覺得你是好人！

我？呃，這個，我不會這樣講。我……

醫生，你為什麼花這麼多時間在我身上？

呃……好吧，因為我**關心**你，還有，我想幫助你**好轉**……

關在牢裡的其他人，很多人行為都比我更極端。

你卻沒花任何時間在他們身上……

……因為，他們都沒沒無名。無法讓你的名字登在期刊上。

你才不想幫助我好轉。只是想知道我發瘋的原因。

想知道？

可以啊，醫生你等著。

你會知道的。

馬爾坎·隆醫師的筆記，
1985年10月26日

當然，我們在此看到的，是個攻擊行為被誤導至其他方向的典型案例。

寇瓦克斯恨自己的母親。在她死後，他需要有發洩憤怒的對象，於是他選上所有犯罪者。

那個薄弱的凱蒂·吉諾維絲故事，顯然是他用來合理化自身行為的藉口。

事實很清楚。案例解決。

「你會知道的。」

他這話什麼意思？

11

稍後：副典獄長剛來電。看來寇瓦克斯今天捲入一場事故，就在我們見完面之後，午餐時間，地點是食堂……

羅夏……

嘿，羅夏……我見到大名人啦！

喂，我好想要你的簽名啊。

我的**簽名本**就在**口袋**裡……

這些年來，收集到不少**名人的簽名**呢……

……要是你也能加入**名單**裡就太好了。

喂！喂不要**亂碰**！你想幹嘛……

12

警衛介入了，把寇瓦克斯拖到禁閉室，另一個人則送往監獄醫院。

副典獄長說，那人的燙傷非常恐怖。他把滾燙的熱油……喔不，我不願再想下去。

他們把他拖離現場的時候，羅夏對著其他囚犯發言。

他說：「你們全都沒搞懂。不是**我**被迫和**你們**關在一起。而是**你們**被迫和**我**關在一起。」

我先前的樂觀想法煙消雲散。他變糟了。

我也是。讀讀我前面寫的幾行就知道。第六行應該是「寇瓦克斯對著其他囚犯喊話。」

是寇瓦克斯。

不是羅夏。

馬爾？你喝那麼多**咖啡**，根本**不用**睡了。

噢，嗨，葛蘿莉亞。其實我也還沒打算睡。寇瓦克斯的案子。妳知道……需要耗費許多**精力**……

葛蘿莉亞，**拜託**！那時是那時，現在是**現在**……

記得昨**晚**嗎？馬爾。**我**需要你耗費精力的時候？

……說真的，妳明知我必須**工作**，卻在這時候跟我談**性**，這實在不公平。

喔。是喔，也許是因為我有時會注意到，你有多常在明知我需要性的時候跟我談**工作**。

晚安，馬爾。

等等！葛蘿莉亞，這什麼**意思**？回來。我們可以**談談**……

「是你們被迫和我關在一起。」他說。

他是對的。

完全正確。

13

好的，羅……

好的，華特……今天，我們就從上次**中斷**的地方開始……

在凱蒂·惹諾維謀殺事件之後，你決定向**犯罪分子**發洩你的**敵意**……

你為自己做了個**面具**，決定成為**羅夏**……

別傻了。

我那時還不是羅夏。

那時我只是寇瓦克斯。

假裝自己是羅夏的寇瓦克斯。

「要當羅夏，需要有一定的洞察力。然而當時，只是自以為是羅夏而已。太天真。太年輕。」

「心太軟。」

心軟？什麼**意思**？

對待人渣太心軟。太年輕了，下手太輕，對那些人太好了。

「留了他們的狗命。」

跟你對待**雅各比**先生的方式，以及你涉嫌的**其他**謀殺案比起來，確實大不相同。

嗯，從你的**檔案**來看，在1975年以前，從沒有以**嚴重暴力**對付罪犯的紀錄。

那就是我說的。心軟。

KOVACS,W.

「那時根本沒意識到我們賭上了什麼。」

「我們都一樣……我、其他朋友，心都太軟。」

你有朋友？

14

寇瓦克斯有朋友。
其他扮裝人士。寇
瓦克斯自己也，就
只是個扮裝人士。

不是羅夏。

根本不是
羅夏。

「1965年，跟
夜梟合作整肅街頭
幫派。一起鏟除了
大人物，聯手
打倒了二當家。
合作愉快。

「直到他像其他人
一樣，心軟了。」

「直到他洗手
不幹。」

沒毅力。
每個都
沒有。

除了笑匠。1966年遇到
他。性格很堅毅。不在乎
人們喜不喜歡。
毫不妥協。

我很欽佩
他。

「在我們之中，他最瞭解世界。
瞭解人。瞭解社會，以及社會上
在發生的事。」

「那些大家都心照不宣
的事；大家都怕得不敢
面對的事；太不體面，
所以沒人想談的事。」

「他懂。」

他瞭解人有本事
幹出多恐怖的
事，而他從不退
縮。他看見世界
的黑暗面，而從
未投降。

一個人只要
看見了，就
不可能再轉身
離去。不可
能假裝這一切
不存在。

「無論誰命令他轉頭看
向別處，都沒用。」

「我們做這些事，不是因
為有人允許，而是因為
我們必須做。」

「我們做這些事，是因為
我們不得不做。」

15

他今天的最後一句話是：
「我們做這些事，是因為
我們不得不做。」

但他完全沒說是什麼迫使他不得不
做。不是他的**童年**、他的**母親**，或
是**凱蒂·吉諾維絲**。這些事只是讓
他對於世上的**不公不義反應過度**。

迫使他跨過
界限的，
不是這些。

把他變成羅夏的，不是這些。

似乎是持續接觸社會的
陰暗面，把他形塑成
更陰暗、更惡劣的存在。

但願我能説服他，人
生**不是**他想的那樣。
世界不是他想的那樣。

我敢**肯定**，確實
不是。

回家路上我買了一份《公報》，
裡頭有一小塊版面報導了寇瓦克
斯的事，賣報小販興奮地指給我
看。我猜他對每個人都這樣做。

看來寇瓦克斯是
這書報攤的
常客。

這巧合微不
足道，卻讓
我很不安。

New York Go

頭版新聞也令人不安。俄羅
斯把坦克開進了巴基斯坦。

第七大道，有人用漆罐在牆壁
上噴了人形的剪影。這讓我想
起**廣島**那些被粉碎的人，
只留下了無法抹滅的影子。

回家後，葛蘿莉亞似乎想設法
緩解昨天的尷尬，她説她邀請了
蘭迪和戴安娜明天共進晚餐。

我精疲力盡，無法聽完所有
細節，於是提議早點睡。

16

馬爾坎·隆醫師的筆記。
1985年10月28日：

今天，他什麼都告訴我了。

哈囉，羅夏。今天好嗎？

被關在監獄。

你呢？

呃……不錯。還行。

我想再試試墨跡測試。

可以幫我看看這張圖嗎？

對。我知道。

我……呃……我覺得你之前的回答可能不太完整，我想再試一次。

來吧。說真的，你看到什麼。

狗。

腦袋被劈成兩半的狗。

我……我明白了。

那，呃，你覺得是什麼，呃，把那隻狗的腦袋……

劈成兩半？

我幹的。

17

1975年。有件綁架案。也許你有印象。

布萊兒・羅區。六歲。綁架犯認為能利用她勒索羅區化工企業的錢。

白痴。錯得離譜。她父親是公車司機，根本沒錢。

日子一天天過去。綁架犯一句話也沒捎來。基於私人理由，一想到那孩子會被虐待、會嚇得半死。我受不了。

我決定插手。向家長保證會把她平安帶回來。

我造訪了幾家不法分子聚集的酒吧，拷打了幾個人。十四個人被送進醫院，沒問到什麼。

「第十五個人給了地址。是家廢棄的裁縫店，在布魯克林。

「那一帶很亂。空氣中一股潮濕的灰泥味和骯髒的床墊味。

「黃昏時抵達。建築物裡沒亮燈。

「後頭的荒地傳來噪音。

「狗在打架。兩隻德國狼犬，在搶一根骨頭。似乎對我沒興趣。

「總之我決定不走後門。

「像個體面的客人，從前門走進去。」

18

19

下刀的衝擊震得我整條手臂發麻。溫熱的血像從水龍頭噴出來，灑在我胸口。

此時開口喊了聲「媽媽」的是寇瓦克斯，聲音被乳膠面罩摀住。此時閉上雙眼的也還是寇瓦克斯。

再睜開眼睛時，就是羅夏了。

根據我問到的資訊，使用這棟房子的人名叫傑洛德·格萊斯。

我來的時候他在外頭喝酒。回到裁縫店的時間是十點四十五。

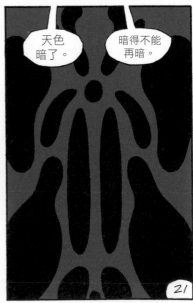

天色暗了。

暗得不能再暗。

21

咿咿咿嗚嗚嗚啊！走開！

誰幫我把這個弄走！

噢嗚嗚。

喔，不。喔，拜託……我什麼也沒做……

噢嗚。噢，等等！等等，拜託，你要幹什麼……？

等等……等等，我知道你搞錯了……

你以為我跟那個小女孩的事有關。呃，呃，不是我，知道嗎？不是。

天啊，拜託……你要做什麼？

你、你無法證明。喂，你有什麼證據？你根本動不了……

……我……

24

喂，等一下，那是我的東西！

這是怎樣？

你要幹什麼！就這樣？

等等，拜託，你至少說句話啊……

喂！喂，你發瘋啊？

那是煤油啊！

對。

別浪費力氣去鋸手銬

絕對來不及。

什麼意思？我該怎麼……

天啊。

噢，上帝啊，不要這樣。你開玩笑吧。你一定是在開玩笑。

咿咿咿咿啊啊

呀啊啊啊啊啊啊

什麼意思？我該怎麼……

「站在街上，看著火燒。」

「想像著裡頭有具感受不到四肢的軀幹；胸膛被燻得焦黑；腹部悶燒著；身上一處接著一處爆出火焰。」

「我看了整整一小時。」

沒人逃出來。

25

「站在火光裡，讓熱氣蒸烤。胸口的血跡像通往暴力新大陸的地圖。」

「我感覺身心被淨化。感覺黑暗的星球在我腳下轉動，霎時明白了是什麼讓貓在夜裡像嬰兒一樣哭嚎。」

「我看向天空，穿越那飽含人類脂肪燒出的濃重黑煙，上帝不在那裡。冰冷而令人窒息的黑暗，綿延至永恆，我們孤立無援。」

「賴活於世，渾渾噩噩，生命的意義留待日後杜撰。」

「生於虛無，繁衍子女，將他們囚於地獄，一如吾等，終歸虛無

「僅此而已。」

存在是隨機的。因我們凝視存在太久而產生的想像並無模式，

因我們選出的強行加上的解釋並無意義。

這無常的世界並非由模糊的形而上力量形塑。殺死孩子的不是上帝，屠宰他們的不適運氣，把他們拿去餵狗的也不是命運。

是我們。

只是我們。

大火的惡臭彌漫街頭。虛空在我心上強勁地呼氣，把我心頭的幻覺都凍結成冰，再砸個粉碎。

那時，我重生了。得以在這個道德一片空白的世界，自由揮灑我構想的圖像。

我成為了羅夏。

以上這些，有回答到你的問題嗎，醫生？

26

馬爾坎·隆醫師的筆記。
1985年10月28日：

我沿著第40街走路回家。一位黑人試著想推銷我買支勞力士表。我沒看他，繼續走，他開始大喊：「黑鬼！喂，黑鬼！」

我忽略他。買了報紙。俄羅斯宣稱戰事波及巴基斯坦只是意外。尼克森表示，美國以「最高規格軍力」應對蘇聯持續的侵略行為。

內文寫著核戰發生時的標準應對流程。

FINAL · New York Gazette

尼克森保證最高規格軍力

文章寫道，任何死亡的家庭成員都必須以塑膠垃圾袋包裹，放置於屋外等待統一收集。

第7大道，那對廣島戀人仍在試著給予彼此徒勞的安慰。

在家裡：葛蘿莉亞提醒我，蘭迪和戴安娜今晚會來。我承認我忘了，她氣得瞪我。我們不發一語，穿上適合晚宴的服裝。

晚餐進行得不太順利。

欸，馬爾，你那位大名鼎鼎的**面具狂人**情況怎麼樣？

哦，**對對，說**來聽聽。他有沒有講什麼**詭異**或**變態**的事？

有啊。有啊。他有說。

今天他跟我說了一名小女孩被綁架的事。

呃，也許現在不太適合講這個……

哇塞！她被綁起來，嘴巴塞著，茫然無助嗎？

蘭-迪！

不。她六歲。綁架犯殺了她，剁成肉塊，餵給德國狼犬吃。

葛蘿莉亞？

妳要去哪？

27

戴安娜突然想起他們的保姆會提早下班，晚餐後他們就匆匆離開。

葛蘿莉亞走進臥室，我跟著她。她又走出房門，到客廳去。

我坐在床沿。

她進來，披著大衣，用一大堆跟性有關的難聽髒話大罵我一頓，然後離開屋子，大聲甩上門。

吵這些幹嘛？生命太脆弱了，我們只是隻病毒，好不容易攀上了砂粒，但仍懸浮在永恆的虛無中。

下個星期，說不定我就必須把她裝進垃圾袋裡，放到門外等人統一來收。

我坐在床沿。

我注視著羅夏墨跡圖。

試著假裝它看起來像一棵枝葉繁茂的樹，投下一窪窪的樹影。但不可能。

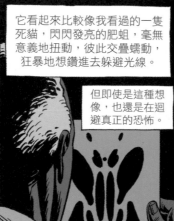

它看起來比較像我看過的一隻死貓，閃閃發亮的肥蛆，毫無意義地扭動，彼此交疊蠕動，狂暴地想鑽進去躲避光線。

但即使是這種想像，也還是在迴避真正的恐怖。

真正的恐怖是：到最後，這張圖只是毫無意義的一片黑暗。

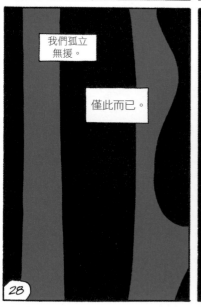

我們孤立無援。

僅此而已。

切莫與怪物交戰，以免自己也成為怪物；

你若凝視深淵，深淵也在凝視著你。

——弗里德里希·威廉·尼采

表 2-18

約市

察局

頓分局

僅限局內各部門流通使用

（請以清晰字體書寫或繕打）

姓名 寇瓦克斯，華特・喬瑟夫

地址 無長期住所

出生 1940年3月21日

母親 寇瓦克斯，希維亞・喬安娜（原姓格里克）

父親 不詳

左姆指印　　　　　右姆指印

62186

62186

| 逮捕詳情用 | 複本： |

華特・喬瑟夫・寇瓦克斯，又名羅夏，在10月21日星期一晚上被捕，范警探和柏昆警探接獲匿名線報，率領一隊員警包圍艾德加・威廉・雅各比（又名艾德加・威廉・范恩，又名威廉・艾德加・布萊特，又名魔洛克）的住所；當時，寇瓦克斯就在屋裡，在他拒捕的過程裡傷害了兩名員警。蕭警官受到輕度灼傷送醫，而格里弗警官遭到氣動鉤爪槍近距離射擊，胸骨粉碎，撰寫本記錄時（1985年10月22日）仍在醫院加護病房搶救中。

警方搜索該房屋時，在廚房發現了艾德加・雅各比的屍體，頭部中彈。凶器在旁邊半公尺左右找到，雖然槍上沒有指紋，但應注意寇瓦克斯被捕時戴著手套，沒有指紋不代表什麼。雖然寇瓦克斯否認謀殺雅各比，但根據他先前對待其他罪犯的暴力行為紀錄，以及當時他身在謀殺現場，似乎沒有其他可能性。奇怪的是，寇瓦克斯對他涉嫌的另外兩件謀殺案坦承不諱，一件是1975年夏天的無業人士**傑洛德・安東尼・格萊斯**案；另一件是在兩年後，《基恩法案》剛實施，1977年夏天的**哈維・查爾斯・傅尼斯**案，他是通緝在案的連續強姦犯。

寇瓦克斯被捕當下，口袋裡物品如下：1支電池手電筒；5顆個別包裝的「甜馬車」口嚼方糖；1張1968年版紐約地下通道與地鐵系統路線圖，用紅筆畫上了近期變更之處；一朵枯萎的紅玫瑰殘骸；1塊59分美元零錢；一支鉛筆；一本筆記本，內頁寫滿東西，不是繁複的密碼文字，就是潦草古怪到無法辨識的筆跡；瓶身破損的一瓶「往日情懷」男性古龍水，可能是逃避追捕時從雅各比住所二樓窗戶跳下摔破的；一些黑胡椒粉殘渣。

（如需第二頁，請參照表6-2）

紐約州立精神病院
西部分院

早期歷史（摘要）：

　　希維亞‧寇瓦克斯在1935年春天與丈夫彼得‧喬瑟夫‧寇瓦克斯從俄亥俄搬到紐約。1937年，他們交相指控對方通姦及精神虐待，於是離婚。離婚後她不再與前夫聯絡，後續三年，她住過好幾間廉價公寓，有時獨居，有時與男性熟人同住。她開始賣淫還債的確切時間不太清楚，但她的最後一段半持久關係對象就是華特‧寇瓦克斯的親生父親，他在孩子出生前兩個月就離開了她。寇瓦克斯夫人只說他的名字叫「查理」，此外無法或不願提供關於他的任何詳細資料。兒子出生後不久，寇瓦克斯夫人首次因賣淫被捕，或許我們可以假定，正是照料嬰兒的額外開銷迫使她走上這條路；此外，也許還能進一步推測，希維亞‧寇瓦克斯在養育兒子長大的過程中，表現出的忿恨與殘酷，可能也是出於上述因素。

　　1951年7月，這男孩在街頭暴力攻擊兩名較年長的男孩，導致其中一人部分失明，因此被移送教養機構。訊問時，寇瓦克斯拒絕說明他出手攻擊的理由，因此只能假定他是無緣無故襲擊他人。儘管如此，調查過這孩子生活的環境之後，發現他經常遭到毆打，而且一直生活在惡劣不堪的性交易場所中，因此當局決定將他轉交照護中心。他被送到了新澤西州的莉莉安‧查爾頓問題兒童之家，他在那裡待到1956年，根據評估，他的智能和穩定性都足以重返一般社會生活。待在兒童之家期間，少了他母親的負面影響，寇瓦克斯在學校課業上表現優異，尤其是在文學與宗教學科，另外，體能與業餘拳擊方面的技巧也十分傑出。雖然他十分安靜、內向，尤其是面對女性，但寇瓦克斯能夠與同學和教師進行長時間的理性對話，因此讓許多人留下的印象都是個嚴肅而討人喜歡的孩子，只是比較孤僻。

　　另一方面，顯然他對母親的厭惡未曾稍減。就在1956年寇瓦克斯離開查爾頓之家前不久。有一則消息傳來，從未試圖與他聯絡且在性交易行業中越陷越深的母親，遭人殺害。她的屍體在南布朗克斯的暗巷被人發現，死因是被強迫灌食通樂清潔劑。一位名叫喬治‧派特森的男子稍後被指控謀殺她，此人是寇瓦克斯夫人的皮條客。華特‧寇瓦克斯獲知此事時，年方十六歲，他的唯一回應是：「好。」在此不久後，寇瓦克斯離開兒童之家，相繼住過許多間小公

紐約州立精神病院
西部分院

寓，同時也在服裝產業找到一份卑微的全職工作。他一直從事這份工作，直到七〇年代中期，他開始同時過著兩種生活，白天是工廠雇員，晚上化為「羅夏」外出活動。

他幾乎沒有留下什麼實體證據，讓我們深入瞭解這位麻煩人物的心理狀態。有些警官指認，他就是近幾年在街頭舉著末日預言看板的那個人，但他們也不太確定，而寇瓦克斯拒絕透露他目前的住址（如果他有固定住所的話），因此，在初期調查中還無法證實此事。

同樣地，關於他早年生活的物證也十分稀少，不過我還是取得了兩樣物件的照片副本，是寇瓦克斯待在查爾頓之家期間留下的東西：一份是寇瓦克斯十一歲的作文，題目是「我的父母」；另一份則是寇瓦克斯十三歲時口述自己惡夢的紀錄稿。

查爾頓
之家

機密文件

華特・寇瓦克斯

我的父母

我有爸爸，也有媽媽，但實際上，我一個都沒有。我沒再見過媽媽，但那沒差，倒是我有時會想見見爸爸。我從沒看過我爸，我很想看看他。我甚至還沒出生，他就不得不離開我們家，我猜是因為他受不了我媽。要是我是他，也會做同樣的事。

我常問媽爸爸的事，但她說得很少。他的名字是查理，簡稱查爾斯，雖然拼起來字母根本一樣多。她說她不知道他姓什麼，但你怎麼能跟一個你根本不知道是誰的人住在一起？真是蠢。

我媽告訴我，因為爸爸老是跟她吵政治，所以她才把他轟出去，因為他喜歡杜魯門總統，而她不喜歡。我想也許我爸是杜魯門總統的某種助手，畢竟他那麼喜歡他。我還在長大的那幾年，很有可能他在戰爭期間出國去執行什麼任務了。我想他是那種會為國而戰、為他認為正確的事情而戰的人。也許他在對抗納粹的時候戰死，現在已經到上帝身邊，那就是為什麼他從沒設法找到我。

我喜歡杜魯門總統，我爸知道一定會很高興。他在日本投了原子彈，救了數百萬生命，因為如果他沒這麼做，會有更多更多的戰爭，那就會有更多人被殺。我覺得在日本投原子彈是件好事。

關於我的父母，我想說的就是這些。

機密文件

夢，1963年5月27日

「有個男人在我老家，跟我媽在一起。他們在吃某種像生麵團的東西，我媽噎到了。旁邊那傢伙試著要把東西從喉嚨勾出來。他把整隻手都伸進她嘴裡，然後他好像把整條手臂都伸進她喉嚨裡了。他叫我去找醫生，我就跑出房間，但整個房子都長得不一樣，而且那裡也沒有任何醫生，所以我跑回去找我媽。我經過某條走廊，很暗，我看到好像是我媽跟這個人在跳舞，老派的舞步，就在房間另一頭，他們沒穿衣服。他們發出踩踩踩的聲音，好像默劇裡面兩個人套進一件戲服裡演一匹馬。他們更加靠近，我看到他們根本不是在跳舞，他們彼此擠碎在一起，像一對連體雙胞胎，臉、胸部和肚子都連在一起。他們根本沒有臉，只看得到他們的耳朵，他們兩個面對面，左右邊各有兩隻耳朵。他們的手也長進對方身體裡去了，不過四條腿是分開的，就這樣側身跳著舞，像隻螃蟹一樣沿著黑暗的廳堂橫著往我這邊過來，接著有東西絆住他們，把他們的腳纏住，我往下看，發現是褲子、內衣之類的東西。他們繼續往我逼近，我就醒了。醒來時我有種感覺。骯髒的感覺、想法之類的。這個夢讓我感覺很惡劣，身體上的。我控制不了。光是說出來就感覺糟透了。」

我的夢
W.J.寇瓦克斯
13歲

馬爾坎醫師的**紙條**：

華特‧喬瑟夫‧寇瓦克斯肯定□個複雜的個案，尤其是考□他在義警活動中表現出的□端性格。也許有可能從中□出一種新的症候群，而且□們瞭解過去曾跟寇瓦克斯□投入蒙面義警活動的其他人物□無論如何，我會繼續記錄，□將來可能用於出版的素材。與寇瓦克斯首次會面安排在星期五□午。十分期待。

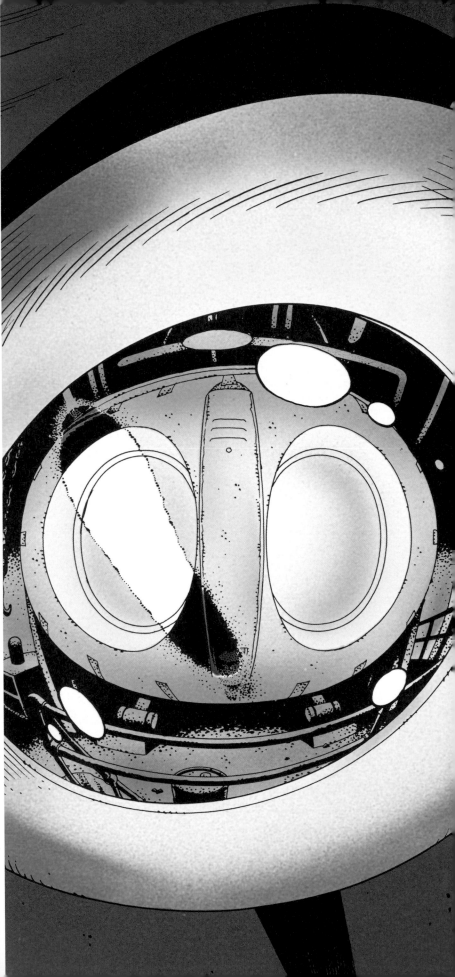

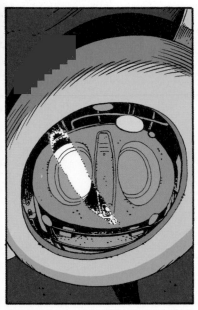

CHAPTER VII

1

與龍為弟兄

蘿莉?是妳在大叫嗎?

下面還好嗎?

也許吧。

或者,也許是有人盯上了變裝英雄。

天啊。

蘿莉?

蘿莉,堅持一下,我來了!

笑匠被謀殺。曼哈頓博士自我流放。

一週之內,我們就少了兩個人。

下個是誰?偉特?猶斯派契克?我?

你?

蘿莉?

滅火器!哪裡有滅火器?

3

在這裡。

蘿莉，**發生什麼**事？我以為……

呃，真是**抱歉**。我只是在亂翻東西，看到飛船上的燈亮著……

我在找**點菸器**……

我沒**抽菸**。那是火焰噴射器。

對，呃，我現在**知道**了。不好意思，**丹**，我真的很抱歉……

嘿，**沒事**啦。我的錯。之前我在這檢查系統。我去**商店**的時候，所有功能都開著沒關。

妳沒**受傷**吧？

我？我沒事……但你這艘漂亮的**飛船**……

喔，大部分只是**煤灰**而已。擦一擦就好了。妳沒事就好。

聽到妳**尖叫**，我還以為……嗯，對。自從**笑匠**遇害……

喔，拜**託**，丹……你該不會開始把羅夏那套「蒙面英雄殺手」鬼話**當真**了吧？

說真的，他是**神經病**。對他來說，每件事都有**陰謀**。

我不曉得……笑匠**被謀殺**、強被**逼**走、有人想槍殺**安德林**、羅夏自己則被**警方逮捕**……

這讓我**不太放心**。

所以你才去保養**飛船**嗎？

什麼？噢，不不不，跟那沒關。我只是沒事去**維修**一下，沒什麼**特別**的……

你這裡有一堆厲害的東西。好像魔法師的**洞穴**之類的……

蛤？妳說這個到處**裂開**又**積水**的破地方嗎？

不……也許對我來說，曾經算是那樣的地方吧，但事到如今，反倒**有點讓人尷尬**。

回想起來，似乎都很……呃，幼稚，的感覺。

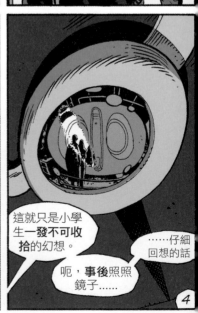

這就只是小學生**一發不可收拾**的幻想。

……**仔細回想**的話，

呃，**事後**照照鏡子……

④

嗯，好吧，但至少你實現的是**自己的**幻想。我實現的卻是**我媽的**幻想。

真的，我覺得這些**設備**太厲害了。一定花了一**大筆**錢吧。

這個**櫃子**又是什麼？

噢，只是紀念品和垃圾之類的東西。

我其實還滿驚訝的。

錢的部分，我爸是**開銀行**的。他死後留給我不少遺產。

因為，他似乎一直對我很**失望**。他希望我跟他一樣進入銀行業，但我有興趣的是**鳥、飛行機和神話**。妳知道，就是些小孩子的玩意兒。

嗯嗯，這是什麼？

那個？噢，不是什麼重要的人。只是我在1968年打敗的**女魔頭**。她自稱是黃昏之女什麼的。

「**暮光女士**」

「她把她**照片**寄給你？」

From one "Night Bird" to Another, love from The Twilight Lady

對，呃，我猜她有某種個人**發展**的偏差，是個相當病態的女人。

我一直想**丟了**那張照片，但妳知道，就是……

嗯……

我看到你有一大堆鳥的圖片和相關物品。這是我**小時候**的夢想耶，跟**動物**一起工作……

我就特別喜歡**鳥類**。只要想到**飛翔**……

小時候我愛讀**天馬、魔毯**這些故事，後來則是著迷**鳥類**和**飛機**。

最後，我在**哈佛**拿了航空學和動物學碩士。

也幸虧有這些知識，我才能打造這台老骨董。

嘿。我可能是從荷利斯那邊學來的。

老骨董？這個詞我超久沒聽到了。

我小時候也深受荷利斯很大的影響。他是我的偶像……

……不過這點不用我說也夠明顯了。

歡迎**登機**。我要做最後檢查，妳想再**逛逛**這艘飛船嗎？

當然。別**擔心**……我不會**碰**任何東西的。

5

217

哦，嘿，聽著，我不是擔心這個。大家都會誤觸那個**火焰噴射器**的按鈕。笑匠在1977年也差點做了同樣的事。

嗯。

丹，我已經安全登機。你可以鬆開我的手了。

噢。不好意思。我，呃……

那個，我最好還是去檢查一下飛船的其他系統。妳，呃，妳不妨到處看看。

我喜歡這設計，全是**曲線**，沒有稜角。

哦，對，實際上我隱藏了**排氣口**和**渦輪機**，採用曲線設計能讓這艘飛船**不被雷達偵測**到。

嗯。這個椅子控制器有點**卡住了**……

雷達無法偵測？哇，還真是什麼功能都**有**。

這個**櫃子**又是什麼？

特殊**輔助裝備**。啊……好多了。

哇，這超**讚**。感覺很像小時候媽媽給我的G.I.Joe玩具，搭配了很多小巧整潔的**備用制服**。

這件**綠色**的是什麼？

水下工作用的。接著**看看**……噴火器正常，水砲正常……

公共廣播系統和尖嘯器正常……

空對空飛彈正常……

霧幕正……

是啊。按鈕就在**火焰發射器**旁邊。

空對空飛彈？

霧幕正常……輻射護盾正常……

就是**這樣**！到此為止！不再**抽**了。結束了。我戒菸！

說到**危險的習慣**……

6

電磁系統正常……很好。一切正常。

我之前已經戒過好幾次，但是洛克斐勒基地太**無聊**了，戒沒幾天就會又拿起來抽。

這次或許也一樣。

噢，呃，這樣**講**就太悲觀了……其實，以前**我**也有個危險的習慣。

你？那是怎樣？

我戒了。沒事。

喔，我是説，當然一開始也一直有強烈的癮頭。但我克制住了。

到了現在，幾乎**很少**回想起來

你是在説，呃，我們這群人**幹**的事。你還**懷念**那些嗎？

不。不。**倒也**不是。只是有點**感觸**吧。

來吧……我弄好了。從後面出去吧，免得爬過阿基底下的時候弄**髒**衣服。

哦，呃，對，**阿基米德**的簡稱，《**石中劍**》裡面梅林的寵物**貓頭鷹**。我看過**迪士尼**版本……嗯。就是這樣。只是個**蠢綽號**。

阿基？

出口在這。小心腳步。

你小時候一定很迷盔甲武士那類奇幻故事吧？

對啊。可能就是這些**推動**我……呃，去**打擊犯罪**之類的吧。都是年少輕狂的浪漫幻想。

青春期的**浪漫**又不犯法，雖然**大多數人**不會花那麼多錢來**實現**它就是了。

我是説，這個**地下室**超大。為什麼不賣掉一些舊**裝備**，改成……不知道，**健身房**之類的？

健身房已經**有**了。

不……其實我也不知道**為什麼**堅持**留著**這些東西，明明**知道**青春期的幻想已經**結束**了……

……應該只是捨不得丟掉那段時光的**紀念品**吧。

⑦

看看**羅夏**現在的**狀態**。他也曾經**正常**。

當然那時他很**安靜**，也很**冷酷**，但他至少**神智正常**。

我入行沒多久，我們一起突襲**大人物**。羅夏聰明過人，擅長戰術。完全**難以預料**的一個人。

我要**說**的是，他那時候**神智**還是正常的。

過了幾年，那張**面具**吞了他的腦子。

難道那段日子沒有任何**好事**嗎？看看你設計了這麼多**機械**……如果是**我**，一定很**自豪**。

妳真的覺得這些東西**有趣**？

那好，呃，我有給妳看過我的**護目鏡**嗎？

如果妳**喜歡**這些破東西的話……說真的這東西**俗氣**又**平庸**，實在沒什麼……

丹，別一直貶低自己。我**以前**就很欣賞那副護目鏡了。

鏡片上滿滿的灰塵……

嗯。這東西在黑暗中才有用，我來關燈。我腰帶裡有個小控制器……

裡面**還有**什麼？巧克力軍糧？童軍刀？軍方配給避孕用品？

哈哈哈哈。不，大部分都很**無聊**……防毒面罩、煙霧彈、指紋採集工具、口袋型雷射，還有這個小**控制器**……

妳知道就是，

一些普通的東西。

好了，現在來試試，我關掉船**艙**和**樓上**廚房的燈……

哈！開始炫耀了。

喂，等等，這**護目鏡**要怎麼啟動？我什麼也**看**不到。壞了嗎？

不。妳要按住這裡旋轉鏡片九十度，像這樣。

我記得效果非常好。不管多暗，只要透過護目鏡看出去……

……一切都清楚得像白天一樣。

嗚哦哦哦！

9

丹，這棒極了。根本像是擁有**超能力**……特殊視力之類的。

擁有這種能力一定感覺很怪，像強那樣。他能看見**微中子**……

嗯。呃，時間有點**晚**了……

喔，也是。反正也玩得差不多了。

……不過**11月**上旬我可能要跟你借這東西。「灰白之馬」在麥迪遜廣場花園有演唱會，他們有點像「**退化**」

退化？

稍等一下……先把樓上的燈打開。

對呀。退化。《**我們不是人嗎？**》，俄亥俄的樂團，七〇年代末。

哦。嗯，我最常聽的還是比莉‧哈樂黛、內利‧盧徹爾、路易斯‧喬丹……這一類的。

你想念強嗎？

強？不……雖然我一直覺得我**應該**想。

但，你看，就連我跟他**在一起**的時候，也從來不是真的**在我身邊**。沒有真實的人類**交流**，沒有**身體**上的碰觸……

我很寂寞……

是。我懂。蘿莉，有時候我覺得……

……還有，就是，問題不只是**孤獨**。我小時候很習慣長時間在**健身房**訓練，也是自己一個人，所以**獨自一人**並不是最大的問題。

比如你。你**喜歡**自己住在這裡，所以……

丹？你在**幹麼**？

呃，沒事。只是在把**前面**的頭髮弄整齊。請……繼續。

嗯，我只是想**說**，在**洛克斐勒**，我體驗到的只有獨處**負**面的部分，而且沒有**隱私**。

我沒有人可以聊天卻覺得到處都有人在監視我。

嗯嗯。

你的情況應該挺好，沒人**知道**你的**祕密身分**、**祕密基地**。

你可以隨時到這裡來享受自己的時光，沒有人會來查哨……

沒人在監視你。

沒有嗎？

最近我總覺得，好像有人在監視我的一舉一動。

⑩

丹，你講話簡直像羅夏。那什麼「蒙面英雄殺手」的理論根本站不住腳。

哪有什麼陰謀？

你看，強離開地球是自願的；羅夏是在殺人現場被捕，真是夠了……

我想的也並不全是「蒙面英雄殺手」，但……

我不曉得。羅夏殺人的案件聽起來很不對勁。他真要殺人才不會直接開槍。太普通了。

不管怎樣，差不多到六點新聞的時間了。要來點咖啡嗎？

好啊。要黑得像惡魔，甜得像偷來的吻。

蛤？

兩顆糖，不加牛奶。那是波蘭諺語。喔，順帶一提，你有看到寄給我的包裹嗎？

只是從洛克斐勒寄來的衣服，我的舊服裝之類的東西。

嗯，沒有欸。

喔，對了，還有封信告訴我，我沒得癌症。希望你不介意我地址填你家吧。

填多久都可以，我也不是真的那麼喜歡獨自一人。

好喔，我只是不想妨礙你工作之類的。

話說，你到底是做什麼的？

喔，沒什麼啦，就是偶爾幫鳥類學期刊寫點東西。

真的？你寫過很多這類文章？

……最近的連續公寓縱火案，疑似是為了驅逐老房客……

不，不算多。去年4月之後就沒寫過任何東西了。對大多數人來說應該都是很無聊的東西……

……在此同時，針對日前被捕的蒙面義警羅夏，相關調查仍在進行中……

通常，只要我提到鳥類學，大家都會自動放空……

噓！

今日，警方允許新聞攝影記者進入羅夏住過的公寓，羅夏真名為華特·喬瑟夫·寇瓦克斯。

他的房東朵洛莉斯·謝普女士表示寇瓦克斯是一名「納粹變態」，還說他經常對她性騷擾。

哈！我就知道！

她指出房裡成堆的右翼印刷品，包括以往各期的《新拓荒者》。

11

我們聯絡上《新拓荒者》的編輯海克特·高弗瑞，問他對此事有何看法……

實話實說，這不正是我們重新評價羅夏，將他視為一名愛國者、正港美國人的契機嗎？

……你有看到那個房間嗎？不覺得噁心嗎？

嗯。看來他很難博取陪審團的同情了……

同情？他可是用氣動鉤爪槍攻擊警察欸？

在緊張的保釋聽證會結束後，只待精神鑑定結果出爐，寇瓦克斯就將接受審判。

別提了。那還是我做給他的。

負責精神鑑定的馬爾坎·隆醫師，今天下午首次與寇瓦克斯面談。

他向媒體表示，他充滿信心，且十分樂觀。

我想也沒想過他真的會用那東西射擊任何人。

我真正擔心的是，他進了監獄。其他囚犯會殺了他……

嗯，是啊，日子在哪都不好過。

此時，在阿富汗地區，戰亂持續擴散……

蘿莉？妳沒事吧？

咖啡的糖夠嗎？我特別去店裡買了……

衝突不斷逼近邊界，巴基斯坦今日發出呼籲，希望美國出手干預……

KABUL

AFGHANISTAN

QUETTA

PAKISTAN

沒、沒事沒事，咖啡很好。

丹，這種新聞也會讓你嚇得要命嗎？還是只有我會這樣？

總統尼克森在國會演說中表示，美國將「慎重考慮可行的選項」……

因此，儘管俄羅斯表示他們只是在捍衛邊界安全，但西方專家認為此舉是俄羅斯趁曼哈頓博士離開的機會，對美展現出敵意。

但重點是，這到底跟之前一樣又是虛驚一場，還是末日倒數計時終究啟動了？

我不願去想這件事。廣島核爆週的時候，我在《時代》雜誌上讀到一篇文章，裡面附的照片是孩子的屍體，皮膚燒得焦黑。

嗚嗚呃。丹，別說了……

同時，美國在歐洲設立的軍事單位，已經啟動高度戒備……

抱歉。只是看到情勢那麼危急，人們卻那麼冷淡、漠不關心，讓我很惱怒。

英格蘭方面，在格林罕共同基地的一場示威活動中，幾名女性和平抗議者在混戰中遭警方逮捕……

我呢，我只希望能像強那樣咻一聲就離開。

12

Nat King Cole〈Unforgettable〉歌詞

「往日情懷」……**偉特**出品。

獻給令人難忘的你。

天啊，蘿莉，妳確定要……

噓。

接下來，為您重播去年7月的盛大慈善表演，歡迎欣賞法老王本人，安德林·偉特，在紐約**太空巨蛋體育場**的演出。

嗯。

各位女士，各位先生，讓我們用這場表演援助印度飢荒，讓我們歡迎**安德林·偉特**，也就是舉世無雙的……

……**法老王！**

等等……讓我**喬一下**位置。我的手肘壓到你的**胸口**了……

謝謝各位。先暖個身，希望大家別在意。我好一陣子沒表演這個了。

哈哈哈哈

這樣好點嗎？

嗯哼。

……**看！**他向上一躍，抓住單槓，自信無比。**精彩的表演**就要開始。

噢，抱歉，我**壓到**妳了嗎？

沒有。沒事。不用想太多……

嗯嗯……

向上翻身就是一個倒立……沒有一絲顫抖，沒有一分多餘的力氣。滑順、流暢的動作……

呃，我好像不太會……

什麼？哦……來，我自己解……

……他開始了第一組動作，觀眾都屏息以待。

毫無疑問，這絕對是扣人心弦的一刻……

喔。哦，丹……

怎麼了？

沒事。這邊稍微抬起來一下，讓我……

對對 就是那裏……

每個動作都優雅地完成，太精彩了。在台上的，可是一位年過**四十**的男子……

哦哦哦哦哦嗚

聽聽觀眾的驚嘆，他轉換了握槓方向……

嗯。

喔喔喔嗯嗯嗯嗯。

14

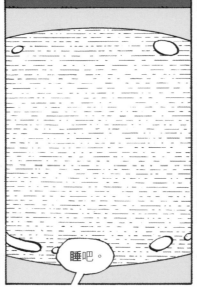

*Mmeltdown多次出現在書中街頭廣告，meltdown本身有核電廠爐心熔毀之意。

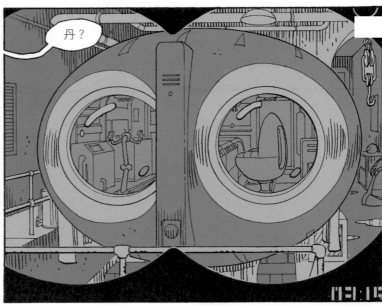
丹？

丹？你在哪？

你是去**洗手間**還是……

我在**樓下**。

樓下……？你在**樓下**幹麼？我醒來看到電視還開著，而且……

現在才三**點**十五分……

對。我知道。

丹？

呃……欸，你還好嗎？嗯，你**好**像很**沮喪**……

我做了個夢。我……我只是做了個夢而已。

我們在**接吻**，然後原子**彈**就……

我們被燒成**灰燼**。我們**消失**了。一切都消失了……

這場**戰爭**、那種**怎麼做都沒用**的感覺。讓我覺得很**無力**。

很無能。

19

噢，丹。

不，聽我說，不只是戰爭，我現在的情緒一團混亂……

這個蒙面英雄殺手的事……說真的：布雷克死了、強離開了、安德林被槍口指著、羅夏被捕……

我感覺焦慮、恐怖步步逼近……

我下來這裡是要找我的戰服……我也不知道，總覺得擔心又不知如何是好。我只是需要好好呼吸點空氣，振作起來……

啊，可惡……

可惡，我現在看起來是不是很「退化」？

哈哈哈哈！

唉，妳是對的。我真蠢，中年危機作怪。我甚至不知道自己想幹麼……

也許開著飛船出去之類的，重新整理好自己……

那又如何？誰知道呢？

什麼？

誰知道呢？你不是說雷達偵測不到這艘飛艇。

這樣吧，你也去換上戰服吧，我也去穿我的。

對，但是……

別忘了，我以前也是個蒙面英雄……

我很習慣凌晨三點出門，幹些蠢事。

20

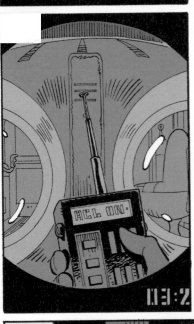
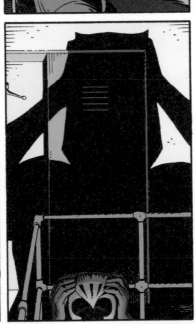

呃，丹？

我準備好了。

我也是。

出發吧。

呃，這東西還能**飛**吧？一切都沒問題？

當然。我才剛檢查過阿基。一根羽毛都沒少。讓我先把操縱桿插進**這裡**……

嗯。眼睛的部分有**煤灰**……

哦！在動了。

沒錯。不好意思……剛發動的時候都會有點**顛簸**，似乎沒辦法消除。

到達**出口**隧道前最好先洗洗窗子……

哇。好像搭上了**幽靈列車**：門砰一下**打開**，進入隧道……

嘿。其實這是一段廢棄的**地鐵**隧道，我買下上頭的房子之後進行改造。

現在可以稍微**加速**了。

這麼**快**沒問題嗎？隧道**出口**是哪裡？

往北兩個街區的一間廢棄**倉庫**。倉庫我也買下來了。

希望隧道出口的**防洪鋼門**沒有生鏽卡住。

生鏽卡住？丹！難道你……？

沒事啦。開玩笑的。

好了，要**升空**了，現在放一點**霧幕**來掩護……

霧幕？

乾冰。阿基除了會**噴火**，也會**吞雲吐霧**。

好的，抓**緊**了。我要升起倉庫屋頂了。

出**發**囉……

22

很好，已經用**水砲**壓制低樓層的火勢。

在裡面的**民眾**請注意，請前往**頂樓**。我們**很快**會來幫忙。

謝謝。

我會從**後門**那邊，往他們的**窗戶**伸出一道**斜坡**，這樣就能引導他們上船來。

嗯。既然要這麼靠近**火焰**，我也不必穿**外套**了。

怎麼了？

蛤？

呃，什麼**怎麼了**？

斜坡呢？有一群人需要你幫他們逃出**火場**，才能保住**小命**，記得嗎？

哦。哦，沒錯。當然……

斜坡，沒問題……

後退！他們要把一根東西**戳進**房子裡！

媽？在太空火箭上的那個人，他就是**耶穌**嗎？

24

好的,各位。到這邊來……

哇靠。我真不敢相信……

她為什麼穿成那樣?我們才是凌晨四點被驚醒的人吧!

嗨。

請大家在窗邊排好隊,我們很快就能救出大家。

丹……呃,夜梟,這裡的人有夠多。

沒問題。我可以把操縱桿移到屋頂上,騰出更多飛艇的空間……

火勢蔓延得太快。撤離的情況怎麼樣了?

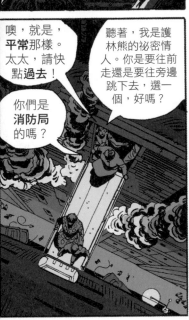

噢,就是,平常那樣。太太,請快點過去!

你們是消防局的嗎?

聽著,我是護林熊的祕密情人。你是要往前走還是要往旁邊跳下去,選一個,好嗎?

歡迎登船。請自己找個舒服的位置待著。但請絕對不要碰任何按鈕。等一下會送杯咖啡給您壓壓驚。

所有人都出來了嗎?

最後一人了。聽著,我才不管你有什麼「過敏症」或什麼「藥」,你這王八蛋給我滾進船裡去就對了。

唔,好。那麼,出發吧。

我用船艙音響放點音樂……

你是我激情所在 你對我施了咒 只要看你一眼我就渾身顫抖,因為你是我激情所在。

你是我激情所在 我的脈搏跳得多快 只要看你一眼 我就粉身碎骨,因為你是我激情所在。

25

*Smokey Bear:美國林務局宣導防範森林野火的吉祥物。
*Billie Holiday〈You're My Thrill〉歌詞

嗯～～～，嗯～～～
似乎什麼也沒有意義……

右舷面板牆後
有咖啡機。
有找到嗎？

呃，有。
有，找到了。
你在上頭還
好嗎？別掉
下來了……

噢，不用
擔心我。
我很好。

嗯～～～，嗯～～～
我用銀盤端上
我的心。

好極了。

好的，我們已經
到了對面的屋
頂。現在請大家
從進來的地方離
開船艙……

別亂碰！妳是
想把這一整區
都燒了嗎？

我的自主意識
何在？
為什麼這奇異
的渴望……

……越來越強烈？
只要看你一眼，
我就無法按捺
因為你是我激情所在。

好的，各位。接下來的事
就交給消防局了。喝完
咖啡，請回到大街上。

晚安了，
各位。

哇，我簡直不敢相信
我們做了這種事。
妳有想過嗎？他們
可能會對待羅夏
那樣把我們關起來。

啊，誰管他們？
第三次世界大戰
搞不好明天就開
打了，是吧？

剛那首歌
誰唱的？

噢，是比莉·
哈樂黛的〈你
是我激情
……〉

呃，蘿莉，
怎麼了
……？

可以了。
我想我知道
歌名了。

噢，蘿莉，
怎麼了
……？

26

我以為妳**戒**了，蘿莉。

危險的**習慣**，記得嗎？

其實所謂的「戒」並不存在。戒什麼戒？只是有時候**壓抑**的時間久了一點而已，是吧？

嗯哼。

丹，今晚怎麼樣？你喜歡嗎？

扮裝之後感覺好多了嗎？

丹⋯⋯？

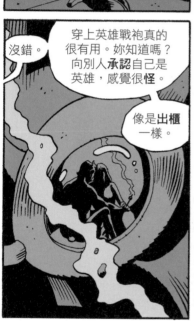

沒錯。

穿上英雄戰袍真的很有用。妳知道嗎？向別人**承認**自己是英雄，感覺很**怪**。

像是**出櫃**一樣。

感覺**爽**嗎？

哦，爽啊。天啊，超爽。

我感覺充滿**自信**，像著火一樣。再多的蒙面英雄殺手，再多的**世界大戰**，不過是些**案子**而已⋯⋯只是等著被解決的**問題**。

嗯嗯。你知道，你聽起來充滿**激情**。我沒想到你這麼**悶騷**。

我本來希望今晚能喚醒你**內在**的一點什麼，但現在看來，喚醒的是更大的**慾望**。

沒錯。正是如此。**巨大**的慾望。

嗯嗯嗯。**貪得無厭**，是吧？那有什麼好**建議**，說來聽聽。**接下來**該做什麼？

我一直在想這件事，我覺得我們對自己的**夥伴**有種**責任**。

我想，我們該把羅夏救出來。

什麼？

我與龍為弟兄，與梟為同伴。我的皮膚黑而脫落，我的骨頭因熱燒焦。
《約伯記》第30章，29-30節

28

*此處原文引用自KJV版聖經，其中的dragons和owls在現行中文版本多譯為野狗和鴕鳥（其他英譯本也普遍譯為jackals和ostriches）。

以下文字轉載自美國鳥類學會期刊，1983年秋季號。

帕·拉·斯
肩·頭·之·血

◻◻◻◻◻◻◻◻◻ 作者：丹尼爾·崔博格 ◻◻◻◻◻◻◻◻◻

我一直在想，當我們貼近一隻鳥，研究牠、觀察牠，依據極細微的特徵將其分門別類時，是否有可能反而讓我們對牠視而不見？我們細心校準其翼展寬度或跗骨長度，是否有可能同時錯失了牠的詩意？在我們用大理石紋或蠕蟲狀曲線等乏味的文字形容羽毛時，是否正好使我們忘了欣賞這幅活生生的畫作？那精心調配的棕色與金色傾瀉而下，連康丁斯基也自嘆不如，那霧狀噴發的朦朧色彩，不讓莫內專美於前。我認為，確實如此。我相信，如果我們是帶著統計學家與解剖學家的感受方式來接

近研究對象，當初吸引我們投入研究的那個充滿奇蹟與魔力的想像世界，將與我們漸行漸遠。

我並不是在說，我們應該停止建構事實、驗證資訊，這只是在提醒，這些事實是未經打磨的寶石，必須將其浸潤於詩意的洞察之光中，否則就只是收藏價值不高的半寶石。當我們注視長尾鸚鵡緊張不安的黑眼珠時，也必須提醒自己想起馬克斯・恩斯特在畫中為裸體的新娘覆上一身細工縫製的鮮紅羽毛衣，又移植了異國珍禽的可怕頭顱，讓我們望見他感知到的那股冰冷而異質的瘋狂。當我們透過蔡司鏡頭銳利的藍色之眼，捕捉到飛往海洋的鳶鳥和燕鷗時，我們必須遙想起邁布里奇在早期動態攝影中拍下的褐色海鷗定格動畫，拍打著白色的羽翼，劃出一道緩慢的波形，穿越空間與時間。

看看鷹吧，我們看見的是羽毛底下的軸芯寬度細微區別，而埃及人卻看見了神聖復仇化身之神荷魯斯與他眼中的怒火。如果我們還未能將短淺的視覺表象轉化為深遠的真知之景，如果我們的耳朵尚未成熟到能從鳥群的尖耳喧囂中聽出交響樂，那麼我們對這個領域都還只算是稍有興趣，遠稱不上充滿熱情。

小時候我熱愛貓頭鷹。在五〇年代初期的漫漫長夏中，整個國家顯然都看著天空，守望著可能來襲的飛碟或蘇聯飛彈。而我，則在半夜奔走於新英格蘭的田野，球鞋踏過乾草與蕨類，跑向我的守望點，我會坐在那裡牢牢盯著上方看，希望有另一種奇景映入眼簾。我豎起耳朵，監聽著是否有那種奇異的叫聲，那表示老鳥掃過夜空，出巢覓食，那是種瘋狂隱士的嗓音，十分突出，與年幼貓頭鷹嘶嘶的鼾聲截然不同。

多年過去，大戰勝利的餘暉映照下，溫暖舒適的日子來到尾聲，而現今這個籠罩在無法取勝的另一場戰爭陰影下，蜷縮著身子度日的時代尚未到來，兩者之間那段哈欠連連的時光裡，我的熱情從某一刻起消退了，從原本閃著微光的礦石，被消磨成一架平庸、黯淡的歸檔系統。這段逐漸褪色的過程無聲無息，不知不覺，最終硬化成一種不假思索的習慣。直到比較近期，我才終於穿越條理井然的研究案與學術界積累的灰塵，設法瞥見那耀眼的母礦脈一眼：我代表一位共同朋友去緬因州的醫院探視一位患病的舊識，走回陰影重重的停車場時，腦袋裡被當天掛念的種種煩心事攪得茫然無措，突然間，貓頭鷹狩獵中的一聲呼嘯無預警地直竄入耳。

那是隻年事頗高的鳥，尖叫聲聽來像個精神錯亂的老人，在黑暗、冰冷的天空瘋狂盤旋，穿梭在夜晚的破碎雲層間，那聲音令我定住了腳步。常有人誤解，貓頭鷹的尖嘯是

為了把獵物從隱匿處嚇得逃出來；實際上，狩獵中的叫聲是地獄來的呼喚，能把抱頭逃竄的田鼠凝結成雕像，使鼬鼠在地上生根。我在光點閃爍的碎石路上動彈不得，佇立在沉睡的汽車之間，那一刻，叫聲背後的意圖如針刺般穿過腦袋，清晰無比；如同我還是個男孩的時候，肚子平貼著溫暖的夏日土地，也曾以同樣的方式恍然大悟。在那漫長彷彿永無止盡的片刻，想到所有比我更渺小、脆弱的生物，和我一起聽到那聲尖叫，也像我一樣被嚇得僵在原地，感覺這原始的動物性恐懼為我們之間串起了某種血緣關係。貓頭鷹無意驚嚇獵物而迫使牠們現身。牠威嚴而紋絲不動地棲止在樹枝上好幾個小時，透過那雙放大而飢渴的瞳孔狂飲著黑暗，牠早已鎖定了自己的晚餐。尖叫一聲不過是為了射穿那獲選的佳餚，讓盲目、無助的恐慌像根尖利的爪子把牠們釘在地上。我跟田野上的囓齒動物一起凍結在此，因為我們都不知道被選中的是誰，我的心臟猛烈鎚擊，等待著那鋒利的鋼爪一瞬間撲攫而下，讓我看見第一道也是唯一一道表徵，確認我就是那命中早已注定的被害者。貓頭鷹的羽翼柔軟似絨毛，穿破夜空的層層黑暗，向下俯衝而來時，寂靜無聲。貓頭鷹撲擊前夕的靜默，就像悄然無聲的Ｖ型飛彈，你永遠不會聽到擊中你的那一顆。

越過醫院外昏黃燈光映照的地面，在朦朧陰鬱夜色中的某處，我想我聽到某個小生物吐出最後的哀鳴。那一刻過去了。我又能動了，我和藏身於高草叢裡的居民們，都鬆了口氣。我們安全了。那聲尖叫不是針對我們，至少這次不是。我們可以繼續進行夜間活動，繼續活著，尋找食物或伴侶。我們逃過一劫，不必在惡臭而令人窒息的黑暗中抽搐，腦袋被從天而降的恐怖怪物吞進食道，尾巴還在牠彎刀般的兇殘鳥喙外邊，可憐兮兮地垂掛幾個小時，最終後腿和骨盆被吐出，空空如也的皮囊從裡向外古怪地翻了過來，皺成一團。

雖然在貓頭鷹的尖叫過去之後，劫後餘生的我恢復了行動力，但我發現整個人的平衡感沒有那麼容易回復正常。那場經驗的某些面向觸動了我心裡的絃，為成年後乏味而疲憊的我連結上孩提時代的我，當年那孩子在微弱的星光下攤平身體，頭頂上深黑的空氣裡，偉大的暗夜狩獵者正搬演一齣以飢餓與死亡為主角的大戲。我體內重新燃起一股強烈的衝動，想要親身去體驗，而非只是記錄，這刺激我展開這一系列的思考與自我評估，進而寫下這篇文章。

正如前文所提過的，我並不是在說，我要立即捨棄這個領域所有學術上的努力和研究，遠離文明，投身到樹林中渾汗過起赤裸而原始的生活。正好相反：我重拾起滿腔熱情，投入研究我的主題，在那些枯燥的事實和乏味的

描述中，我開始能看見年輕時所見到的，那點石成金的魔法之光漫溢其間。對於貓頭鷹飛行時每一根羽毛絕美而精確的的同步運動，以科學視角去深入理解，絲毫不妨礙我同時以詩意的態度欣賞同一現象。甚至，這兩者還能彼此共振，一道充滿熱情的目光，能夠讓早已邁入冰河時期的研究資料，再一次春暖花開。

我熱切沉浸於那些塵封已久的參考書籍，發現了許多我早已忘卻的美妙路徑，讓我幾乎要屏息讚嘆；而那些似乎索然無味的繁浩卷帙，如今看來全是彩虹仙境中的藏寶庫。我在布滿蜘蛛網的古老篇章裡重新發現了許多失落已久的珍寶，儘管是意在描述性狀的實用性散文，卻將其研究主題中那種暴力而駭人的本質輕而易舉地傳達出來。

我再次讀到Ｔ・Ａ・考沃德描述他與鵰鴞相遇的精彩文字：「我在挪威看過一隻掉出巢外的鳥被抓起來，牠非但沒有表現出預料中常見的驚恐態度，反而用腳不斷猛踢著鐵絲網。牠把羽毛豎起來，頭塞在翅膀裡，用牠的喙發出槍擊般響亮的爆裂聲。然而，最讓我驚艷的，還是牠瞪大的橘色眼珠迸發出的耀眼光芒。」

當然，還有哈德森對小雕鴞的描述，他在巴塔哥尼亞弄傷了牠：「虹膜是亮橘色，但每次我要接近牠，那對眼珠就變成兩顆火球，燃起顫抖的黃色焰火，黑色的瞳孔被閃耀的深紅光線包圍，向空氣噴出細微的黃色火花。」在這些深埋已久的文字中，我發現某種灼熱的、啟示錄般的強烈衝擊，就像我在緬因州潮濕的醫院停車場所感受到的那樣。

如今，當我觀察縱紋腹小鴞標本時，會盡量略過爪子上精美的灰色，並將目光越過排成整齊線條、像煙火般穿過眉毛的白色斑點，轉而試著去看見希臘人刻在硬幣上的鳥，不慌不忙地，停在帕拉斯・雅典娜女神耳邊，安安靜靜傾聽著她不朽的智慧。

也許，與其測量牠耳上叢生的裝飾性羽毛，我們更該去推測那對耳朵可能聽到了什麼；也許，在推敲牠如何以兩趾在前，可反轉的外趾從後勾抓的姿勢，將自己固定在樹枝上的同時，我們也該讓自己暫停一下，細細思忖，這同樣一雙爪子，必定也曾在帕拉斯的肩頭，留下一道血痕。

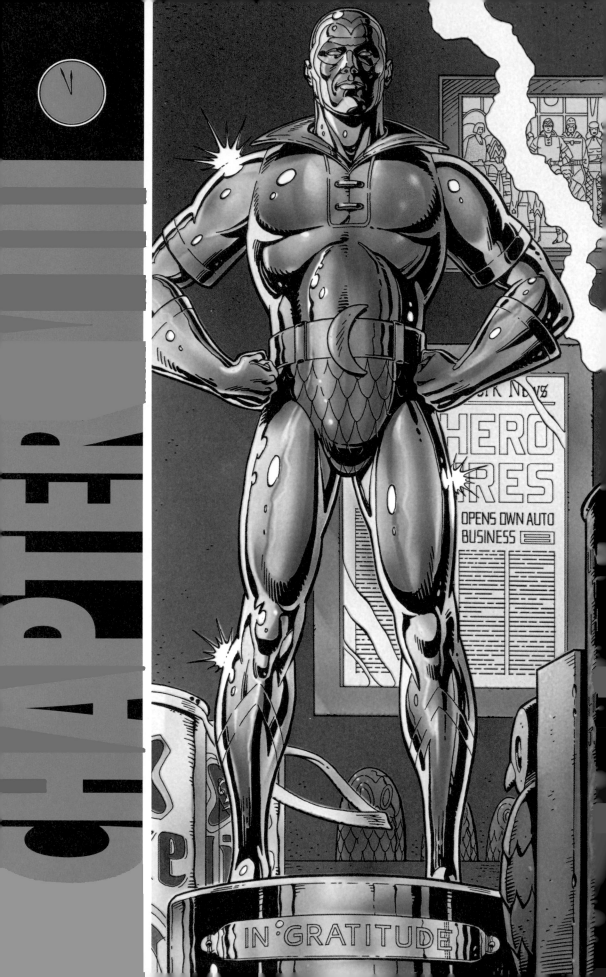

哈哈哈！那好，如果你去要蘋果的時候，碰上了蘿莉和他的新男友，替我打個招呼。

老天。蘿莉穿回了英雄裝。搞不好她哪天會感謝我逼她做的那些訓練。

啊，孩子嘛，就是那樣。總是不到最後不知道感恩。我自己也一樣。

我常希望好好感謝我老爸，讓我學會修車，才能享受現在的生活……

哦，是啊。選個合適的生活方式太重要了，有時就是要有人帶領。

我就是沒人帶路才這麼優柔寡斷。到底該多預約點心理分析，還是有氧運動？這種小事你馬上就決定好了！

嗯。好，差不多了，很高興能跟妳聊天，莎莉，不過打到加州還是太貴了。

再繼續講下去，我銀行帳戶就要空了。天知道我那戶頭禁不起更多打擊了。

呵，是啊，都是尼克森惹的禍。我看我們都得勒緊褲帶了。

總之，謝謝你帶來的消息，別太沉緬往事了。不太健康。

保重啊，荷利斯。

拜。

往日幽魂

就好像從前的所有**噩夢**又捲土重來，糾纏**不休**，懂嗎？

持續漂流與挨餓，使我最黑暗的想像肆無忌憚地湧出：像黑色的墨水，從腦子潑灑到心上，怎麼也擦不掉。

紅色勢力入侵，蒙面英雄……看了這週的《新星快報》嗎？「1977年的幽魂」。我記得1977年啊……

真要**命**，老天。

我想像著大衛鎮安靜的街道被刺青的惡魔侵占。想起他們殘酷的暴行，我痛苦呻吟。

一切都在步向毀滅。幸好我的老伴蘿莎不必活著看到這種景象。

黑船肯定已經抵達大衛鎮，幾乎可以確定，我的妻子已經死了。這些想法刺穿我，使我**無法動彈**，時間也停了腳步。

今天本來是我們的**結婚紀念日**。10月27日星期日。真有趣，每年的這個時間，我心裡總是想起她。

我還記得她站在外廊的屋簷下揮手道別，陽光照亮她一邊的臉頰。

死了？

她會**痛恨**這些超級英雄的破結局：曼哈頓博士**自我流放**、法老王遭人**襲擊**……

……還有羅夏！《公報》上說他拿滾燙熱油潑其他囚犯？天啊。

那些光明燦爛的日子，那份純真……

死去了？

我還是難以相信……他每天都來這裡，沒人**發現**！也是啦，這就是**人生**：那麼多的事，都在**水面**下發生……

死了：我想像著船上的同袍，他們腫脹的屍體，被魚咬爛的背，承載著我的木筏……

事實上……喔，《公報》？沒問題。嘿，有看過這篇羅夏的報導嗎？他是我的常客。我一直覺得他有點**可疑**，嘖嘖，但還是相當**難以置信**，對吧？

你說寇瓦克斯……？呃，對對。難以置信。謝謝。

死了：腐爛的鯊魚，牠的咆哮也失去了**威力**……

拜。祝你今天愉快。

死了：我聽見她苦苦哀求，他們露出發黃的牙齒獰笑。他們舉起彎刀殘暴地劈砍，直到她的動**作、表情**，屬於人的一切特徵，都被抹除，只剩下純粹的肉塊……

死了。

嗯。這種人總是**心事重重**。可能是個**老師**，滿腦子**代數、相對論**什麼的。他們能對**人生**有什麼瞭解？現在世界都快瘋了，他們也沒注意到！

面對這既無法**忍受**，又不可**避免**的恐怖景象，最後，我選擇了**瘋狂**。

3

這也太瘋了吧。

我們是一對年輕情侶，世界可能明天就要毀滅，而我們是怎麼度過週日夜晚的呢？我們在策劃突擊新新戀教所，去救出一個殺人狂！

等我抽完這根，就把懸浮機車搬上去，好嗎？

沒問題。

劫獄計畫並不瘋狂。事情肯定有鬼：四名蒙面英雄在十一天內相繼遭到襲擊，這不是巧合。

也許那場引發癌症恐慌，迫使強離開的媒體突襲事件，這些全是某人計畫的一部分。也許某人企圖挑起第三次世界大戰。

噢，丹，拜託……

蘿莉，妳跟強住在一起。但妳沒有罹癌。也許其他人的病也跟他無關。

我用電腦列出了《新星快報》提到的人，多數都是一家叫「維度開發」的研究公司在1967到1985之間雇用的員工。奇怪吧？

珍妮·史雷特、瓦利·威佛……甚至連魔洛克出獄時，他們也為他提供了暫時性工作。

他們資助超空間研究所，而又有另一家叫金字塔貨運的公司資助他們，整個集團架構複雜得像一座大迷宮……

是嗎？喔，我倒覺得你的邏輯也像個迷宮。為何要冒險去救羅夏這個大麻煩。剛才去公寓救人已經夠危險了。

羅夏一直在調查此事。我們需要他的情報。

……而且時間緊迫。今天的《公報》上說，在昨天的熱油事件之後，已經有人發出死亡威脅。

這很重要，蘿莉。如果強的離開和後續效應都某人是蓄意策劃的，也許這就是世界上最重要的事。

紅色勢力跨越巴基斯坦邊界

4

超級英雄拯救**世界**，啊？這是某種拐我回來穿上**英雄裝**的精美**騙局**吧？

哈哈，蘿莉，是**妳**説要穿那套戰袍的喔……

你在説什麼？太荒謬了！我**恨透**那萬聖節戲服了。不用説，我是為了幫你才穿的。

對，當然，當然。

承**認**吧，蘿莉：這不是很像以前那些日子嗎嗎？**半夜**巡邏、擁有**祕密**……

嗯……好吧，**巡邏**還行。我在華盛頓有九條不同的**屋頂**巡邏**路線**，五號線是最棒的。

會經過**白宮**、林肯紀念館，然後回家，回到我跟**強**的豪華**公寓**。我們那時很**快樂**。我們……

噢，丹，**對不起**。我一直提**強**的事幹麼。我只是**不小心**提到他。

沒事。都是過去式了。總有些**骸骨**注定會跳出衣櫥。

我還想到**安德林**。我們應該**聯絡**他，但也許等到劫獄**之後**。

我是覺得，以**他的**立場，要是**事先知情**，恐怕會**壞事**。他可能會覺得有義務**阻止**我們。

丹，連**我**都覺得似乎有義務阻止我們。**劫獄**欸。不敢相信我們居然是**來真的**。

假如有人利用**強**引爆**世界末日**，我們**還能**怎麼辦？只能**認真**了……

……至於**羅夏**，要是監獄的氣氛再**惡化**，可能就是**生死關頭**了。

5

呃……**你們**想幹麼？

喂，注意，這裡是**禁閉區**。你們不該出現在這。要是有人**看到**，我們**都會**有麻煩。

好了好了，饒了我吧，蛤？

你老婆近來好嗎？穆哈尼？

啥？喂，聽好，她跟這裡的事沒有任何**關係**，懂嗎？你最好滾……

……那孩子呢？你還有個**小孩**。**對吧**？

對……但我……

靠。你們到底要幹麼？

只要跟你看守的那位寶貝相處五分鐘就好。放心啦，我們又不會害他。

我們只是想說聲哈囉。

呃……呃，好吧。五分鐘。只有這樣，好嗎？

行嗎？各位？

行。行啊，很好……

羅夏。

好久不見啊。

大人物。

世界真小。

6

哈哈。「世界真小。」我喜歡。說得好。

說得還真對。這裡就是個很小的世界。我在這待多久啦？麥可？

二十年了，大人物先生。

二十年……

好長的時間。你一定以為你們對我做的事可以說忘就忘，你跟那個什麼梟的。真好玩，是吧？怎麼……

＞漱＜

謝了，勞倫斯……

……怎麼陳年往事又回來糾纏我們呢？

順帶一提，你燙傷的那傢伙，快掛了。也許明天，也許週四、週五。別擔心……這事絕對不會上法庭。

你也上不了。

看著吧，等他掛了，這地方就會炸開……

……到時候，你會被一寸一寸折磨死

人小志氣高。

我去叫穆哈尼開鎖！我要在這傢伙身上開個洞……

不。還不到時候，麥可。我已經等了二十年。不急。

他的死期很快就到……

……而且沒人會在乎。聽說今天連他的心理醫師都放棄他了。

羅夏啊，你是孤身待在死蔭的幽谷，往日的幽魂無孔不入，你唯一的屏障只有一道沒用的鎖。

好好想想吧。

⑦

打擾了，我是史蒂夫·范警探，要找丹尼爾·崔博格。

我就是丹·崔博格。

呃，進來說吧……

快好了，崔博格先生。這寶貝能擋住整支軍隊。抱歉久等了，安裝時間比較長。

沒關係。呃，警探先生，有什麼事嗎？

艾德華·布雷克。殺人案的死者。你認識他。

喔，認識。不熟。

夠熟了，你出席了他的葬禮。我看到照片裡有你、安德林·偉特、曼哈頓博士。

崔博格先生，你的同伴都來頭不小。

我是透過偉特認識布雷克的。我，呃，曾經捐了點錢給偉特的慈善活動。

嗯哼。

以外交官來說，這個布雷克真是大塊頭啊。全身上下結實得像英雄一樣。也許練得很勤？

有意思……最近新聞裡也不少「英雄人物」：羅夏被捕了、偉特被襲擊、曼哈頓博士離開地球，幾乎要引發第三次世界大戰……

要來一根嗎？崔博格先生。

不。謝了，我不抽。

TANKS MASS
EASTERN EURO
'PURELY
OFFENSIVE'
SAY REDS.
CALIFORNIA: GOVER
REAGAN URGES
HARD LINE

很明智。

……接著，就是上週末那檔事。你有看到嗎？公寓大火的事？

大功告成，崔博格先生。這樣保全就是最高級的了。

呃，好的。好的，謝謝！我會開支票過去……

什麼鬼事情……把飛船懸停在兩棟大樓之間，救了所有人？這種技巧全世界沒幾個人辦得到。

是的。我們問了幾個目擊者，但細節已經傳得一團亂。什麼駕駛員戴著護目鏡、有一位女性同夥、播放音樂、提供咖啡……

咦……「甜馬車」方糖！這只賣量販包吧，對吧？

是嗎？

沒什麼。

你知道，我唯一聽過能在建築物之間穿梭的飛船，是一位蒙面英雄的船，1977年法案通過後他們就禁止活動了。

呃，沒錯。應該是，怎麼了？

不太可能是他，當然……他現在應該四十好幾了。

我是說，像**我們**這把年紀的人，身體都有點**毛病**。早上起床，就快把肺給咳出來，我們……

……喔，但我忘了。你不**抽菸**是嗎？

對，呃，所以呢？

沒什麼。其實我已經**下班**了。只是想說來你問問知不知道**布雷克**的任何消息。

呃，那邊是**儲藏室**，但鑰匙不見了，抱歉。

恐怕**幫不上忙**。我們不太**熟**。

不必麻煩。反正我差不多要走了，對了，我**剛才**就注意到這個月曆。很酷的**貓頭鷹**。

你知道，用**月曆**的人有兩種：一種會**先**偷看下個月的圖，另一種**不**會。你是哪一種？

我不會。

你該看看的。展望未來有好處。

嗯。11月的圖是**鷹隼**在**空中**撲擊麻雀。不祥的圖啊，嗯？

噢，糟糕……我是不是**破壞了**你的**驚喜感**？

哦，放心。人生中的驚喜已經**夠多了**。

的確。對了，很抱歉拿那些**蒙面英雄**的事來煩你。我太**沉迷**這個話題了。

自從逮捕了**羅夏**，這些人就一直在我**心裡陰魂不散**。

我是說，**火場救人**，沒人會譴責這種事，但如果再**得寸進尺**……就像《新星快報》說的：「1977年的幽魂」。呃。

那些**人物**：那位女士，叫**靈絲**的，不知道**她**現在到哪去了？

……還有**羅夏**，呵！你知道他**被逮住**的時候，**口袋**裡放了什麼東西嗎？

方糖。很**怪**吧？

下次再來拜訪您，崔博格先生，**保重**啊。

謝謝。晚安，警探先生。

丹？那是誰？我剛在**洗澡**，但有聽到**最後一段話**。

他說1977年怎樣了……

他是什麼意思？

意思是時間**不多了**。也許他已經聯絡過**洛克斐勒基地**。也許他已經知道妳在**這裡**。救出**羅夏**的行動，**明天**再不動手就**危險**了。

最後期限突然出現。

9

「19……85年……10月……31日。」好了！搞定了。

西摩，來吧，這個在今天下午之前要貼**好**，印出來，**發**出去。標題給我。圖片在哪？

呃，在這，高弗瑞先生……

好了，別像個蠢蛋**楞**在那，背面還有些空白要找材料來補。去**奇聞俠事檔案**那邊找找。

知道嗎？這是我至今為止最棒的標題了。我受夠《**新星快報**》的鳥標題：「1977年的幽魂」了。

呃，這可以嗎？這篇寫的是「致猶美利堅合眾國的子民」……

當然，好啊，都行。另一張照片到底在哪？這裡只有**兩張**。

找出來。還有「失蹤**作家**」追蹤報導的圖片也是……

NEW FRONTIERSMAN
榮耀像鷹…… 有時，

靠，這有夠**讚**！完全捕捉到了**街頭**的氣氛、**戰爭**妄想症，現在還多了這些蒙面人……

知道嗎？外頭在謠傳，**公寓救援**是蒙面人幹的……

我找到了。

NEW FRONTIERSMAN
榮耀像鷹……
必須戴上**頭套**

這張照片可以嗎？**作家**的。我知道之前用過了……

西摩，滾**開**一點！你擋到我**做事**了！

哈。剛好是**萬聖節**特刊的最佳素材。

NEW FRONTIERSMAN
榮耀像鷹…… 有時，
必須戴上頭套

好。就這樣了……聽好，你去買午餐……不要**岡噶餐館**的狗屎，也不要**頭巾佬**賣的垃圾！給我買個**漢堡**。堂堂正正的**美式漢堡**！

我趁這時候把這齣大戲準備好，送到**街頭**大賣特賣。

NEW FRONTIERSMAN
榮耀像鷹…… 有時，
必須戴上頭套

還在畫**素描**啊？**曼尼西**小姐。我以為妳比較喜歡這鬼東西的**背面**。

我是啊。只是最後需要再研究一下牠的**臉**是怎麼**組成**的。

你擋到我的**光**了。

噢，**抱歉**。請原諒我這老酒鬼，我只會出門讚嘆蚊子海岸的美景，做著回歸**大陸**的白日夢。還有三天……

牠蓋在那張帆布底下妳怎麼畫？

他們幫我掀開來，讓我能觀察牠的**喙部結構**。

真美的**作品**。希望他們在**旅程**中能妥善**冷藏**牠。要是**腐爛**了……

≳噗≲ 噢，牠要去的**地方**絕對夠冷。

比起**我**離開這裡之後要去的**地方**，冷太多了。

跟妳說，這地方……該死的偏執狂**電影**公司！簡直像發生**船難**會漂到的地方。我記得我寫過這種**故事**……

我希望它比你**現在**寫的這個故事愉快。為這一幕幼體咬穿母親子宮破繭而出的片段畫插圖，還真是個難忘的**體驗**。

好了，完成了。我們是不是該去跟我們的**寶貝**揮手**道別**呢？希亞先生。

寶貝？哈！如果那能算**我的**什麼寶貝的話，**肯定**會有舒服點的方式來製造牠們！

好吧，來……看看這孩子最後一眼，檢查一下有什麼**家族特徵**。

MANESH
10/31/85

……依我的看法，核戰很有可能在未來**十天**內爆發，雖然聽起來似乎令人難以置信。天曉得這些人的大腦都被什麼**取代**了……

謝謝教授。接下來……

今天的《**新拓荒者**》公開呼籲寬容對待**扮裝英雄**。

《**新星快報**》的作者兼編輯**道格·羅斯**將此舉描述為「試圖用宜人的假面粉飾三K黨般的暴行」。

《**新拓荒者**》的文章是針對我**本人**與本**雜誌**的**攻擊**。

其中妄稱我們，哈，是受到共產黨資助，才製作〈**踢爆曼哈頓博士**〉和目前的〈**1977年的幽魂**〉專題……

好了。簡直羅丹再世，是吧？

根本是個**笑話**。資助《**新星快報**》的是一家極**平常**的**純美國**貨運公司，再怎麼樣也扯不到**莫斯科**去。

至於他們的**社論**，我只能説：「**紐倫堡**的幽魂」。

稍等一下……

道格·羅斯的發言。另一方面，在曼哈頓博士捨棄地球之後，民眾對於蒙面英雄的怨氣日漸增長，針對坊間謠傳週六的**公寓救援**事件有蒙面義警涉入，警方表示目前查無實據。

讓我裝上這個……

最新消息：日前在獄中遭到蒙面義警**羅夏**燙傷的囚犯今天下午身亡。

擔心**暴動**即將發生。獄方發言人表示他們正「**望進地獄張開的大嘴**」

好極了。簡直等不及**天黑**了。

/2

258

《公報》？抱歉，老兄……隨時可能送來，得等一等。

去過烏托邦嗎？那些老電影……墳墓裡傳來的胡言亂語，是吧？

我極度渴望有人陪伴，絕望得開始胡言亂語，似乎還跟早已遇害的船員們搭上了話。

嗯，這個太空人跑來警告每個人核戰快要爆發……

十天。電視上說十天！靠，德爾夫，給我來點KT！我想嗑到茫。

他們的聲音從木筏底下傳來。厚重、混著氣泡聲……

嗨。來份《公報》。我想看看公寓出租消息。我跟阿琳分了。

呃，嗨，喬伊，《公報》還沒到……

這些死同性戀……是我最恨的傢伙。德爾夫……

與死人對話：陰鬱、苦澀、無盡悲傷……

靠！

那個叫曼哈頓的傢伙，就是他搞砸了這一切。還有公寓救援。我聽說……

德爾夫，我知道你有，快點，搞屁……

無休無止的壞消息，從小魚穿梭的死人嘴裡湧出。

嗨。報紙來了……

嘿，給我一份！

……聽說那也跟超級英雄有關。就像1976年陰魂不散！

是1977年。KT快給我……

我跟我腐爛的同伴們，一起聊著……

老天。看到這個了嗎？「新新懲教所突發事件：被捕義警引發暴動：五人身亡。」

……人生，還有那等在人生終點沒人逃得了的恐怖審判。

呃，我想這就是了。氣球爆了。

13

老大，讓我們進去**宰**了他！歐帝斯掛了，讓這**死瘋子**去死償命！

羅夏……扒了他的眼皮，然後我

耶！我們要把他撕成碎片，老大！

沒問題。今年**提早**過感恩節，每個人都吃得到**火雞肉**。

只不過，肉由我來切。動手吧。

勞倫斯，快發動那該死的**電焊機**。我們從**機械室**弄出那東西**已經**浪費太多時間……

……而且，我想**慢慢**享用這道菜。

好了。羅夏？**時候到了**！萬聖節，鬼哭神嚎，**徹夜狂歡**！

你是怎樣？裡面太**熱**了？接下來還會**更熱**。

沒、沒錯！嘿，**老大**，你**瞧**，這下子他不敢再扯什麼「人小志氣高」這種鬼話了。

也許他終於明白，切開這些欄杆以後，咱們會把他縮得多小。

門都沒有，肥佬。

肥……？你這低能的小**畜生**！我要把你他媽的**心臟**活活扯出來！你**死定了**，懂嗎？去死！

我們這兒有一整屋子恨你**入骨**的人，你有啥？

我有「**你的手**」。

這是我的**觀點**。

14

你這白痴。**狗娘**養的肥仔！現在**鎖**被你擋住了！

麥可，手伸**進去**！把**布條**割斷！

喔幹。我的**手指**。他弄斷我的**手指**了……

割不**到**。不能直接切開**欄杆**嗎？不管**鎖**了。

太慢。暴動時間**有限**。而且在我玩個過癮之前可不想被**打斷**。可惜啊，勞倫斯擋住我的**復仇**之路了。

殺了他。

老大，天啊，你**開玩笑**吧！沒那麼急吧。麥可，神啊放過我……

不是針對你，賴瑞。

咯咯呃嗚……

幹，一團糟。現在該怎麼辦？

還能怎麼辦？宰了他！把門弄開，讓那雜種搞清楚誰是**老大**！

……嗚嗚咯咯嚕呼……

一比零。

該你了。

過來宰了我。

看……那些**囚犯**。這區已經被**占領**。

你是怎麼把我拐**進來**的？這太**可怕**了……

放心。把耳塞塞好，我們就能直搗黃龍。我**現在**要打開尖嘯器了……

快搞定了……

靠，這味道太糟了……而且，你有聽到像**警笛**的**叫聲**嗎？

別管它！弄開**門**就對了，我要聞聞**這**狗雜種被烤焦的味道！

喔，好。沒問題。快好了。

哦，瞧，他爬上床鋪了，像個死**小孩**。我看他快**哭出來**了。幹，我超愛這個階段……

動作快點。

哈！搞定了！門開了！

我來抓你囉，發育不良的小**畜生**！

等著被做成**漢堡**、烤成燻肉，噁心、低等的……

……**小**

哼。以前從沒用馬桶對付過這種髒東西。還真的沒有。

二比零

輪到你了。

17

……熄滅了！所有的**燈**突然就暗了……

大聲點，我幾乎聽不到。

顯然**電力有問題**。緊急照明應該馬上會亮，如果沒人把**電氣設備**都砸了的話。

丹，這太恐怖了。聽說有暴動的時候，我還以為只是剛好可以掩護我們救人的程度而已。從沒想過會是**這種景**……

積怨已久，一次爆發。

新仇舊恨加在一起。

但這地方已經**亂成這樣**！就算還沒有人幹掉他、他還**活著**，我們又要怎麼**找到他**？

他應該被關在**禁閉區**。要**追蹤**他應該不會太**難**……

我還是看不出你哪裡**需要**他。他最近是幫了**你什麼**嗎？

沒有。但最近跟他**見過面**，他好像想**交朋友**，但不知道**怎麼做**。

感覺我們之間的**缺口**正在**縮小**。

很**難接近**他。我是說，這**恐怖**又**瘋狂**的**一切**，是他**吸引**來的。這是他的世界。他就**活在其中**……

……就在這個污穢、暴力的黑白交界處……

就在這片陰影底下……

18

如何？就是這個牢房嗎？他在那嗎？

以**氣味**來說，這整個地方都有他的印記。

不。不，他不在這裡……

……但我想他本來在這。

走吧。要是不**快點**找到他，我們整個**計畫**就被沖進**馬桶**了。

B WING

MEN'S ROOM

也許往這走？

我不知道。如果能有找到什麼**標示**就好了……

MEN'S ROOM

嘿！那邊那個是他嗎？報紙上那張**照片**，他拿掉**面具**的長相……

我、我不**確定**。的確很像那張**照片**……

喂，是羅夏嗎？

羅夏？是……？對。對。是你。

來吧，兄弟。我們是來把你弄**出去**的，最好**快**一點，以免，呃……

呃，我們沒**打擾**你吧？

19

265

沒。

抱歉。我得去廁所一趟。

噢，在這節骨眼……

呃，也還好啦。我是說，誰都有需要的時候，對吧？

我記得有一次我就因為這樣追丟一條大魚……

我那次快抓到一個毒販，突然想小便。就在我穿脫英雄裝的這段時間，他就不見了。

在那之後我就重新設計服裝了。

噢，當然。人人都有這種時候。

但讓我生氣的是，我們來救他，他甚至沒謝一聲！甚至連招呼都沒打！

靠，他在裡面幹麼？乒乒乒乓的……

應該沒事……好像聽到他沖水了……

終於！

噓。

好了。正事辦完了。可以走了。

是嗎？你確定嗎？我們不想太魯莽，一頭栽進危險中！

嗯。

好建議。

當然，很多人都會同意妳說的。

20

順帶一提，丹尼爾，很高興看到你又穿上了制服。就像以前一樣。

猶斯派契克小姐也是。雖然我一直不喜歡妳的制服。但不是針對妳。

呃，也許我該關了尖嘯器，這樣我升起阿基的時候，你才不會聾掉。

嗯。夜梟船。尖嘯器。腰帶控制器。這些老玩具，我都記得。

是什麼讓你想重操舊業？你終於認真看待蒙面英雄殺手的事了嗎？

這個……

不。至少我不信。

不信？但妳還沒被攻擊。有意思。其他人幾乎都遭殃了。

羅夏，拜託，你就不能暫停一下嗎？她才剛救了你……

他是在暗示什麼？我就是一點也不信那套陰謀論！

對我來說，這整件事都很莫名其妙。丹認為救出你有好處，我跟他一起行動。

說真的，我真希望我沒來。真希望強在這裡，讓事情回歸正常……噢，丹，抱歉。

沒事。阿基來了……

快。現在沒用尖嘯器趕人，我們很快就會被火力包圍。

另外，我得趁警方為這件事找上門之前，回基地最後一趟。還有些裝備要拿。

這會很嚴重，你知道吧？丹‧崔博格會被通緝。

那也要這世界能撐到那時候才有意義。不過，沒問題的，我多年前就安排好緊急身分了。我們躲得過的。

抓緊。我們要回巢了……

21

十一月

M	T	W	T	F	S	S
				1	2	3
4	5	6	7	8	9	
11	12	13	14	15	16	
18	19	20	21	22	23	2
25	26	27	28	29	30	

好的，終於告一段落。但我要到地下室收一些東西，所以……

呃，蘿莉？妳在幹麼？

撕月曆。再過一小時就11月了。

妳好像很沮喪。還好嗎？

嗯。只是這些事來的太急……劫獄、戰爭……全都太離譜了。

或許我希望有人能揮揮魔杖，就讓一切變好。

……但沒人能辦到吧？

對了，我必須到客廳收拾一些雜物……有些我媽堅持要我帶著的東西、隨身物品之類的……

馬上就好。

哈囉。

22

268

強？天啊，我……

我、我聽說你離開了。他們說你在火星……

我的確在火星。

現在，我們應該有話要談。妳想跟我談談。

老天，對。是沒錯，我剛剛的確在想……但是強，你怎麼知道？我需要見你，你就出現了……我是說，這一切也太「機械降神」了吧……

「強行解決困境的神」是的，我想沒錯……

……但對我來說，一切運作的法則都不太一樣。請試著理解。

在我未來的一小時後，我們在火星上談話。我想我該來接妳，讓妳有所準備。

火星？喔不！你開玩笑吧！為什麼是火星？

蘿莉？誰……？

因為我在火星。因為那是我們的對話發生之處。妳正試著說服我拯救世界。

拯救……？我必須說服你？強，這太瘋狂了……

強？蘿莉？怎麼回事？我……

丹？他突然出現。他要我跟他走一趟。我、我想我最好照他說的做。我瞭解他！他不會改變心意的。

丹尼爾？門鈴在響……

蘿莉，等等！這是怎樣？你們要幹麼？

我們要談談。也許會找到方法解決這一團混亂。

我沒事，丹。真的。你保重。

有人在外頭，丹尼爾。警察。

他們在砸門了。最好快點。我們……

蘿莉！不……

丹尼爾，門撐不久。現在就得走，趁他們……猶斯派契克小姐呢？

她……她不跟我們一起走。

出發吧。

23

*Deus ex machina：古希臘戲劇中透過機關送上舞台的神，屬於一種編劇手法，可以突兀地解決故事中所有困境。

搜！這地方亮著燈，他們說不定還在這……

希望如此！史蒂夫，你告訴我你知道崔博格就是這個貓頭鷹男，但你卻沒……

我錯了，我以為警告一下就夠了。該死，我沒想到他居然計畫救出他的同伴……

下樓梯！看他的臉色，我知道那裡頭一定藏了東西……

史蒂夫，如果那些人不在底下，你該擔心的就是隊長的態度了。

肯定不會愉快輕盈到哪去。

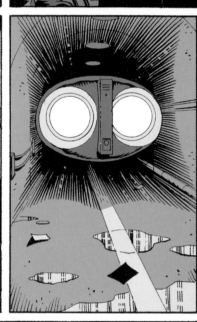

我肯定會遭天譴。

喔，當然。

還不只天譴而已。

24

270

……但在我被木頭磨得起泡的腳底下，水面彷彿**石頭**一樣硬，海洋的深度，拒絕將我吞噬。

這是新發明的酷刑嗎？我站在平靜的海上，一位屍堆中的彌賽亞，無法沉入我渴求的深淵，將一切忘卻。

我的苦難何時休止？死神何時才願眷顧於我？難道他那恐怖的暗影，就這樣與我擦肩而過？

我抬起不解的眼神望向天堂……

……看到的卻是大地。

我早已習慣了那悲慘的、變幻莫測的鐵綠色風景，以致於那片淡金色的、實實在在的沙灘映入眼簾時，我的腦子竟一時之間無法理解這代表什麼**意義**。

這代表著，我這趟黑暗中的顛簸旅程就此終結。

這代表著，我抵達了目的地。

打烊

讓我來修！

專車 修葺 式款

毫無疑問，把我丟去那等死的惡魔們，一定已經把我的親人屠殺殆盡。但現在我**回來了**，乘著屍體做的船……

我是他們錯以為已經**逃離**的噩夢。

我是**復仇**的厲鬼，順著漲潮歸返家園。

26

哎。

好了，好了，我聽到了……不用敲了。

等我一下。我看看……蘋果、糖果……這應該就行了。

好了，好了，聽到了。馬上來。

來。萬聖夜快樂，孩子們。我……

「噢嗚！狗娘養的老傢伙，你敢打我！你……」

「把狗抓走！誰來把這條狗抓走！」

「小心，他還想站起來……」

「德爾夫，媽的，瞧，這是個老人。我們該閃人了，不然……」

「閃人？什麼意思，你們這些蠢蛋，我沒示範你們就不知道該幹麼嗎？找個重物給我……」

「嘿！嘿，老阿北！看這邊啊！」

「來個勇敢的表情嘛，接招了……」

27

嗚嗚呃呃呃

德爾夫？德爾夫，你幹了什麼？我剛吸了KT，我不……

閉嘴。我們完工了。

但是，德爾夫，這……幹，天啊，看看那傢伙，你……

我說，完工了。走吧。

梅森先生？是我們，跟去年一樣。剛才離開那些人是你朋友嗎？

梅森先生？嘿，開個門吧，不給糖就搗蛋！

梅森先生？

萬聖夜，
往日幽魂
來到我們身邊，
對著某些人，
他們開口說話；
而對其他人，
他們沉默不語。

——〈萬聖夜〉
艾莉諾·
法瓊

1985年10月31日星期四　　　　　　　**50** 分錢

新拓荒者

第IVII期
No. 21

★★★★ ━━━━━━━━━━━━━

榮耀像鷹：有時，必須戴上頭套

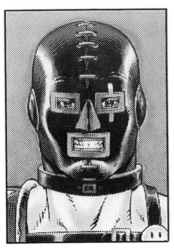  

海克特・高弗瑞，*編輯*

紅色末日！

晚上十一點，世界正在紅色末日邊緣搖搖欲墜，在這生死攸關的時刻，我們全國人民應該圍繞著我國那些象徵性的人事物團結起來，他們最貼近這受困之國胸膛裡那顆偉大、溫暖、紅白藍三色構成的熱血心臟。他們是我們的希望，我們的榜樣，即使深陷危機，這些傳奇仍將激勵我們大步向前。

我們對國家的認同感、我們的驕傲、我們的榮譽感，這些東西，要是少了那些偉大的自由象徵，像是保羅・里維爾的午夜飛馳、阿拉莫之戰，或是蓋茲堡演說，難道還能長存至今？我想不可能。再者，即便此刻已是危急存亡之秋，但某些人似乎仍然很樂於奚落與嘲弄美國立國之根本信念！

榮耀像……(續上頁)

他們以為自己是哪根蔥?

在過去這令人難以忍受的一個月以來,凡是持續關心時事的公民,肯定都明白我說的是誰。偽裝成知識分子,實則是群唱搖滾樂的馬克思主義小鬼搞出來的月刊《新星快報》,在最新一期裡,那個愛好古柯鹼的編輯道格拉斯・羅斯,針對我們文化中的蒙面執法者傳統,發表了尖酸刻薄且毫無事實根據的攻擊,妄想能夠激起舊時代的偏見與仇恨,引發一場腥風血雨的民間動亂。

幾乎不需要我提醒,各位讀者也一定記得,就在他們充滿煽動性的上一期出版物中,羅斯將矛頭指向曼哈頓博士,利用癌症謠言對他進行人格謀殺。這場野蠻而歇斯底里的攻擊,使得我國最強大的戰略資產離開這個世界,自我流放到另一個星球。最終還可能導致核戰末日發生,或是害我國必須屈服於蘇聯的哥薩克戰靴之下。

《新星快報》把世界帶到末日邊緣之後,繼續火上加油,散布更多不實指控,最新一期的文章,試圖把近期有關前蒙面英雄的新聞材料,以脆弱的線索串連起來,然後把結論導向某種激進陰謀論,他們顯然忘了,那些所謂的「新聞材料」絕大部分正是《新星快報》及其不負責任的危言聳聽所促成。在義警羅夏被捕之後,警方從他租賃的公寓搜出了多期《新拓荒者》,羅斯在文章中見獵心喜地提起這項事實,宣稱這項「證據」足以證明這位英雄的人格低劣。這位典型大麻成癮者的腦袋顯然已經喪失邏輯功能,他似乎是在說,既然羅夏會讀《新拓荒者》,那他肯定是個壞蛋;同時呢,也暗示著如果《新拓荒者》受到羅夏這樣的傢伙喜愛,那肯定不是什麼正派刊物!整體來說,這些自命不凡且全然不符事實的惡意攻訐,影響到的不只是本報社,也不只是個別的蒙面英雄,更是對美國整體基礎精神的踐踏!羅斯和他那幫逢迎諂媚的「左傾」小跟班到底以為自己是哪根蔥???

毀家滅國

羅斯及其同黨以輕率的態度極力詆毀的東西,就是蒙面行俠仗義的精神,敢於對抗由司法系統中那些沒骨氣的傻子和共黨同路人所制定的怯懦而無用的法律,為了真正的公理正義,不惜踏入禁區,挺身而出。

想起了波士頓茶黨?是否想起了獨行俠的精神?是否想起了那些必須有所作為的場合,人們戴起了面具,只為維護超越刻板法律條文之上的正義?《新星快報》滿口酸言酸語,將蒙面英雄比擬為三K黨的直系後裔,然而,容我指出,儘管他們後期某些行可說是荒腔走板,但最初三K黨之所以成立,是因為正派人士們不得不與出身自道德落後文化的人們為鄰,他們有十足正當的理由,擔憂無法確保自己的親朋好友與財物的安全。

的確,三K黨並非完全合法,但他們所做的,卻是在那些美國文化遭到吞蝕與滲透而岌岌可危的地區,自願挺身捍衛傳統。同樣地,1979年我國在貝魯特施行的轟炸,乃是完全正當的反擊行動,然而當時,許多不懂得什麼叫共患難的歐洲「友邦」,卻嚷嚷著此舉有違國際法。但如果法律不能為人類服務,那麼制定法律的用意又是什麼呢?再說,如果這些法律在未曾預料到的情境下,變得不合時宜,此時,沿著公理與正義的航道,去實踐法律核心的精神,而非拘泥於表面字句,豈不是更加高貴的行為?如果一個人針對上述問題的回答是否定的,就我看來,他缺乏起碼的道德勇氣,根本不配自稱為美國人。至於《新星快報》那些文章及其作者,他們否定了經過時間考驗的愛國美德,我願以最嚴厲的言辭加以譴責,因為那是不折不扣的反美罪行。

嗑藥成癮的共產主義懦夫

我受夠了那些嗑藥成癮的共產主義懦夫,我想是時候了,我們該直接了當地問自己,《新星快報》對於美國傳奇人物的嘲弄,以及後續對我國民眾士氣的破壞與侵蝕,受益最大的究竟是誰?還需要懷疑嗎?唯一的受益人,就是國際共產主義運動。難道我們不該呼籲有關當局,深入調查這份披著流行文化外衣的惡毒宣傳品,

(段落延續至次頁)

1985年10月31日星期四　　　　　　新拓荒者　　　　　　　　　　3

在我們看來⋯⋯

榮耀像⋯⋯(續上頁)

　　背後到底是誰出資贊助，讓它每個星期都出現在書報攤銷售？忠實讀者早已知道，我公開質疑，針對曼哈頓博士提出指控，並導致他自我流放的事件，背後可能有紅色之手介入（參閱《新拓荒者》10月20日週日號的報導：〈我國的守護者遭克里姆林宮抹黑〉）；讀者們想必也會認同，《新星快報》針對我國傳統與價值持續發動襲擊，可以視為進一步的證據，說明該雜誌的利益所在之處，正是東方的蘇聯。請諸君勿忘這一點。

編輯　海克特·高弗瑞

新拓荒者　　　　　1985年10月31日星期四

失蹤的作家
失蹤人數不斷增長，警方宣告停止搜索

本週稍早時，警方宣告停止調查作家馬克斯・希亞神祕失蹤事件，據瞭解，缺乏線索是他們決定放棄的主要因素。《新拓荒者》在此提醒有關當局和諸位讀者，本報先前已列出過大量證據，表示希亞的失蹤案是精心策劃的大陰謀的一部分，其根源甚至可能可以回溯到險惡的古巴利益問題。

雖然，希亞的確可以說是無聲無息地消失了，沒有留下任何線索能追蹤他的去向，但只要考量到在相近的時間點，類似的失蹤案多得異乎尋常，我們就有可能瞥見一幅比表象看來更巨大且恐怖得多的畫面。希亞失蹤前的兩個月，包含他在內至少共有四名傑出的創作者彷彿從地球上蒸發般消失。其中包括風格激進的建築師諾曼・萊斯、超現實主義畫家席拉・曼尼希，以及備受尊崇的「硬」科幻小說家詹姆斯・特拉弗・馬區。必須承認，每個案例的情況都相當不同，似乎只能歸咎於簡單而無意義的命運巧合……曼尼希顯然深受婚姻所苦，要是她拋下丈夫和兩個孩子遠走，不算令人驚訝；馬區的收入被國稅局凍結，他欠下大筆債務；根據報導，萊斯在失蹤前鬱鬱寡歡，甚至有自殺傾向；另一位失蹤者，先鋒派作曲家林內・帕里，情況也差不多。上述每一位的處境，作為失蹤的理由似乎已足夠可信，沒有必要再加上任何陰謀論的推測，然而，還是會讓人有點懷疑：四位如此傑出的人士，真能就這樣拋下光明而美好的前程與聲譽，不到幾個月就消失得無影無蹤嗎？

（貼照片）

除此之外，我們還必須考慮到，還有其他領域的一些傑出人士，雖然沒有那麼知名，不太容易估算人數，他們也同樣在這段期間內消聲匿跡。根據我取得的資料，科學界的失蹤人數高得出奇，雖然其中大部分是技術性不高的低階工人，但同樣有惠特克・弗內斯博士這類名人，他是位卓越的優生學家，據他的夫人所述，某天傍晚他出門遛狗，就再也沒有回來。

更奇怪的是，就在希亞的消失事件廣為公眾所知的那一週，發生了一樁死者屍首部分器官消失的事件。當然，這可能是完全不相干的事。那是一位所謂的通靈人、靈視者，名叫羅伯・迪夏恩。這位年輕靈媒中風而死後，他的父母和親屬來參加葬禮，他們驚恐地發現，躺在停屍間石板上無人看守的屍體，頭不見了，不知道是病態的盜墓賊所為，還是哪個瘋子開的玩笑。警方發表了一些無關痛癢的意見，什麼可能跟黑魔法教派成員有關之類的，此後，再也沒有聽說新的證據浮上檯面。

即使不把這件怪事算進去，難道就沒人打算深入研究這大量離奇失蹤事件背後隱藏著什麼嗎？莫非日益刻薄而緊張的司法系統真的不敢把這張黑幕掀開太多，只怕底下藏了什麼他們不敢看的東西？《新拓荒者》再次重複我們看到的警訊：才華洋溢的傑出美國公民，正在我們眼皮底下被偷偷綁走。

此時不是該有人設法找出他們的下落嗎？

「蘿莉？」

怎麼回事？我……

丹？他突然出現。他要我跟他走一趟。我、我想我最好照他說的做。我瞭解他！他不會改變心意的。

丹尼爾？門鈴在響……

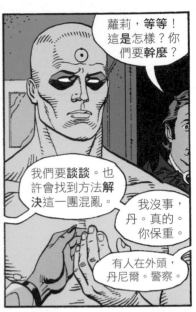

蘿莉，等等！這是怎樣？你們要幹麼？

我們要談談。也許會找到方法解決這一團混亂。

我沒事，丹。真的。你保重。

有人在外頭，丹尼爾。警察。

他們在砸門了。最好快點。我們……

蘿莉！

「不……」

存有之暗

到了。

喜歡嗎？

強……？ 呃。

咯呃呃呃呃……

蘿莉？

啊。

當然。我們正在火星上辯論地球的命運。

我現在可不想聽你那套什麼宿命之旅的鬼話。

強，拜託，我是說，這，光是待在這裡，就已經帶給我超大的麻煩，懂嗎？

我洞察時間的方式為何會讓妳苦惱？

這有什麼好問的？你早就知道我的答案了，因為這太蠢了。我離開你的時候，《新星快報》指控你的時候，你很驚訝。

為什麼？你不是早就知道那些事情會發生？

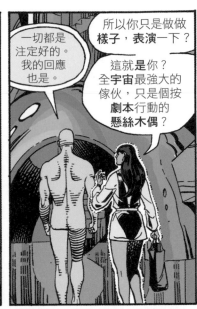

一切都是注定好的。我的回應也是。

所以你只是做做樣子，表演一下？

這就是你？全宇宙最強大的傢伙，只是個按劇本行動的懸絲木偶？

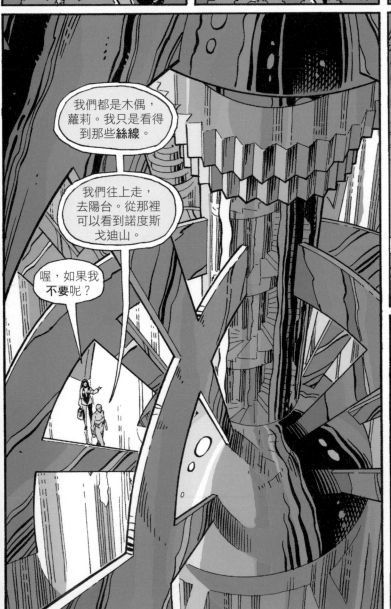

我們都是木偶，蘿莉。我只是看得到那些絲線。

我們往上走，去陽台。從那裡可以看到諾度斯戈迪山。

喔，如果我不要呢？

蛤？

如果我偏要站這不動，毀了你所謂的預言呢？

那會怎麼樣？

強？

我問你「那會怎麼樣？」

5

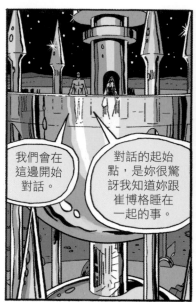

我們會在這邊開始對話。

對話的起始點，是妳很驚訝我知道妳跟崔博格睡在一起的事。

你……你**知道**我跟丹的事？

不。還不知道。但妳馬上就會**告訴**我。

啊啊啊啊啊靠！

強，你到底想對我**幹麼**？你這個樣子，我甚至沒辦法跟你**講話**，更別說要爭論那個什麼去了……

世界的命運。

世界的命運。

這太**荒謬**了。你都已經知道他媽的**結果**了，為什麼還要**爭論**？

因為……

「因為事情就是這樣**發生**的！」我知道、我都會背了……

哦，天啊……

聽著，強，可以，我就照**你的**方式來……但你要幫助我**理解**。畢竟**我**無法預測**未來**……

沒有所謂的過去、未來，一切都是現在。

時間是**同步**進行的，時間是一顆結構錯綜複雜的**寶石**，只是人類堅持一次只觀察其中的一小部分。但事實上，透過任何一個**刻面**，都能看到整體設計。

妳最早的一段**記憶**是什麼？

蛤？我最早的**記憶**？

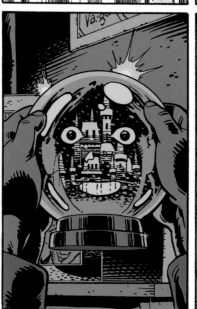

我……我不知道。可能是**父母**離婚那陣子……

我記得一個玩具，那種會**下雪**的玻璃球，但……

不，不，不見了。

沒有不見。它還在這。妳要用心去看。

「嗯，我……我五歲，大概。我應該是被吵醒……樓下有大吼的聲音……

「是我媽和我爸。天啊，我想起他們當時在吵架。」

6

286

……朝他大吼,他看起來很吃驚;我不知道為什麼我對此耿耿於懷。你懂嗎,他看起來不太對勁,我就是無法接受,他很憤怒……

天啊,我講真的,妳需要去看心理醫生……

你哪會懂女人的感受?幹,那**男人**對這種事有什麼感受?

喔,有夠賤。就算以妳的標準,也還是有夠賤!

好了,夠了,把剩下的也說一說吧……

為什麼?好讓你寫封信去給那些雜誌?告訴他們「我老婆描述了他那雙粗糙的手是怎樣緩緩揉捏……」

閉嘴!

你不是想聽?沒問題啊,你聽仔細了:

首先,他就在**那**,對吧?

而且他很**溫柔**。你知道像他那樣的人變得溫柔代表**什麼**嗎?就算只是一知半解?

噢,饒了我吧。

那代表你遇到了某種東西,你遇見了某種不可思議的浪漫,還有你小時候聽過的那些狗屎承諾。

那也代表婚姻破碎,代表我們孩子的未來岌岌可危。

我的孩子。我們不就是**在**講這個?你忘了嗎?

不管怎樣,你不用擔心她的未來。一切都安排好了。

「我踮著腳尖到樓下的客廳。屋裡很暗,而他們就在隔壁房吵架……」

「沒人知道我在這。這一刻是專屬於我的。感覺一切都很**隱祕**,像施了**魔法**……」

「……那**玩具**就在那裡,那個雪花球,裡頭有個小**城堡**,它就像整個**世界**;一個**玻璃球**裡的世界……」

「像是裝著**另一個國度**的小玻璃泡泡……」

「我把它舉起來,激起一陣大風雪。我知道那不是**真的**雪,但無法理解為什麼雪飄落得那麼慢。」

「我覺得那顆球裡裝的,是另一種**時間**。」

「緩慢流逝的時間。」

7

287

「然後
……」

蘿瑞·珍？

啊啊！

妳在這裡幹什麼？妳……

勞瑞，你敢拿她出氣試試看！她只是個孩子！還很脆弱……

「……易碎……」

「……那裡面只有水。」

「我爸大吼幾句之後，送我回房睡覺。他總是吼我，可能是因為他知道我不是他親生的。」

「我很確定自己的親生爸爸是我媽的前男友，蒙面判官。」

瞭解。而妳母親的丈夫不是……啊，看那邊：出現了一場沙塵暴

喔，很好。

沒錯，謝克斯奈德啥也不是，就只是個欺負弱小的爛人。一天到晚找我麻煩。

也許就是因為這樣，只要我的伴侶強壯、強勢，我就會暴躁易怒……

就是，像丹，他完全不是那種類型。他是個包容性很高的情人；可以讓你好好傾訴煩惱的那種人……

妳是說妳和崔博格睡了？

呃……你已經知道了不是？你剛説過……

我説過，而且常常説，妳是我跟這世界唯一的連結，是世上我唯一在意的事物。

妳離開我之後，我離開了地球。這樣還不夠清楚嗎？

現在妳把我替換掉了，這條連結就斷了。妳看不出這表示什麼嗎？

妳看不出來，要我去拯救一個已經跟我無關的世界，是毫無道理的嗎？

8

*Gravity of the situation 也同樣可以指局勢的嚴重性。

這、這就是
你説的**其他
方式**？

我得喝一杯。
那瓶子裡裝的
是什麼？

妳**希望**裡面
是什麼？

我希望
……？

呃，水。
水就可以
了。

如妳所願。

強，我……我真的
不能**這樣**，在**火星**
上觀光、喝著憑空出
現的**水**，無視**地球**上
説不定已經核彈
滿天飛。

人類即將**滅絕**。
你一點都不**擔心**
嗎？所有的人都會
死……

所有的痛苦和衝突都將
因此結束，所有不必要的
苦難終於能畫上句點，妳是
説所有的痛苦？不……

不，
我不擔心。

他們**奮鬥**了
那麼多個世代，
最後達成了
什麼**理想**？

「那所有的**努力**，究竟
將一切帶往何方？」

10

≶哈呼≷

……同意。跟大家聚一聚很有意思……偶爾一次，但……重大意義，真的有嗎？我是說……我們拼死拼活的那些年……真的有達成什麼嗎？

何必問呢，荷利……我們啟發了那些新一代的小子……報紙上說的……感到自豪了嗎？

呃，對我來說……我光是坐著，就啟發了另一種幻想……而當那些幻想成真。

我還得坐上去把它們藏起來，哈哈哈

呃咳。莎莉，這有點……

喔哦。**言行**要收斂點了，莎，有位**夥伴**進場了。

啊，她早就聽夠了。

哈囉，親愛的。訓練得怎麼樣？妳會像媽一樣變成強悍的超級女英雄嗎？

會吧，應該。

好女孩。我**想想**……荷利斯叔叔妳認識，而**這邊**這位大塊頭，他是**尼爾森**叔叔。妳在**照片**上看過……

噢，對。大都會隊長。你在照片上比較苗條。

呃……是啊。

呃，對了，莎莉，我最好去**外面**看一下。他應該很快會**到**，我答應會去**接**他……

嗨，小南瓜。怎麼樣，讀過我的**書**了嗎？

沒問題

書？

是啊。《面罩之下》。我給了莎莉一本，請她轉**交**……

哦，我還沒給她。我覺得「她還年輕，不會想讀那種陳年往事。」

或許等妳年紀大一點再說。

291

媽，我十三歲了！為什麼不能讀荷利斯叔叔的書？我做這些**訓練**就是要成為變裝英雄，但我卻不能**閱讀**有關他們的書？

呃，親愛的，也許妳媽媽是**對的**，我想是我**考慮**不周⋯⋯

嗯哼，我也這麼**覺得**！你那些**揭人隱私**的**故事**⋯⋯

莎莉，真的很抱歉，我忘了⋯⋯

嘿，各位！看看是誰**終於**來跟我們團聚了！

拜倫！哦拜倫，真高興看到你！讓我們幫你倒點什麼⋯⋯

請為路易斯先生倒杯蘇打水就好。

朋友，我的朋友們，現在是什麼時候？

呃⋯⋯現在，現在是我們開心團聚的時候！來⋯⋯拜倫，你的蘇打水來了

媽？那誰⋯⋯？

噓。一位老朋友。待會跟妳解釋。

他是**你們**的成員之一？天啊，我拚命**訓練**的結果會是**那樣**嗎？我還有什麼好**期待**的？

蘿莉，住口！拜倫**沒事**，只是⋯⋯

我的⋯⋯我的**親戚**在這嗎？

呃⋯⋯路易斯先生⋯⋯

我、我很遺憾。我對我們**所有人**感到遺憾⋯⋯

拜倫，**小心**你的**杯子**！水⋯⋯

「⋯⋯會灑得到處都是⋯⋯」

「蘿莉？妳有聽到我說的嗎？」

我在問的是，這所有的**掙扎奮鬥**有何**意義**？無止境的努力，終究徒勞無功，只留給人空虛和幻滅⋯⋯

讓人心碎。

12

好吧。好吧，我承認很多人搞砸了人生，沒能實現任何**看得見**的成就，但……

但是，難道對宇宙而言，我們的意義就只是完成這些成就嗎？我是説，生命的存在本身，難道還不夠重大嗎？

依我的看法，生命是一種被過度高估的現象。火星沒有那麼多**微生物**，絲毫無礙於它的完美。

妳看：現在在我們腳下的是**南極**……

沒有生命。完全沒有，但那三十公尺高的巨大階梯，承受沙塵與強風沖刷，形成變化無窮的地景，圍繞著這星球的極區，持續流動、變遷，泛起萬年漣漪。

告訴我……

加上一條石油管線，會讓這個地方增色許多嗎？

強，在這些方面，人類確實對**環境**一點好處都沒有。但**相對**的，你也該從**藝術家、科學家、詩人**的角度來評估一下生命……

媽的，就連我的生命。也多少**有點價值**吧……

可惡，這東西為什麼**點**不著？

氧氣不足。我可以讓你身邊出現更多空氣……

讓我把自己噴得全身是**煙**嗎？**算了**。我還是來杯……呃……牛奶就好……

關於**環境**，我覺得：沒有了**生命**，就根本**沒有環境**可言！

妳的定義很**狹隘**。明明有**其他**觀點存在，但生命執著於從生命的**觀點**看事情。

在底下那些混亂的**箱型峽谷**中，火山將永凍土煮沸，成為滾燙的間歇泉：這團東西其實都能成為**生命**的**泉源**。

13

地表下的冰融解時，地面崩解開來，迸發出洶湧的洪流，形成滔滔大河，如今卻早已乾涸。

當時，生命本來有機會在此滋長茁壯。但火星選擇的不是生命，而是眼前這片**景象**。

我稱為混沌形態。

喔？那普通的生命呢？**我的**生命呢？**一樣**有「混沌形態」呀……還是說那太**抽象**了？太難以**量化**？

我覺得，你太沉迷於那些**奇岩怪石**了，老天啊，你真該看看我在遇到**你**之前的樣子！

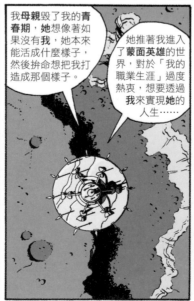

我**母親**毀了我的**青春期**，她想像著如果沒有**我**，她本來能活成什麼樣子，然後拚命想把**我**打造成那個樣子。

她推著我進入了**蒙面英雄**的世界，對於「我的**職業生涯**」過度熱衷，想要透過**我**來實現**她**的人生……

「還記得六〇**年代**那次**犯罪剋星聚會**嗎？我有沒有說過？她開著**豪華禮車**載我到那裡，然後在**外面**等，搞得像是我的**首次試鏡**似的。

BLACK UNREST

「我十六歲。感覺自己像個白痴。

14

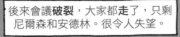

我記得那時盯著**你**看。真的很難習慣你的存在。你的體格很好，但是，呃，全身都是**藍色**的。

你的**女友**珍妮，從頭到尾都瞪著我。

後來會議**破裂**，大家都**走**了，只剩尼爾森和安德林。很令人失望。

我想我有點好奇跟你睡會是什麼感覺，但看來已經沒我的份了。而且其他人也都不吸引**我**。

在外頭，我看著他們一一離開：丹上了他的飛船，羅夏鬼鬼祟祟地消失在灌木叢中。他實在讓人發毛。

我感到失望、不安、情慾高漲，我必須抽根菸。我離開了尼爾森的宅邸……

……這時有人叫我名字。」

蘿莉？蘿瑞・珍，對嗎？

妳是莎莉的孩子？

呃，是。對。你是**笑匠**。我看到你剛才的精彩演出了。滿酷的嘛。

嗯，看來妳沒長歪嘛……讓**我瞧瞧**……

呵。沒，是她的眼睛……雖然多了那顆可愛的小痣……

沒遺傳到她的髮色，不過其他都像她，是個大美人。

呃，謝謝。

對了，我得抽根**菸**，但沒有**打火機**。跟你借個……？

當然。嘿，說到妳**媽**：她有常提到我嗎？

沒有。不常。

呵。說得也是。火來了。我……

可惡。熄了。來，我來……

可以，我來護著。

好了，沒問題。

把你的手從她身上**拿開**！

嗨，小莎。好久不見。

我倒覺得還不夠久，艾迪。

蘿瑞·珍，給我把菸熄了，馬上過來，我們要回家了。

……至於你，你這人難道就沒底線的？

靠，我們只是在**聊天**！我就不能跟我的，呃，我的老朋友的女兒說句話？妳是把我**當成**什麼了？

我很**清楚**你是什麼人，艾德華·布雷克。二十五年來我都很清楚你是什麼人，你可永遠別忘了。

上車，蘿莉。

莎莉，聽著，我以為我們的事**早就**了結了。

不。那種事永遠不會了結。不會一乾二淨的……

還不快上車！

……而且那種事也絕不會發生在我**女兒**身上。

再見，艾迪。

我們在沉默中駕車離開。我往後看，他站在那，看著我們遠去。看起來很傷心。我為他感到難過。

當然，**那時**我還不知道那人渣**幹**過什麼好事！

所以我媽才會那麼警戒。她一定想起了那堆惡劣的**回憶**。

我們開過了三個街區，她在路邊停車，呆坐在那裡……

……眼淚傾瀉而出。

她的痛苦、她的恐懼、她的一生，懂嗎？

我的意思是，這就是**普通人**，對吧？發生在他們身上的所有經歷……

難道**這些**都不比一堆**破石頭**更讓你動容？

16

綿延超過五千公里，其中一端已經見到日出，另外一端仍在夜晚沉睡。

劇烈的溫差催生出呼嘯的狂風，進而在這深達6400公尺的峽谷中，聚起這片霧海。

人類的心，可曾知曉如此深不可測的裂谷？

有！當然有，我的心就有，就是現在！強，你看過人們心如死灰的樣子。像我，狀況很糟的時候，喝得爛醉如泥……

是。我記得在1973年的宴會上……

噢，別提了。我簡直像個智障……

……不過，我想我人生中其他部分也好不到哪去吧？你說一切毫無價值，是嗎？我們全是盲目、愚蠢的東西，一生跌跌撞撞……

「……絕望地在大霧中迷失自我。」

19

那晚讓我迷失的霧，是蘇格蘭威士忌迷霧。我肯定喝了有半瓶之多。

那是一場表揚**布雷克**的晚宴。我記得自己一直在想『為什麼？』你懂嗎？滿腦子的『為什麼？』

「這傢伙怎麼突然**聲名大噪**了？尼克森本人沒來，但他的幕僚都來了：福特、李迪、艾爾・海格……不……等等，海格之前就離職了不是嗎？

到處都是相機。福特跟布雷克握手。大家似乎都真心賞識他……

……不包括我。

當時我已經讀過『面罩之下』，知道他侵犯我媽的事。那場晚宴正是我得知此事之後首次見到他……

……我醉得很不爽。

「大家都在聊天……」

看到他們在**車庫**裡找到的那兩個**郵報記者**了嗎？伍德華跟一個叫什麼的，**猶太名字**……

伯恩斯坦。對，我知道那些地下刊物早就在宣揚**陰謀論**。

誒，艾迪，有何高見？

《柏克萊倒鈎報》上面的東西？嗯，我想只要哈了夠多的草，要幻想出**什麼**都不難。

不……本人一向奉公守法。但千萬別問甘迺迪遇刺時我人在哪。

哈哈哈哈哈！

哈哈哈！說得好！尼克森會愛死這笑話。

艾迪，你這人不錯。**好相處**……不像那邊的史巴克先生，讓人渾身不對勁……

噓。

猶斯派契克小姐，很高興見到妳。

「猶斯派契克」是啥？祖母的名字？不喜歡**朱比特**啊？

妳也不用妳老爸的姓……

我姓什麼關你屁事？

沒事。

妳呀，是個大美人。看到妳的臉，我就想起妳媽。呵……

說到妳媽，她可真是個**甜心**……

你就是這樣對她說的嗎？在你要強姦她之前？

20

在你**揉**她之前？在你**踹**她之前？這就是你對待**甜心**的方式？

呃，猶斯派契克小姐……來個人去把她**男友**找來。

孩子，妳確定要為這件事糾纏不休？

沒錯，我就是**要**！你到底**算**什麼男人，想得到某個女人，就用暴力強迫她，違反她的**意願**性侵她……

一次而已。

一次而已，好像很委屈，至少不是兩次或五十次！還有這傢伙的**傷疤**……怎麼看都像是在**冷笑**……

我已經有七杯威士忌下肚，手裡還有一杯……

「這杯免費請他。」

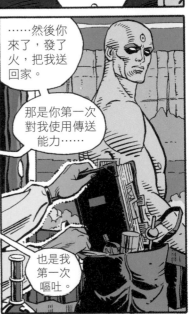

……然後你來了，發了火，把我送回家。

那是你第一次對我使用傳送能力……

也是我第一次嘔吐。

……但我跟你講這些幹麼？根本只是在**證實**你的觀點嘛。這些可悲的、齷齪的人類遭遇微不足道，最好全部消失！

反正沒有任何一件事有任何意義。

這些是我媽的**剪報**，她的**一生**都在**這**！有什麼**意義**？

用你的術語來說好了，簡直跟……跟**微中子**差不多，跟我根本**看不見**的東西差不多。老天，饒了我吧，**毫無意義**！

蘿莉……

你不要跟我在那邊「**蘿莉**」！跟你**爭論**根本沒意義，你顯然完全看不出生命中含有什麼該死的**奇蹟**。也許量子物理根本不**允許**奇蹟存在……

不。「熱力學的奇蹟」是……

噢，我的**媽**呀。強，把這玩意兒**降落**吧。

馬上。

21

啊啊！天啊，強……

蘿莉，妳的抱怨或許**有理**，我沒有以人類的角度看待存在……

……但是，妳也拒絕理解我的觀點，妳的情緒蒙蔽了妳。**看看**自己，怒氣沖沖、大吼大叫……

……朝他大吼，他看起來很吃驚；我不知道為什麼我對此耿耿於懷。你懂嗎，他看起來不太對勁，我就是無法接受，他很憤怒……

如果妳**放鬆**點，看看整個時空**連續體**，看見生命的**模式**，或是根本**沒**有模式，妳就能理解我的**視角**。

妳刻意拒絕理解，好像妳在害怕；好像妳被設計得太**精緻**而……

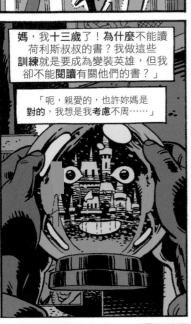

「媽，我十三歲了！為什麼不能讀荷利斯叔叔的書？我做這些**訓練**就是要成為變裝英雄，但我卻不能閱讀有關他們的書？」

「呃，親愛的，也許妳媽是**對的**，我想是我考慮不周……」

我已經把我一生**從頭到尾**想過一遍了，回顧了我所有愚蠢的**回憶**。

我不想看了。我也不想再談。

這是白痴人生。如果這裡頭有什麼**設計**，也是個白痴設計。

「靠，我們只是在**聊天**！我就不能跟我的，呃，我的老朋友的女兒說句話？妳是把我**當成**什麼了？」

……跟我的，呃，我的老朋友的女兒說句話？

「妳是把我**當成**什麼了？」

我覺得妳是在**迴避**某件事。

別傻了。沒什麼好**迴避**的……

「……跟我的，呃，我的老朋友的女兒說句話？妳是把我**當成**什麼了？」

我、我**完全沒**有理由要迴避事實啊……

妳是把我當成什麼了？

「……朋友的女兒……」

一次而已。

妳是把我當成什麼了？

……老朋友的女兒說句話？

妳是把我當成……

……我的，呃，我的……

我、我是說，**看看這個**，我的**一生**，我媽的一生，根本沒有什麼值得迴避的，全都毫無意義……

「……我的，呃，我的……」

「一次而已

「……呃，我的老朋友的女……」

不。

23

303

不。

不，不是他，
不是……

不。

不不不，她不會
的。她不可能
會……在他幹了那
種事之後……

「……就是無法一
直懷著憤怒。」

「妳是把我當成
什麼了？」

蘿莉？

不！不，你
不是。你才
不是！

你不是我父，
我父，父……

「靠，我們只
是在聊天！我
就不能跟我
的，呃，我
的……」

不！

……女兒……

不不不不不不不！

……那玩具就在那裡，那個雪花
球，裡頭有個小城堡，它就像整個
世界；一個玻璃球裡的世界……

像是裝著另一個國度的
小玻璃泡泡……

我把它舉起來，
激起一陣大風雪。
我知道那不是
真的雪，但無法
理解為什麼雪
飄落得那麼慢。

我覺得那顆
球裡裝的，
是另一種
時間。

緩慢流逝的
時間。

「……那裡面只
有水。」

24

蘿莉？ 妳還好嗎？

當然不好！布雷克，那禽獸，和我媽，他們……他們聯手騙我！

我的整個人生就是個笑話。一超大、超蠢，又沒意義的……噢，幹……

我不認為妳的人生毫無意義。

噢不用了，夠了，當然啦，你就是會說這種話，因為所有我蠢到信以為真的事，你都不認同，而且……

……呃……

你不認為？

對。

但……等等，你不是一直在說，生命沒有意義，所以現在是怎樣……？

我改變心意了。

但……為什麼？

熱力學的奇蹟……發生機率極其渺茫，甚至可以斷定為不可能發生的事件。像是氧氣自動變成黃金。我一直很想觀測到這樣的事。

然而，每一次人類交合，上億精子爭逐一顆卵子。這麼小的機率再乘上無數個世代，再把妳遠古的祖先存活、相遇的機率算進去；要剛剛好生出這個特定的兒子、那個特定的女兒……這種機率……

26

306

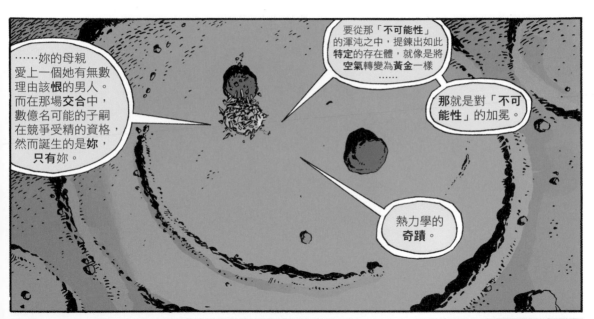

……妳的母親愛上一個她有無數理由該**恨**的男人。而在那場**交合**中，數億名可能的子嗣在競爭受精的資格，然而誕生的是**妳**，只有**妳**。

要從那「**不可能性**」的渾沌之中，提煉出如此**特定**的存在體，就像是將**空氣**轉變為**黃金**一樣……

那就是對「**不可能性**」的加冕。

熱力學的**奇蹟**。

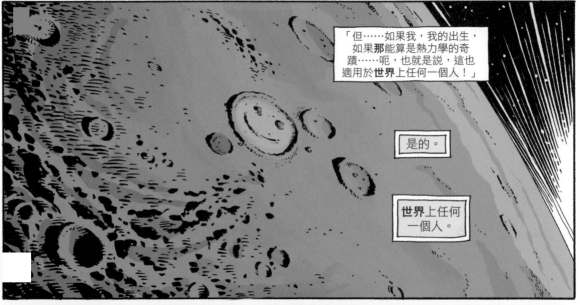

「但……如果我，我的出生，如果**那**能算是熱力學的奇蹟……呃，也就是說，這也適用於**世界**上任何一個人！」

是的。

世界上任何一個人。

……但這世界人**滿**為患，也因此，這類奇蹟多到**擁擠**不堪，看起來彷彿**平庸無奇**，我們忘了……

我忘了。

我們一直在凝視世界，以致於在我們的感知中，世界變得乏味無趣。然而，只要站在另一個高點看，有如看到嶄新的世界，一切仍然令人屏息讚嘆。

27

*火星上真有這張笑臉，名為伽勒撞擊坑（Galle〔Martian crater〕）

「來吧⋯⋯擦乾妳的眼淚,因為妳是**生命**,比**夸克**更罕有,妳蘊含的不可預測性,**海森堡**做夢也想像不到;造物之力捏塑萬物,而正在是生命這塊黏土上,祂的指紋最**清晰**。」

擦乾妳的
眼淚⋯⋯

「⋯⋯我們回家
吧。」

如果存有僅是存有而已,那便是一片黑暗。在我們的認知範圍內,人類存在的唯一目的,就是在那黑暗之中,點亮一道意義之光

—卡爾·古斯塔夫·榮格《榮格自傳:回憶,夢,省思》

28

每日性示報

1939年1月12日　　　不只是新聞！　　　5c

惡棍們為性感的義警爭得頭破血流

新登場的行俠仗義之士穿上緊身衣，加入蒙面義警的行列，讓歹徒們為之瘋狂。為什麼呢？嗯，也許是因為這位變裝甜心是個女孩！這位身材勻稱的18歲紅髮少女莎莉・朱比特（36-24-36）取了個魅惑又神祕的名號「靈絲」，穿著最短的長內衣，成為首位投身對抗惡勢力的巾幗英雄。

朱比特小姐的經紀人賴瑞・謝克斯奈德表示，這位前女侍者和秀場舞孃的英雄事業大獲成功，罪犯們簡直是爭先恐後搶著要讓莎莉逮捕！他舉了個例子為證，居無定所的克勞德・波克先生在假釋期間企圖搶劫酒類專賣店，莎莉正好在附近，把他逮個正著。

克勞德說道：「她打得有理，我心甘情願。她是個漂亮的年輕女子，怎麼說我都寧可被她逮捕，而不是被兩個又老又肥的警察抓到。」他遭判輕微罰款，而且從此戒酒，在加油站找到了一份工作。

莎莉希望自己最後能朝向模特兒或電影事業發展，她告訴我們，已經有一部以她的生平為題材的電影在籌備了。

「片名叫《靈絲：莎莉・朱比特的故事》，」莎莉熱切說著：「已經進入籌備階段。賴瑞和我跟好萊塢的『王者』泰勒先生談過，大家都很期待這部作品。」

毫無疑問，我們都希望小莎未來星途順遂，如果上述電影拍成

了，大曉得會怎麼樣？也許莎莉待辦一場特別首映會……只開放罪犯粉絲入場！

報導之事為真，回到她在農場的家之後，肯定得向老公和兩個孩子好好解釋一番了。

・・・

與此同時，在穿披風戴面具的圈子裡，甜美可口的罪惡終結者**莎莉・朱比特**（別名**靈絲**），成了眾人熱議的八卦焦點。她跟資深義警**蒙面判官**的關係似乎非比尋常，總是出雙入對。莫非婚禮的鐘聲不遠了？想要證據的話，最近他們不是成立了一個叫**義勇兵團**的緊身衣團體嗎，不妨看看最新公開的照片，小莎攀著誰的手臂呢？還有個問題，我們私下聊聊就好，我好想知道：他無論什麼時候，都戴著面具，掛著套索嗎？

被人目擊他們臉貼著臉跳舞，就在

王者泰勒製作公司

8-22-45

小莎與賴瑞

嗨，年輕人！我知道，我知道，我們很久沒聯絡了，不過，《絲綢魔女》總算有進展了。（順帶一提，這是最新的片名。莫里的點子。希望你們喜歡。我們覺得《莎莉・朱比特：穿內衣的執法者》還是太長了。）

最新的版本感覺很不錯，我們放棄紀錄片的想法後，改採週六晨間劇的作法，其中有大量情節要素都保留下來了；另外，上次找你們拍攝的許多片段，仍然會用在片中。這個新版本添加了一些材料，以便提高成人市場的接受度，我想你們也會覺得很有意思。我們發掘了一位年輕演員，名叫櫻桃・迪恩，非常令人期待的演員，新的片段裡，將由她扮演妳。從背影來看，她簡直跟妳一模一樣！一定會非常轟動！

總之，事情有任何進展，我都會跟你們聯絡。

獻上擁抱與親吻
王者

美國海軍陸戰隊上尉
尼爾森·嘉納

自由顧問

KL5-2204

親愛的朱比特小姐：

　　近日在新聞裡看到您的消息，請容我自我介紹。我叫大都會隊長，同樣是一名變裝冒險者，滿腔熱血，立志消滅每個角落的罪惡與不公。發現您也有相同的志向，我十分欣喜。

　　我細讀媒體報導，發現還有其他人也秉持著相同的信念，在美國各地奮勇戰鬥。身為一位天生的職業軍人，我有個想法浮現：如果我們能集結起來，成為某種作戰團隊，或許會帶來顯著的戰略優勢，隨時可以因應國家的需求快速出擊。

　　我提議可以將這個團隊命名為「美國新義勇兵團」。我已經設計了一整套方案，像是密碼、暗號和戰略方面的訓練方式等，這些對於我們打擊犯罪的大業會有幫助。

　　如果您對此提議有興趣，請透過我的代理人與我聯絡，他是前任海軍陸戰隊上尉尼爾森·嘉納，名片已附上。

　　非常期盼收到您的回音。

　　一同打擊犯罪的蒙面戰友敬上。

莉莉：到想這次公關方面
　　頗有點意思。賴瑞

賴瑞：老天，
你在開玩笑吧！

親愛的莎莉：

　　最近都沒跟妳聯絡，因為可憐的美鈔人葬禮剛過，我想妳應該需要一點時間平復心情。不過，有事得跟妳討論。

　　尼利昨晚打來，他跟判官又吵架了，悶悶不樂。這兩人的關係越來越糟。他們在公眾面前越是像老夫老妻一樣打鬧，要隱瞞他們的事就越難。我知道，目前為止妳都幫判官掩護得很好，由此引來的大眾關注也沒對妳造成什麼傷害，但這可能持續不了多久了。尼利說他每次打給判官，判官都不在，跟男孩子鬼混去了，而且顯然玩得很粗暴。只要其中一個小鬼去報警，說個逼真的故事，再給他們看幾個貨真價實的瘀青當證據，剪影美人的慘劇就要重新上演了。

　　我倒真想知道還能撐多久。路易斯喝得更兇了，整天醉醺醺，而且自從美鈔人出事後就一直很低落。梅森就是個精力旺盛的童子軍，一如往常，但尼利跟判官最近在開會時總是鬧得不歡而散。也許現在是該抽身、停損的時候了。說實在，我們也賺了不少了，我不是常說西部有個地方不錯嗎？也許時候到了，我們可以建立可靠的伴侶關係，一起到那邊生活？總之，至少考一慮一下吧。

　　　　　　　　　　　　由衷祝福

　　　　　　　　　　　　　　　　　賴瑞

這是我聽過最接近求婚的話了

電影評論

郊區的絲綢浪女

導演： 艾德蒙・「王者」・泰勒
演員： 櫻桃・迪恩、羅德・多諾凡、戴娜・楊、蘿拉・布克、哈利・J・彼得、莎莉・朱尼波。

如果你喜愛品味高雅、情趣飽滿且富藝術性的現代電影，建議你千萬要不惜代價避開這部片。即使以「B」級片的標準來說都算是粗製濫造，片中看待人生的方式有如精童冒險卡通，滿滿都是毫無說服力且手法過時的片段，特技女演員穿著老氣的歌舞隊女郎服裝，與俗氣的匪徒進行蹩腳的打鬥。製作方以拙劣得令人吃驚的內容編撰出這部前景黯淡而幼稚不堪的劇本，於是我們看到迪恩小姐演出了這種場景：服裝差不多，但被綁著，「羅德・多諾凡」鞭打著、愛撫著她。這演員肯定是那位知名的三流導演「王者」泰勒的親戚，兩人相似得出奇。就算稱之為「A片」也太抬舉了這部爛東西，整件事裡面，唯一稱得上施虐的行為，就是把這部片發行出來；而唯一能算是受虐的部分，就是觀賞它。

莎莉・朱比特

四〇年代風雲女郎專訪，揭露打擊犯罪生涯中的黑暗面。

探針： 莎莉，有人認為變裝出擊跟性有關，妳怎麼看？

莎莉： 不。我並不……嗯，這樣説吧，對我而言，跟性沒什麼關係。倒是跟金錢有關。我想對某些人而言跟名聲有關，還有另外一小撮人，老天保祐，我想對他們而言這純粹是種善意。我不是要説這對任何人來講都跟性無關，但，不不不，我不認為性是最主要的動力……

探針： 那娥蘇拉・贊特呢？也就是剪影美人……

莎莉： 嗯哼。好吧，你遲早會問這個的，我來回答看看——首先，我個人對她沒什麼好感。説實在的，她不太好相處。但當媒體發現她是個……現在都怎麼説的？女同志，我覺得這件事整個都不對。我是説，勞倫斯，我前夫，他要大家一起把她踢出團隊，減輕公關上的損害，但……對，我也跟著大家投了票，但……嗯，這真的不公平、不光明磊落。而且她不是義勇兵團裡頭唯一的同性戀。有些職業，不知道欸，就是會吸引某種類型……

探針： 還有誰是同性戀？

莎莉： 我不會講出名字。總之有一對情侶，但他們都已去世。有一位是最近死的。重點不是那是誰，我要説的是，

我們都知道內情，我們都知道她不是唯一一個，但我們還是把她扔出去了。後來她慘遭殺害……我一直不怎麼喜歡她。

娥蘇拉。 那是她的真名嗎？這我沒聽過。我雖然不喜歡她，但……把她踢出去……我們不該做那種事。我覺得很愧疚。

探針： 回到義勇兵團的主題，在荷莉斯・梅森的自傳裡……

莎莉： 喔喔！該來的還是來了。

探針： ……據他指出，妳曾被笑匠性侵，如妳所知，他現在仍在檯面上活躍著。妳從沒親自談過這個事件……

莎莉： 嗯，那現在又何必破例呢？

探針： 妳難道就沒有任何想説的嗎？

莎莉： 我……我沒有懷恨在心。就是這樣。我知道我該憤怒的，每個人都這樣告訴我，但……我不需要為這種事辯護，好嗎？每件事都沒有那麼簡單，即使是這麼惡劣的事。你知道，強暴就是強暴，沒有任何藉口，絕對沒有，但對我來説，我覺得……我覺得這件事我也有某種責任。這是種錯置的罪惡感嗎？我的心理分析師是這樣説。但我真的有這種感覺，某種程度上，我……我讓自己成為受害者，是我的錯，我不是指身體上，

而是……而是，就像，如果有那麼一瞬間，我其實真的想要……我的意思是，這當然不能當作他的藉口，我們都不能拿這個當藉口，但，帶這這樣的自我懷疑，我逐漸接受了這些事，連我自己都不確定自己的感覺，實在無法再去恨……

探針： 妳現在退休了，而妳女兒在進行訓練，要繼承妳的名號。妳已經體驗過這種生活方式，妳對這一切有什麼感想？

莎莉： 嗯，這題很難。我想，從各方面來説，是我把蘿莉，就是我女兒，推向這一行的……我知道她不高興的時候就會怪我逼她做這麼怪的行業，但我覺得，內心深處她應該有點喜歡這回事。她抱怨連連，但除此之外，還能去做什麼呢？家庭主婦？到銀行上班？她失去了普通的生活！那普通生活到底有什麼好？普通生活爛透了！你去問問看任何人！不，不，當然，我是她媽，我會為她擔心。但最終，相信她會瞭解我帶給她的是什麼。我想她會開始發現自己的人生跟其他孩子有什麼不同，她會換個角度，不再想著我害她陷入什麼樣的人生，而是想著原來我幫她躲過了什麼樣的人生。

探針： 妳這麼認為？

莎莉： 我這麼希望。

"你知道，強暴就是強暴，沒有任何藉口，絕對沒有，但對我來説，我覺得……我覺得這件事我也有某種責任"

兩名騎士來到……

他們在直升機裡面。

直升機朝著阿爾法入口前進。阿爾法入口，請待命⋯⋯

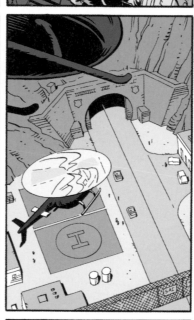

一號車和二號車即將抵達中央大廳⋯⋯

總統一行人已進入複合設施中。阿爾法入口保持開啟，直到國家防衛等級升高到一級。中央大廳所有單位，請準備迎接貴賓⋯⋯

2

總統先生。我想您已經確認尼克森夫人轉移到安全地點了？

呃，對，對，帕特她，呃，就是尼克森夫人，她不太高興，嗯，總之，我想她現在沒問題了。

這裡狀況如何？

嗯，如您所知，我認為採用瘋狂轟炸戰術沒有任何好處。

好了……別再提起什麼「瘋狂轟炸」。整場戲都是你提議的，我……

總統先生，我們的分析結果顯示，先發攻擊有很高機率……

別對我施壓。李迪，你之前是中情局探員，我知道你忠心耿耿，但我不接受任何施壓！因為我已經夠緊繃了。現在，最新進展如何？

東德大量集結坦克，據稱是在回應「西方的過度警戒」。

呃，也許他們是說真的。畢竟過去一週我們雙方都全面警戒……

問題是，我們下一步要做什麼？

做我們來這裡該做的事：維持二級防衛等級……

我們坐著……

我們等。

3

317

還要多久？
我厭倦一直躲在這了。
沒耐心了。
有活要幹。

羅夏，我們才剛從監獄把你弄**出來**。
他們全都在找我們，除非**我們**想再**回**到那地方，否則最好**小心**行事。

已經在這待了幾小時了。
我得去拿備用制服和個人物品，我們才能繼續行動。

好，好。這就是我**正在做**的事。
現在位置在碼頭附近，後面就是你住的那一帶。

要往上昇了。

終於。

丹尼爾，再次跟你合作，感覺很棒。可惜猶斯派契克小姐沒留下跟我們一起。

是啊，

真可惜。

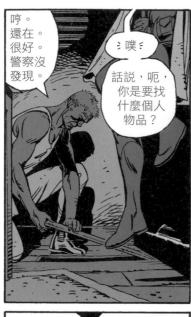

哼。
還在。
很好。
警察沒發現。

＄噗＄

話說，呃，你是要找什麼個人物品？

備用制服。
備用的臉。
日記最終草稿。
警方找到的只是潦草的筆記。

手套。帽子。鞋子。好了。應該都齊了。我們⋯⋯

噢老天！

這⋯⋯天啊，你在這裡幹麼？我⋯⋯呃，拜託，我不想惹上任何麻煩，好嗎？

我⋯⋯

夏普太太。好久不見。

妳告訴媒體，我對妳性騷擾。説謊。

很不好。

不！我從沒説那種話！是他們亂改我的話！上帝啊，求求你不要⋯⋯

羅夏？走吧，兄弟。算了⋯⋯

他們付多少錢要妳説謊詆毀我？妓女。

不行。這是大事。毀謗名譽。

噢，求求你，不要説這個。不要在我孩子面前⋯⋯

拜託。他們⋯⋯

他們不知道。

拿到我要的東西了。任務結束。

走吧。

6

歡迎回來，先生。很高興看到您安然無恙。我們看到紐約的新聞快報……

槍擊未遂事件嗎？喔對，對，這陣子局勢危險……

哈囉，布巴斯提斯。哈囉，老女孩。

您還是要先查看**監視器**，記錄**觀測**結果後再用晚餐嗎？如果您**餓**了……

不。晚餐等等吧。工作優先，總是如此。要忙的事、要解決的問題……一向都很多。

還是老樣子。

順帶問問，我不在的時候，貨運順利嗎？

噢，很順利。我們三人按照指示，獨立監督收件事宜。

監視器準備好了，先生，您想看幾個螢幕？

全部。頻道隨機，每一百秒切換一次。

這星球現在風起雲湧。這種時候，**沒有**什麼事是微不足道的。

我需要資訊。最濃縮的資訊。

哈哈！先生，服用這麼高劑量的知識，您難道不怕**醉**倒嗎？

哈哈哈。不，我想不會。

事實上，那可是我所知道最提神的**藥**。

⑦

嗯。我**看看**……

第一印象：抹油的肌肉男拿著機關槍……切換到粉嫩小熊、情人節愛心。代表願望成真的暴力形象與幼稚的圖像並置，意味著渴望退化，拋下責任的束縛……

全都在說：「戰爭」。我們得朝這方向買些東西。

但……先生，我們**從不購買軍火產業**……

當然不。你忽略了其中的**潛台詞**：帶有性意味的圖像大增，連糖果廣告裡都有。

暗示著戰爭時期情慾的暗流，這不是新鮮事了，記得**嬰兒潮**嗎……

那麼，我們該收購的是……呢……？

各大情色影片公司。這是**短期計畫**。此外，我們也該協商取得優質**嬰兒食品**和**育兒用品**製造商的控股權。

我想我可以開始**錄**了。

好的。設備已經就緒，先生。我們這就退下，讓您安心工作。我們知道您偏好**一個人**待在這裡。

是的，沒錯。獨自一人……

只有我，和這個世界。

8

受不了。整天待在河床。比溺斃的屍體還廢。你之前說我們可以進行下一步了。

我在執行的這些**電腦搜尋**是必要程序。等**天黑了**，我們就能上岸。

對我來說也沒有比較**輕鬆愉快**。

在暗示什麼嗎？

也許是這大衣？舊了。有點黴味。我道歉。沒辦法什麼都講究。沒辦法隨時保持雙手乾淨。

我可沒有……我只是說，早上為了拿回你的**裝束**，我們冒了**夠多**不必要的風險……

不必要？

躲在這堆爛泥和污染物之中，對著螢幕瞎找一些名字，一無所獲：這才叫不必要。

把一個人手上最小的指頭交給我。我就能弄出需要的資訊。電腦，不必要。

唯有這張臉，才是必要的……

我唯一所需。

鬼扯。你需要在黑暗中行動，跟**我**一樣。而且我們**都**需要把握時間**睡**上一覺。

現在，我得從這些**資料**中找出個**說得通**的模式……

笑匠提到一座**島**，還有個用來對付**強**的陰謀。電腦顯示，**陷害強**的主謀，可能就是那家**雇用**過所有「受害者」的公司

有可能

我們該去下層世界問問題。

我不就正在下面問問題？

9

別耍我。

你浪費時間在那邊找模式，但模式很明顯。蒙面英雄殺手……

如果你有在聽，我在說的就是這件事！要是根本沒有蒙面英雄殺手怎麼辦？

你看，笑匠意外得知某座島的事，還有一個對付強的陰謀。

所以是這個陰謀先存在，而布雷克發現事實後被殺。

誰會知道布雷克起了疑心？

這家「維度開發」公司雇用過魔洛克。也許布雷克去找他的時候，他的住處被竊聽了？

這樣就能解釋他們如何得知你的調查行動，並且陷害你……用不著什麼「蒙面英雄殺手」。

那偉特呢？

嗯。安德林的部分比較麻煩。那是場明明白白的刺殺行動，雇用專業殺手……

正是。所以要追蹤殺手。到酒吧去。拷問幾個人。

無所事事太久。也許你已經忘了我們是怎麼辦事的了。

無所事事……？

聽好，我受夠了！你到底自以為是誰？你一邊靠著別人過活又一邊侮辱人，沒人抱怨是因為他們把你當成該死的瘋子……

你知道跟你當朋友有多難嗎？

我……唉，羅夏，抱歉。我不該說這些的……

你說得對，我們躲在這太久了。現在天色應該夠暗，可以上岸了。我要往上開了。

丹尼爾……

你……是個好朋友。

我知道。

很抱歉……有時候我很難相處。

呃……嘿……

嘿，忘了吧，沒事兄弟。

沒事的。

⑩

324

呃……

好，總之，沒……

嗯

沒理由繼續在這等了。

我要說的是，待在這**垃圾堆**裡面，怎能算是夜**梟-羅夏二人組**重聚的好地點？

走吧，去逛逛**犯罪組織**……潛入深淵**大幹一場。**

泡在這團及膝的詭異陰謀裡涉水而行太久，來點直接了當的暴力。

靠，感覺就像回到**家**一樣

我回來了，大聲濺起水花，穿過難走的淺水區。太陽炙烤著我身後的地平線，一杯葡萄酒裡的撥火棒。

這裡距離大衛鎮只有三十公里左右了。

我回到家了。

夜以粗廣的炭筆筆觸塗暗天空。

我坐在頭骨色的沙丘之間，尖利的草緊貼，像一簇簇頑固的黑髮。此刻，大衛鎮已被毀滅，我的家人已遭屠殺，剩下的只有復仇。

正當我陷入愁思中，突然被馬匹接近的聲音驚起，優雅的腳步聲踩在碎石上，聲音是一男一女……

我躲到沙丘遮蔽處，透過竊竊低語的濱草縫隙窺視。

他們下了馬，把馬拴在深色的堤岸木樁上，那一根根木樁，像從海灘生出一排烤黑的肋骨。

我認出那男人，是在大衛鎮搞放貸生意的傢伙。他跟女伴有說有笑，踩著卵石散步，朝海浪那邊走去。

大衛鎮都被洗劫了，海盜為什麼放過這無賴，還讓他午夜時分到這來幽會？莫非他跟他們**狼狽為奸**？

下流的談笑聲抵達了海岸邊，停下來，化為一陣尖叫。

他們發現了我的木筏。

他安撫著那啜泣的、驚慌的女人，我心裡一陣惡寒。當這狗賊和他的海盜主子在一旁獰笑，而我的妻子即將成為刀下亡魂時，可有人安撫她？

他們會去舉報我的木筏。

我當機立斷，沒什麼心理掙扎。

仇恨的尖叫從我口中一湧而出，我衝下夜暗的斜坡，朝他們狂奔，然而我唇間發出的，竟是海鷗的黑暗詭語。

我抄起一塊岩石，感覺自己的手變得巨大、畸型。他們嚇了一跳，回過頭來。

才一擊揮下，那放貸人的腦袋就像爛熟的果實一樣炸開，彷彿是被他體內滿滿的罪疚擠摩。

突然一滑，石頭從我血紅的指尖甩飛，不見了。

我勒住那女人。

花費的時間比我預計的長了不少。

⑫

噢幹。

噢讚。

在監獄的時候好想你們啊，朋友們。回來的感覺真好。

剛才已經逛過兩家酒吧。你們可能也聽到救護車了。希望這次運氣好一點。

我想打聽個消息：安德林·偉特槍擊案。媒體報導的殺手名字是羅伊·維克多·切斯。

已經死了。

有人認識羅伊·切斯。有人雇用他。

別擔心……

我不會建議各位在接受嚴刑拷打之前，就把名字交出來，畢竟這樣講就太小看傳說中的道上義氣了。

你們這些渾蛋！我請你們喝酒，你們卻馬上出賣我！這什麼鬼地方？

離我遠一點！你再靠近我一步我就把這玩意兒砸在你那張該死的爛臉上！

你會……

啊啊啊噢噢靠噢噢！

白痴。

好的……各位，請冷靜，我們會盡量快一點。

不！不，不要壓下去……

羅伊·切斯。你有什麼說法？

14

聽我說，拜託，我只負責把這些信封交給那傢伙。我什麼都不知道，啊啊啊啊！

什麼信封？

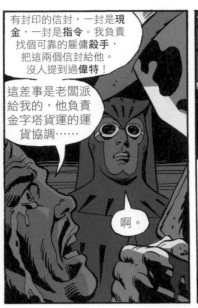

有封印的信封，一封是現金，一封是指令。我負責找個可靠的雇傭殺手，把這兩個信封給他。沒人提到過偉特！

這差事是老闆派給我的，他負責金字塔貨運的運貨協調……

啊。

毒膠囊也在信封裡？

可能吧。靠，我不知道啊。我接了這差事，很多人也都有參與，我心想有何不可？現在所有人都被殺了，我的人生也變成一場噩夢……

被殺？

所有跟這事有關的貨件處理人。看起來都是意外，用藥過量什麼的……全是鬼扯！

我老闆，就是給我信封的人，跌落鐵道被地鐵輾過。

我就是下一個，我需要保護。

我明白，你們一定很生氣，你們的人受到威脅。我完全瞭解。但我發誓，直到我在新聞上看到切斯，才知道偉特就是目標。

有什麼事煩心嗎？小子。

我從沒惹過你們。絕不是有意的……

我就知道！我就知道你們會拿我開刀！少來煩我！綁個髮髻不代表我跟昨晚的事有關。有一大堆人都是這種造型啊，老兄。

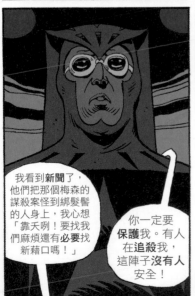

我看到新聞了，他們把那個梅森的謀殺案怪到綁髮髻的人身上，我心想「靠夭咧！要找我們麻煩還有必要找新藉口嗎！」

你一定要保護我。有人在追殺我，這陣子沒有人安全！

保護你？理由是你沒搞清楚自己安排的刺殺目標是誰？

也許安排你幹這差事的人也搞不清楚。不是針對他？哼。

希望這想法有讓你安慰一點，在你等著腦袋落地的這段期間。

啊啊啊啊啊啊

15

誰**幹**的？告訴我是**誰**，你這隻**蛆**！誰殺了**荷利斯**？

咕嗚……不。不知道……咯呃……幫派……有小孩看到幫派分子……跑走……

你**告訴**他們！他們**死定了**！你知道我在外頭的船上還有多少**火力**嗎？

絕對要鏟平這鼠輩橫行的**地方**！我絕對……要扭斷你脖子，你……你……

幹！

他媽該死的**幹**！

別在老百姓面前。我們拿到了需要的資訊……

是啊。

是。還知道了別的。

媽的。我們走吧。

荷利斯，**天啊**，噢，**為什麼**？

我們一定是漏看了這條新聞。也許沒有**重要**到值得反覆放送。只是個……沒什麼用的**老人**……

媽的。這你拿著，把阿基叫下來。我看不到東西。

HAPPY HARRY'S

BAR GRILL

ET BRONX

身分不明的幫派殺了梅森。符合蒙面英雄殺手理論……

隨便，我不**在乎**！我現在不**在乎**誰的理論比較對！**閉嘴**，把**飛船**降下來。

我只是提醒一下，找到蒙面英雄殺手，也能為梅森復仇。這是想安慰你。

安慰我？哪個腦袋正常的人聽到這個會得到安慰……呃……

好吧，謝謝。謝謝你，羅夏。真的。

不客氣。現在知道是誰付錢殺偉特了。這消息可以說服他幫助我們。

當然。

我還是無法相信他死了。記得安德林跟我說過，埃及人把死亡看成一趟旅程……

哼。想法不賴，前提是要付得起錢跟法老一樣坐頭等艙……

……不過，照我們的航程看來，我們大部分人都只能坐無隔間的統艙。

16

「哎呀。希亞先生，這裡好暗。要是有人**發現**我們怎麼辦？」

「放心啦。大家都在甲板上參加**撤離**派對。等最後一批設備上船，就準備完成，船可以開了。」

「妳準備好了嗎？」

「啥……？希亞先生，**真的**！哈哈哈哈哈！」

「席拉，來嘛，我們慶祝慶祝。經過這麼多個月，今晚終於要**離開**這地方。老天，我看到諾姆·萊斯和林·帕里都在甲板上。就連**他們**也笑著……」

「嗯，他們收的錢夠多，多到可以就此**消失**，忘掉**掛心**的一切。說真的，這部**電影**的**保密**作業實在非比尋常……」

「是啊……而且我知道**原因**。那個**遺傳學家**弗內斯告訴我，那個該死的**特效**是用人的**腦子**做的。」

「可能是違法的，但誰在乎？能夠當個有錢的失蹤人士，而且終於離開了那座島，**我很滿意**了。」

「像你寫的那位遭船難的**航海家**一樣嗎？他有逃出**他那座島**嗎？」

「呃，算有，是只……嘿！有感覺到嗎？我們**移動**了。」

「我有感覺的**不只**那個。馬克斯，至少讓我把**畫具**放下吧……好了。**感覺怎麼樣**？」

「嗯嗯。席拉，遇見妳讓我人生**圓滿**了。我們一起找個地方，然後……」

「靠，什麼東西戳到我**手臂**了？」

17

算了啦，管他是什麼。我等不及了，不想等回到陸地再找飯店。經過那麼多年，跟那個性冷感的蠢蛋和他被寵壞的兒子們待在一起，我一秒都等不了了。

防水布底下好像有個盒子。我開個燈…

馬克斯，好了啦……

那個**計數器**是什麼？我**看看**。那是……

馬克斯，老天，夠了吧，專心看**我**。其他人遲早會**經過**這地方，我們時間不多。

馬克斯？你臉色**發白**。怎麼了？

沒事，親愛的。

沒怎麼樣。

抱緊我。

18

走了。

消失得無影無蹤。

怪了。通常會在這工作到清晨。

照我們進來時看到的，整座大樓似乎都廢棄了。也許他……

等等，這是什麼？行程簿？

「11月1日，上午4:30：前往卡納克。」

卡納克……？

NOVEMBER
4.30 am: leave for Karnak.

問題是，接下來怎麼辦？找不到偉特。沒辦法靠他了。必須重新檢視計畫。

已經知道偉特刺殺案背後主使的貨運公司。根據你的調查，這公司也是「維度開發」的擁有者，也就是涉嫌陷害曼哈頓博士的公司。

他們有什麼企圖？

我正是希望**安德林**能幫忙弄清楚這點。

呵。這地方奇珍異寶真不少……

大部分都反映出他的虛榮：自己的照片、裝模作樣的埃及裝飾品、傲人的業績圖表顯示出……

哼。不是銷售業績。是什麼？

呃，照這曲線來看，若不是他的智商，就是他的**收入**……

「全球人口……核能危害增長指數……環境退化……」

多種危機圖表、折線圖都匯聚在1990年代中期。

有夠樂觀。危機提早十年到來了，除非我們找到金字塔貨運的線索。

應該能追蹤到這公司，但顯然他們不是業餘的：精心策劃了蒙面英雄殺手行動，就連第三次世界大戰說不定都是他們搞的。很有本事。很小心。難對付的獵物。

必須找到通向金字塔幕後黑手的直接路徑，起點在哪裡……

19

還得找出動機。為什麼一家企業會想除掉扮裝英雄？也許是被哪個宿敵操控了？

但誰會想引發世界末日？

線索太少了。

瘋狂似乎是唯一的動機了。有人想毀滅世界，所以要除掉英雄，以免他們出手干預。也許是某個身患絕症的傢伙……

哼。這下魔洛克比之前更可疑了。可惜他死了……

……除非這計畫事先就連死亡都考慮進去了……？不，太異想天開。埃及人的裝飾用色邏輯……

我認得這個狗頭胸像。阿努比斯，死人的看守者。整個文化都執著於死亡，著魔般守護墳墓，防範入侵者……

準備就緒

要求存取
所有檔案：
「金字塔貨運」■

對於這些打擾屍體的事，不願多想。這種時候沒資格畏首畏尾。打擾死者是我們的工作。必須把謀殺案的真相挖出來：布雷克與雅各比。

如果這冒犯到阿努比斯，真抱歉。

以前對付過看門狗。

密碼？■

不過，在還沒仔細評估局勢之前，去跟敵人的看門狗正面衝突似乎是不智的做法。

這案子是邏輯問題。只需好好運用頭腦。

密碼？■

必須承認，儘管邏輯個人對他沒有好感，但偉特不在還真可惜。

據説他是地球上最聰明的人。肯定能提供一些答案。

拉美西斯■

需要快速取得解答。世界已在末日邊緣。死亡和戰爭都已到來。

天啟四騎士的另外兩個也不遠了。

密碼？■

密碼不完整：您是否要附加其他文字？■

有趣……古代的法老期待世界末日到來：相信屆時屍體會復活，取回金罐子裡的心臟。這會兒他們肯定屏息以待。

終於瞭解，為什麼人們對古代遺物和逝去諸王的迷戀，總是讓我心生疑慮……

拉美西斯二世■

……最終結論，不是我們死，就是他們亡。

靠。

密碼正確：
您好，安德林，以下是您要查詢的檔案■

20

*拉美西斯二世即法老王，Ozymandias是希臘名。

丹尼爾？
發現
什麼了？

天啊，有了。有
了，我發現了……

羅夏，我們麻煩
大了。那個**幕後
黑手**，我們要
對付的人……

金字塔貨運年末財務
分析，1985年3月31日
淨收入 $115.49
（百萬美元）
明細如下■

我想是
安德林。

這所有埃及玩意兒……我
想用他的電腦查查金字塔
貨運。密碼我試了拉美西
斯二世，就是**法老王**的
埃及名。

羅夏，這公司
是**他**的！金字塔
貨運、維度開發，
都是他在運作，
整場**戲**都是他
一手**導演**！

但偉特
曾被
刺殺。

我知道這很瘋
狂，我也不願**相
信**，但也許現在
該做的就是**火速**
找到安德林。

「卡納克」……
拉美西斯建造過一座宏
偉的殿堂，一座歷史古
蹟。卡納克一定是
指偉特在南極的
隱居處。

最好把**桌上**
那些文件也
帶著……

旅途很漫長，這些東西
讀起來肯定比**救生衣
說明書**有意思得多。

21

羅夏日記。1985年11月1日

最終篇？我們在午夜前離開了偉特的辦公室。

崔博格斷言偉特就是幕後主謀，真的打算去南極一趟。看來夜梟飛船辦得到，但我們呢？

偉特。想像不出更危險的對手。

假設旅程順利，唯一的選項就是追到他的巢穴去。始終惴惴不安。陌生的領土……

他可能會在雪地中殺了我們。沒人會知道……

11月的第一個晚上。

今晚好冷。

偉特快過崔博格。也許快過我。要從這次任務生還，似乎機會渺茫。

最後一篇日記，稍後將寄給唯一可信任的人，發表在媒體上。

我告訴崔博格，我要查看一下信箱。他信了。

感謝你近日的支持，希望世界能撐到你收到這封信，但坦克已經在東柏林了，大難就要臨頭。

至於我個人，沒有遺憾。我徹底活過，從未妥協……

下方是一棟棟的辦公大樓，成千上萬人墳頭的墓碑。裡頭，如同你在名人臉上觀察到的，鐘面上的指針開始走最後一圈。

寂滅的時刻快馬加鞭，狂奔而來。

我想，我們即將灰飛煙滅。

如果你正在閱讀本文，無論我是生是死，你都會知道事實：無論這場陰謀的詳情如何，安德林·偉特都是始作俑者。

我已盡其所能，寫清來龍去脈。相信那是一幅令人坐立難安的景象。

……如今步入暗影之中，了無怨言。

羅夏，1985年11月1日。

22

不公平。**我們**可沒挑起**戰端**。世界上根本沒什該死的**正義**！

把屍體的衣服穿上身。沒人認得出我，我是上帝賞善罰惡的祕密武器。

瘋狂的事一件接一件，尋常百姓卻沒人**保護**，像隻無**殼**烏龜，沒希望了！

那赤裸的放貸人被我丟到冰冷的海浪中，我騎馬離開海灘。

沉睡的大衛鎮就在前方，他們做夢也想不到有什麼正在逼近。

話說，至少那些**超級英雄**還**試著**要**保護**人民。也許我們當初就該**聽**他們的。也許他們真有什麼重要**訊息**。

總該**有人**為我們的安危著想吧？

沿著月光灑落的小路穩步跑著，黑暗中我警見一名海盜哨兵，陰沉地佇立在路堤高處看守，動也不動。我屏住了呼吸……

……唯恐他會向我攀談。

你好啊！少年仔，這場**戰爭**很**扯**吧，哈？所以說我一直就反對那什麼**核武**的。

呃，一份《公報》，抱歉，先生，沒別的意思……

……但我**趕**時間。

我們不疾不徐地穿過這裡，以免顯得可疑。不知他是否有注意到這對情侶回來的時候早得反常，總之他沒說什麼，也許他以為我們**吵架**了。

那女人的頭木然地垂著。沒有哪個活人同伴會像她那麼好相處。

嗨，喬伊。最近怎麼樣？

唉，不知道。**阿琳今晚下班**後要跟我見面**聊聊**。現在她氣炸了，因為我們約的時間跟灰白之馬的**麥迪遜廣場**演唱會撞期！

死亡的氣息使我失去鎮定，我策馬奔騰，朝著無可避免的最終決戰飛馳而去。

嘿，振作點。又不是**世界**末日……

親愛的上帝，請讓我報仇雪恨，再痛快死去……

……我是說，至少，我只是打個比方。

…呃…

……送交到最高審判者的手中。

23

美國郵件分發中心

你們的郵件。

呃，謝了……

西摩，拿來這裡，**打開**看看！也許**芬柏格**那懶蟲總算即時交出了他的**時事**漫畫！

紅色浩劫都快爆發了，所有事情都擠在一起，我難道還得事必**躬親**？

呃，**第一件**是一本**日誌**……

「今早，巷子裡有狗屍，輪胎紋路印在牠爆開的肚子上。」

老天，**誰**寄的？**山姆之子**？扔到**奇聞佚事檔案**去。等到過年就把那堆垃圾燒了，**重新**開始！

這裡有一封，說氟化物會讓人變**同性戀**……

奇聞佚事檔案！全部丟到同一堆，辦點**正事**！

戰爭快開打了，這份報紙可是有使命的，天殺的。我可不會眼睜睜看著**真理**與**誠信**被那堆胡言亂語給淹沒！

就在我們浪費時間整理**垃圾郵件**的時候，可能就錯過了**重要**訊息，該死，**認**了吧，紅色勢力可能在五**分鐘**前就把核彈全發射了……

搞不好那些「鳥兒」正在天上飛！

24

還有多遠？你幾小時前就說我們已經到南極了。

偉特的堡壘就在附近，在**海岸線**上。我正**沿著**海岸走。

聽著，阿基**開起來**怪怪的。我要**降落**了。

合理的做法。最後一段路低調點躲開雷達。

我想我們也沒別的**選擇**。你有感覺到嗎？**引擎**裡有**碰撞**聲，好像快被**卡住**了。

冰。媽的，一定是冰。

昨天整天泡在**河床**，後來居然直接把它開進零度**氣溫**裡！我怎麼完全沒**想到**？

丹尼爾……飛太低了，前面是崖壁……

我不想干涉你駕駛，但也許我們該緊急拉升了，否則……

我在**試**了！我**在**拉它起來！靠！

等等！等等，好像行了。我想我們……

25

噢嗚。

你還好嗎？

腳踝扭到。不嚴重。被警察逮捕那天跳下來傷到的。

船身損傷如何？

很難說。也許花幾個小時什麼都修得好……

但剩下的路我們騎懸浮機車過去會快得多。系統估計我們距離偉特的堡壘只有三十公里左右了。

你把機車搬出來，我穿上雪地裝。

不用，這樣挺好。

呃……你確定不要我幫你找點保暖的裝備？

好吧，照你說的。

等我一下，我開個後門，讓你把車搬出去……

我們追捕二當家的時候用過這玩意兒。還記得我們騎著穿越下水道。

靠，對耶！他們知道我們無法把阿基開下去，就以為自己安全了……

然後你挾帶一團瓦斯雲衝出隧道，那些鼠輩在你面前亂竄……

天啊，他們那表情！

是啊。美好的一晚。我常常想起

我記得操作滿簡單的；只有兩個踏板和龍頭。

沒錯。

噴。看那結冰的樣子。回來最好盡快修理……

如果我們回得來。

是啊

對。如果我們回得來。總之保全系統還是要開。

好了，行了，應該就這樣……

那還等什麼呢？

27

啊？

噓。

沒事，乖女孩……

一切都在掌控之中。

遠處，
一頭野貓 嚎叫，
兩名騎士來到，
狂風開始呼嘯。

──巴布·狄倫

28

342

李奧·溫斯頓
總裁
行銷與開發部

親愛的安德林：

　　雖然您否決了依據過去的敵人拓展玩偶產品線的提案，我還是覺得法老王可動人偶系列需要爭取市場的高度關注，對我來說，那就意味著擴大產品種類。我想幾種可行方案，簡述如下。

　　首先，羅夏與夜梟小人偶似乎可行。從法律角度來說，我們目前正在釐清商標與版權法的問題。我們的律師似乎認為，由於他們的變裝身分本身就違法，他們理當無法針對自己的變裝形象提出合法版權主張，因此我們可以自行註冊版權。我這邊認為沒有問題，但考慮到您可能跟他們本人有私交，或許會有不同的意見。

　　其次是魔洛克小人偶。由於艾德加·雅各比最近身亡，可能會有觀感問題，但單就律師方面的判斷，雅各比沒留下什麼能反對這類行銷舉措的東西，同樣地，魔洛克這個身分首先就已經違法，雅各比自然無法就侵犯權益問題提出法律主張。

　　第三，比較次要的一件事，我希望您核准將布巴斯提斯納入產品範圍。我明白，她並未參與您的冒險生涯，但據我瞭解，預計在明年秋季，法老王卡通節目會在每週六早上播出，製作方熱切希望布巴斯提斯能在其中以助手身分扮演重要角色。因此，將她納入我們的其他商品計畫中是合情合理。

　　綜上所述，期盼您核准這項產品線擴張計畫。此外，由於沒有任何立即性的法律問題，我請生產部人員做了這份樣品宣傳小冊。希望您也會愛上這些新產品，我會在下週致電討論《死亡神塔》角色扮演遊戲，屆時我們可以一併討論這些事。

　　一如往常，祝福您。

李奧·溫斯頓
行銷與開發部

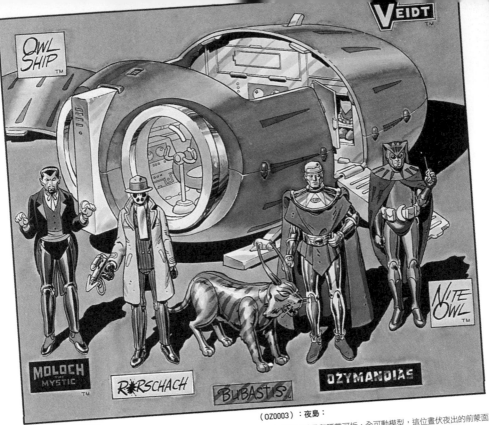

（OZ0001）：法老王：

全關節可動人偶，披風、束腰外衣和頭帶可拆，真人製模，精確複製這位世界聞名的運動員暨前蒙面英雄，安德林·偉特的體形。

（OZ0002）：羅夏：

新角色！全關節可動，令人聞風喪膽的義警，依等比例複製，風衣與帽子可拆。

（OZB001）：羅夏的鉤爪槍：

新配件！這把知名的氣動鉤爪槍模型，依等比例製作，內部採用彈簧結構，可發射附有長線的微型鉤爪。適合五歲以上孩童。

（OZ0003）：夜梟：

新角色！蒙面披風和腰帶可拆，全可動模型，這位畫伏夜出的前蒙面英雄，將帶給您好幾個小時的樂趣。

（OZB002）：夜梟飛船：

新配件！根據這艘知名飛船多張現有照片精心組裝而成。這款夜梟飛船配合OZ0003比例製作，角色可登船，細節精緻，艙內有燈光，電池需另購。

（OZ0004）：魔洛克：

新角色！隨附可拆式手槍與魔術師舞台外套，為非作歹、惡名昭彰的黑社會犯罪王子，現在，您在家中就能安全地感受他帶來的顫慄。

（OZB003）：布巴斯提斯：

新配件！全可動，法老王的巨型變種猞猁。把電視卡通的情節搬回家，讓她大顯神威，協助安德林·偉特打擊犯罪，並在您的冒險中助您一臂之力，一起拯救無辜受害者吧！

李奧：

偉特

同意你擴張產品線的建議。根據我對銷售歷史數據的研究，在瀕臨發生戰爭或流血事件的時期，士兵和可動人偶的銷售量會提升，此種現象蔓延期間，我們應該好好把握。

不過，關於羅夏、夜梟和魔洛克，以及相關郵件的部分，倫理上我頗有疑慮。我建議改為創造一組變裝恐怖分子軍團，成為週六卡通中的主要反派，再推出這些角色的相關產品，包括武器、郵件和交通工具。越是具有軍團主義風格會賣得越好。超級英雄風潮其實從未真正大舉席捲美國，受到大家熱愛。我們下星期再繼續討論此事。

祝一切順利

安德林·偉特

P.S. - 布巴斯提斯那個點子我很愛。他們做出成品後記得給我一隻，我要給她看看。幫我向喬瑟芬和你的孩子們問好。

偉特 安德林・偉特
總裁既執行長

偉特流身心成長術：簡介

　　哈囉。如果你正在閱讀本文，表示
認為自己的人生必須改變。更強健的
的進階心理技巧？是的，你找對地方
些，並且樂在其中，先決條件是要
課程，本課程的目的，是培養出聰
充滿挑戰與希望，同時又難關重重
並理解，而你只要好好按表操課，
你的能力和體驗都

 偉特 安德林・偉特
總裁既執行長

安潔拉・紐伯格
總監
偉特美容與化妝品部

親愛的安潔拉：

　　附件是我們目前在雜誌與廣告看板上的「往日情懷」廣告樣本。

　　最明顯的是一幅性感圖像，一名女子正在調整她的絲襪，情慾意味很明白，但疊加了足夠的浪漫氛圍，避免太過聳動。在我們為「往日情懷」廣告選擇模特兒時，我注意到我們選擇的一直都是美貌中略帶中性特質的模特兒，我推測這是為了預留打入同性戀市場的空間，這種傾向在「往日情懷」鬍後水的廣告中更為明顯。這些做法都很不錯，卻缺少了「往日情懷」廣告活動中最重要的元素。

　　在柔焦的圖像與浪漫的氛圍中，這些廣告喚起一種田園詩般的舊日景象。就我看來，這些廣告之所以成功，似乎跟過去四十年以上籠罩全球的不安狀態有直接關聯。在這充滿壓力與焦慮感的時代裡，當下難以把握，未來變幻莫測，最自然的反應，就是從現實中退縮、隱遁，不是將希望寄託於對未來的幻想，就是沉緬於過度美化、半真半假的往日歲月。

　　雖然目前的行銷策略十分切題，也的確在這劇變的社會中大獲成功，但我覺得，我們必須開始未雨綢繆了。事實上，這種情境不會無限期延長下去。簡單來說，以目前的社會文明所處的狀態，一種可能是會馬上爆發戰爭，另一種是不會。如果爆發戰爭，我們再好的計畫也沒用了。如果和平繼續下去，我認為整個社會可能會湧起新的樂觀主義浪潮，這時我們就必須為偉特美妝用品賦予新的意象，迎向新的消費人潮。

　　有鑑於此，儘管本系列商品十分成功，但明年開始我們將逐步淘汰「往日情懷」男女美妝產品線，替換為更能體現未來目標族群精神的新產品線。這條新產品線名為「千禧年」。這系列產品的相關意象，會是富有爭議性與現代氣息的，我們將描繪出一幅科技烏托邦的願景，感官享樂觸手可及的全新宇宙就在眼前。

　　我希望新產品線在夏季能一切準備就緒，如果聖誕節之前能給我一些廣告文案與圖像的樣本，讓我細細琢磨，那就太好了。

　　十分期待與妳合作推出這系列產品，相信我們能共創佳績。請向法蘭克表達我最真摯的問候，我們該盡快找時間共進午餐。

愛妳的，

安德林・偉特

本附件為「偉特流身心成長術」自我成長小冊最新的簡介修訂稿。請轉發給相關部門

——偉特。

 **偉特** 安德林・偉特
總裁暨執行長

偉特流身心成長術：簡介

　　哈囉。如果你正在閱讀本文，表示你有來信索取我的課程，既然你會這麼做，表示你認為自己的人生必須改變。更強健的體魄？提升自信與魅力？在家庭或商場上對你有幫助的進階心理技巧？是的，你找對地方了。我們的確能提供你這些⋯⋯不過，要想擁有這些，並且樂在其中，先決條件是要打造一個全新的你！偉特流身心成長術不只是一套健身課程，本課程的目的，是培養出聰明伶俐而能力超群的青年男女，讓他們能順利迎接這個充滿挑戰與希望，同時又難關重重的未來世界。本課程的設計理念，是要讓人能輕鬆閱讀並理解，而你只要好好按表操課，我敢保證，無論是你自己，或你周遭的親朋好友，都會很快察覺到，你的能力和體驗都已邁向全新境界。以下摘要可協助你瞭解，本書的後續章節將提供你哪些內容。

理解自我

無論是身體或頭腦，都是這台生物機器人的零件，而我們非物質的靈魂寄居其中。就跟其他機器一樣，只要你瞭解操作方法，就能對這台機器進行調整、改進，使其運作得更有效率。透過冥想和智力操練，我們將能以自己想像不到的方式使用頭腦。在本手冊的第一章，我們會討論橫向思維、禪修冥想，以及夢境與潛意識的力量，此外，也會一併介紹其他有益心智成長的實用技術。雖然偉特流身心成長術並非宗教，但如果學生打算進行本課程，就必須瞭解，在本方法背後，有一套強大的精神戒律。

健康與體魄

第二章，我們將探索身與心之間的連結，並學習如何藉此征服疼痛與疾病，而不必依賴藥物。我們會一步一步引導你學會多種技巧，讓你能將心智的療癒力聚焦在身體上任何病弱的部位。相對地，我們也會探究，如何運用身體動作協助心智專注，在此我們會引進瑜伽原理和武術訓練。

打造全新的你

第三章，也是最長的一章，我們精心安排了一套環環相扣的肉體與智力鍛鍊系統，如果能夠正確按照指示操練，你將能把自己轉變為超人，完全主宰你的命運。唯一需要的條件，就是對於完美的渴求，以及意欲達成此目標的意志。不需要任何特殊設備，也不必支付任何隱藏費用。偉特流身心成長術為你鋪好了道路，助你迎向光明璀璨的未來，任何人都可以成為英雄。

你和世界

你是一個完整的有機存在體，獨立自主；但同樣地，你也是更大的社會有機體的一部分，這個有機體由你周遭的人、你合作的夥伴，乃至於整個世界所組成。當你本人身心強壯、健康，就會傾向用健康而積極的方式回應你周遭的世界，並依你能力所及去改善世界，同時也會去改善你自身和你所有的同伴。最後一章將協助你瞭解世界這個有機體，以及你在其中扮演的角色。你會瞭解到，一個人可以放棄個人對於整個社會有機體的行為責任，任憑社會的主導趨勢擺布，但也可以選擇善用我們都擁有的意志之肌肉，以積極且負責任的方式，去影響我們的環境。

　　總而言之，歡迎你加入我們的行列，偉特流身心成長術可協助你強身健體並改善自我，這本指南將一步一步引導你，發掘出我們每個人內在都具備的驚人潛力。希望書中的內容讓你感興趣，而我確信，只要你堅持不懈，放下這本書時，你將成為截然不同的人。光明的新世界就在眼前不遠。且如同此刻的世界一樣，新世界也將迫切需要英雄，也許其中一個就是你！

　　獻上我誠摯的祝福與鼓勵。

安德林・偉特

CHAPTER XI

觀測內容：

多螢幕檢視似乎可以說是脫胎自布洛斯的**拼貼**手法。他主張重新排列字詞與圖像，以避開理性分析，進而讓潛意識中對**未來**的暗示不經意地流露。

一個即將來臨的新奇世界，只能透過周邊訊息管窺其樣貌。

視覺上來說，這些同時輸入的畫面對我的吸引力，就像抽象或印象派畫作的那種動態中的平衡感……

螢光點形成的漩渦並置在一起，從符號學的渾沌之中，意義會融鑄成形，隨後又消散於混亂。

稍縱即逝又難以察覺，必須在**瞬間**領會。

電腦動畫將致幻的未來感灌進一切事物，連早餐麥片也不例外；音樂頻道處理**單點訊息**、避免線性呈現，暗示無限制的個人選擇。

這些參考點建立之後，從媒體的**白噪音**之中可以逐步**辨識**出一種危急的**世界觀**。

關於明日的拼圖碎片模型必須一片一片拼湊，特定區域必然將被不確定所遮掩。

然而，我們或許仍可為這廣泛假設的未來描繪圖像。我們可以想像它的**環境**、假設它的**心理**。

在千禧年接近前結合突飛猛進的預知科技，這幅模糊飄忽的陰極鑲嵌畫將揭露一個紀元藍圖，一個擁有新感官與新可能的紀元。

一個將想像化為具體的紀元。

……遍地奇蹟的紀元。

1

見吾蓋世偉業，強者

*布洛斯：William Burroughs，代表作為《裸體午餐》。

補述：其實在布洛斯之前，還有**更早**採用此種方法的先驅，在薩滿文化傳統中，他們會將**山羊內臟**隨機灑落，藉此占卜……這個主題也許留待日後再行探討。

觀測結束。

偉特。紐約時間晚上十一點十八分記錄並歸檔。

嚯呋

沒事，乖女孩。沒什麼好不安的。這些見解不算太重要，但值得錄下來。再說，我們也不趕時間。

在這種環境下，我們的訪客距離卡納克應該還有16公里以上。

現在就來**看看**……

NEW YORK

啊。

瞧？

說真的，以他們**有限**的條件，能來到這麼遠，實在令人**讚嘆**。

這趟追查行動引領他們深入道德與理智的未知地帶，沒有任何可以參照的標，就像此刻**圍繞**他們的環境一樣。一定很**徬徨不安**。

當然，他們**腳下**的冰很滑，而且比外表**看起來還薄**。

希望他們不會太過**魯莽，超出**界線。

希望他們懂得適可而**止**。

2

到了……**就在前面。**

看來單刀直入是唯一的辦法。沒有**掩護**，我們無法偷偷**潛入**，在這裡等天色變黑也沒**意義。**

這裡沒有黑暗。

不對，只是沒有我們能利用的那種。

如果偉特真的策劃了第三次世界大戰，我們接近的就正是黑暗的核心。

嗯嗯。有件事我覺得很**奇怪**……

我們從他**桌上**拿的那些**小冊子**，鬼話連篇的垃圾……**語調不對**，總之很怪。

也不完全是**樂觀主義**，但……呃，確實是在規畫未來。

實在不像一個打算為**全人類立墓碑**的人寫的。

……**不管怎麼說**，他可是**安德林**，老天，我們都**認識**這個人。他從沒**殺**過人，怎麼會想摧毀**世界**？

喀喀喀

可能瘋了？

哈，好吧，這說法很**弔詭**……

想想，誰有資格**判定這種事**？這傢伙是世上最聰明的人，你要怎麼**判斷**？

有任何人能判斷他是不是瘋了嗎？

> ⋛哈哈⋚
> 啊，好的。

> 來吧，老女孩。在他們抵達前，我們還有些事得處理。
> 我想我一直在等最適當的時機，但再拖下去也沒意義了……

> ……而現在永遠是最好的時機。

不想
再過來了？
確定？

好啊。
你在那等一
下。馬上
就好。

紅燈亮
禁止
進入

紅燈
禁止
進入

紅燈
禁止
進入

哈囉，朋友們。
我剛結束工作，
是否有此榮幸，
邀請你們三位在
晚餐前和我到
生態球裡面
小酌一杯？

我有事
要慶祝。

謝謝。

我是偉特，
通話完畢。

紅燈亮
禁止
進入

5

狂歡吧！世界末日都要來了！該死的**結髮幫**還在開派對！我都能聽到**麥**迪遜廣場那邊傳來的狗屁音樂！

轟轟轟！像丟炸彈一樣的音樂……

大衛鎮沉睡著；除了寂靜之外，只有荒蕪。

我把兩匹馬拴在外廊，悄悄走進昔日的住所，小心翼翼，以免將占據此處的屠夫，從他們淫逸隨落的睡夢中驚醒。

他們全跑到街上打架，爛醉，全身刺青、戴耳環……

就在這條**大街**上！**告訴你**，這路口可**不安寧**了。永遠想不到**下次**會發生什麼。

對於死神的到來，他們毫無知覺，他們將在茫然**不解**中，迎接那黑暗的擁抱。

然而，有個人醒了。

我驚慌失措，唯恐他敲起警鐘。趁他一路進這夜闇環繞的房間，我就跳到他身上。

哦。嗨。需要什麼嗎？

説真的，我再看到一個綁那**蠢髮型**的傢伙，我就要……

不。我猜這個是喬瑟芬貼的，她有説過。你知道，她有時真的很**賣力**。她**工作**結束了嗎？

喬瑟……？哦、**喬伊**！妳一定就是她的……呃……

女友。前女友。我們一直在**吵架**。

在洶湧的黑暗中，我狠狠揍他，他的尖叫刺耳得令人不安。

噢。呃，我最近沒看到她……

那沒事。我到**普羅米修斯**外頭等她。我也沒**指望**真能在這碰到她。

進門的不是**海盜**，而是**更糟**的。我看到幾張熟悉的臉，臉上掛著我從見過的驚恐。

那好，幫我告訴她，**《好色客》**明天到！

《好色客》？老天，**不介意**的話，讓**她**自己發現吧。

孩子們大哭起來。我低頭看看身下的人。從那腫脹流血的嘴唇之間，她模糊地喊著我的名字。

蛤？我**說**錯什麼嗎？別走，**女士**……

巨大的醒悟猛然襲來，腦子裡已經容不下一絲理智。我逃出家門，經過那具立在馬背上的屍體，鄰居的窗戶一扇扇亮起燈火。

哈！難道在**這**種時局，人們就非得充滿**敵意**？早該**聽蘿莎**的，搬離這鎮上，遠離這一切。

我狂奔著，但心知天譴已經降臨，緊跟著我不放，它得意洋洋，慶祝著這恐怖的**勝利**。

偉特先生。這真是莫大的榮幸。我們可否打聽一下,是什麼事情讓我們有**機會**參與如此慷慨的聚會?

朋友,像**我**這樣的人,生命中會產生**許多**值得慶祝的事。你只需看看你的**四周**即可知曉。

這顆**生態球**竟能在世上成真,我怎能不為這樣的命運歡慶呢?這顆奇蹟泡泡,將整個**熱帶**環境放在氣溫永久處於零下的荒原中⋯⋯

兩個迥然相異的**世界**,中間只用一層脆弱的**玻璃膜**隔開。

在我的生命中,有什麼不值得慶祝的嗎?

⋯⋯不過當然,你說**對**了。今天的事件具有指標性意義,值得**特別**關注。

在許多方面,這件事都代表著,一個超過兩千年的夢想,終於達到了頂峰。

7

……然而，要闡明我此刻的興奮之情，倒是不必那麼深入鑽研**遠古時代**。

僅僅回溯四十年已然足夠，讓我們回到我的**童年**。

「在我出生的那年，我的父母來到美國，那是1939年。」

「一進入學校，我就表現得出類拔萃，初期的幾張**試卷**獲得的完美成績引發了一些**懷疑**，此後我便小心翼翼，維持**平均**水準的成績。」

是什麼**導致**了我心智成長超前的現象呢？我父母智力方面**無甚出奇**，未有明顯的基因優勢。

也就是我決定要聰明過人，沒別的原因？或許是全世界一起**決定**的，不過這說法有點冷酷**無情**。

「17歲時，我父母雙亡，我面臨**新**的抉擇。」

「我繼承的**遺產**，足供我一生無所事事，奢華度日；然而，我卻**沒來由**地燃起一種十分矛盾的炙熱渴望，想去做**所有**的事。」

「你們能**瞭解**嗎？」

我的智力使得我**超乎**常人。面對艱難的**抉擇**時，我想不到**任何人**可以提供我**有用**的建議。至少在**活人**中沒有。

唯一令我感到親近的人類，在基督誕生的三百年前就已逝世。

「**馬其頓**的**亞歷山大**。我**崇拜**他。年輕的軍隊指揮官，他橫掃**土耳其**與**腓尼基**沿海地區，在揮軍轉向**波斯**之前，又順路征服了**埃及**……」

他三十三歲就死了，卻統治了絕大部分的文明世界。

而且不是以**野蠻**的方式統治！他在**亞歷山卓城**設立了古代世界最偉大的**學術機構**。

的確，人民死傷無數……也許這是沒有必要的。但誰能輕易論斷？他曾多麼**接近**自己打造大一統世界的夢想！

「我決定了，我要以**他**為標準，來衡量**我**的成就。首先，我放棄了**遺產**，我要藉此證明，即使從**一無所有**開始，也有可能達到無所不能的境界。」

「接著，我離家前往北土耳其，追隨我英雄的足跡。」

我想達到足以與他比肩的成就，為愚昧無知的**世界**，帶來**光明**的紀元。

呵。

我希望，假使我們在**萬神殿**相遇，談起在世功績，我能無愧於心。

8

「我隨著亞歷山大征戰的路線，沿著黑海海岸前進，想像他的軍隊拿下一個又一個港口；古老的青銅兵刃上，沾滿古老的血。」

「奇怪的是，在他出征腓尼基之前，先轉向北方攻打戈爾迪烏姆……」

……也許是因為那裡有個傳說中的**挑戰**：那是古代世界最大的**謎題**，一個無法**解開**的結。

亞歷山大一劍斬斷了那個結。

瞧，那是橫向思維，他超越那個時代好幾世紀。

「他揮軍南下，穿越**孟斐斯**進入埃及，當地人尊稱他為阿蒙之子，阿蒙乃亡靈的審判之神，這名字意思是『隱藏者』。」

「在亞歷山大統治下，偉大的法老文化得以恢復。」

我跟隨著他穿越**巴比倫**，又通過**喀布爾**，抵達**撒馬爾罕**，然後南下**印度河**流域，他在那裡首次見到戰象。

為平息**家鄉**的爭端，他此自踏上**歸途**，而我則**繼續**旅程，遊歷了**中國**和**西藏**，沿途吸收種種兵家智慧。

「亞歷山大終最返回巴比倫，死於傳染病，享年三十三歲。在金字塔的廢墟中，我看到了他最終的**失敗**……」

「他沒能統一**全**世界，也並未成功建立一個在他死後仍能**延續**的大一統帝國。」

幻想破滅了，但我仍決心完這趟長征之旅，我跟隨他的遺體來到他安息之地，**亞歷山卓城**。

返回美國的前一晚，我到**沙漠**裡遊蕩，把我在**西藏**獲得的一球哈希什吃下。

「隨後經歷的一連串景象徹底**轉化**了我。我踏過化為塵土的歷史，聽見逝去諸王在地底漫步；聽見響亮的號角聲穿越成堆人類的頭骨傳來。」

「亞歷山大僅僅是復甦了**法老**時代。真正的不朽是他們的智慧，傳遞至今，啟發了我！」

⑩

*哈希什：Hashish，一種大麻製品。

他們的思想體系，激發了何其壯觀的智性盛景……**托勒密**在法**羅斯島**的燈塔中尋找宇宙的軸心；**埃拉托斯特尼**僅藉著**影子**就能丈量出整個世界的尺寸……

然而，他們把最偉大的祕密，託付給僕人，活埋在被滾滾黃沙淹沒的密室中。

「我採用了拉美西斯二世的希臘名字，以及亞歷山大那種四處征戰的風格，決心要將遠古的教誨實施於現代世界。

「就這樣，**我的**征服之路展開了……我征服的不是人，而是將人**團團圍困**的罪惡。」

今天，這項征服大業的成功已經**確定**無疑，其中，你們無條件的**協助**絕對是**無價**的珍寶。

你們是否瞭解，你們奉獻自我所參與的這場勝仗、這份祕密的榮耀，價值何其不斐？

你們是否明白，提供如此**不相稱的**獎勵，我感到何其**愧疚**？

在我身後遠處，暴民怒吼著要將我就地正法。那放貸人在我腳邊漂浮。高貴的意圖將我導向了暴行。公義之怒火激發我想出臨機應變的巧計，然而那可怕的計畫最終不過是個錯覺。

在**道德**上我們理當**搶先**出擊。

我們必須保護**我國**的婦孺，即使這表示得犧牲**對方的**婦孺。這才符合道德邏輯。

我有哪裡**錯**了嗎？黑船朝著**大衛鎮**前進，他們應該早就**抵達**了。我的推論**完美無瑕**，環環相扣……

我停下腳步，站在那喘氣，泣不成聲。我聽著後頭追兵的鼓譟聲隨風傳遞，待我呼吸回穩，他們已經越來越靠近，我打算繼續我的航程，抬頭一看……

不好意思？

哦，嗨。

……我看到了它。

我丈夫是位黑人，晚上似乎都來這買**報紙**。他有**來**過了嗎？

嗯。不知道欸。也許**街道**那邊賣手表那位黑人兄弟認識他……

它似乎在等待，但並非伺**機攻擊**……

什麼？你以為我們全都參加某個**黑鬼**俱樂部嗎？每個黑人都彼此**認識**？

蛤？我沒有任何**惡意**……

我慢慢瞭解自己天真的動機，最終將我引向何方了，我認命，涉入水中，朝深處走去。

算了。我看到我丈夫了。謝謝，**打擾**了。

沒事。

別客氣。

我游泳朝下錨的黑船前進時，無法形容的事實無可迴避地擺在眼前：他們在等新手登船。

我越游越近，那艘船越來越大。

從來就沒有什麼劫掠大衛鎮的計畫。一個凡人的小鎮，對於這艘橫掃整個馬尾藻海域財富的惡魔來說，有何吸引力呢？

這世界就**錯**在這裡：**好心**沒好報，想**幫助**別人，就會惹上麻煩……

看吧？瀕臨戰爭邊緣，人人都像吃了**炸藥**！

我所有意圖良善的計畫，最終導向這股慘況。我被嗆到，吐出海水，絕望地回想著。

……有什麼好處？

他們來到大衛鎮，等著收取他們唯一有興趣的獎品，索取他們真正想要的靈魂。

我的肩膀疼痛，眼前的鬼船已是龐然大物。

/13

......裡......
我想......
看到入口......
要去......
打開......

説啥？

哼。

沒錯......是某種**門**。我應該可以把**鎖**燒開。

棕櫚樹，埋在雪裡。不合理。

拜託，我們先**進去**，一次煩惱一個謎團就好。一大片**白茫茫**的，我感覺有點**曝露**。

在**這地方**，我們毫無**偽裝**。我們在自然**環境**中非常顯眼。

行了，芝麻開門。

緊張？

呃，我的胃感覺很怪，蛋蛋完全縮起來，就是，對，我想就是「緊張」。

我猜，這一定就是**一般人**的感覺。

一般人面對**我們**時，一定就是這種感覺。

14

天啊，**看看**這地方。我以為**鼻巢**裡的**東西**算是有點規模了……

這……他媽到底是什麼啊？這裡的設備有半數我根本不**認得**……

你可以問問偉特，等我們找到他。

嗯。說到這個，**重點**來了。我們要怎麼找到他？到時要**說**什麼？

都不用說。

可能的話，先制服他。或許也沒第二次機會了。然後再問問題。

是啊，我想你是對的，只是感覺真他媽**怪**。這**人**充滿愛心、認真盡責，是個和平主義者，還吃素……

希特勒也吃素。如果你下不了手，留給我。

我建議，從這裡開始得悄悄前進。

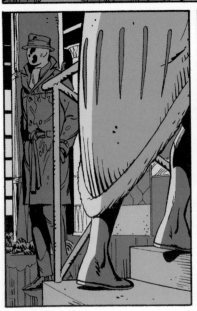

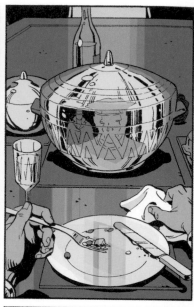

注意禮貌。

該死，你知道我們為什麼來這！金字塔貨運是整件事的幕後主使，而你就是操控金字塔的人。

你自己知道！

老天，安德林。你想做什麼？

就是我們所有人出道後都想做的事。我在試圖改善世界。

這正是我的初衷。

「我的第一件案子，讓我瞭解到，藉由鏟除不公不義，似乎是可能的。

「但在第二件案子中，『罪惡是犯罪分子的專利』這概念自行崩潰了。」

我開始研究蒙面英雄前輩，鎖定五〇年代中期消失的蒙面判官。

根據我在政府的內線透露，有位特務曾追查他的下落，後來回報任務失敗……

「顯然追查那位特務比較容易，我一路追查到碼頭區。

「艾德華·布雷克。

「我們很像，都是面對這瘋狂時代的聰明人，馬上對彼此感到厭惡。」

他認出我，但照樣出手攻擊，「誤認成罪犯」這理由很好用。

我研究過他的套路：高超的假動作；破壞力十足的上鉤拳；此外就不多了……

他贏了。暫時如此。

「布雷克有找到蒙面判官嗎？他是否殺了他，卻回報他沒找到？我無法證明。

「1960年我們又見面了。我避開了他，強對我來說更有魅力。」

但我仍持續觀察了布雷克好幾年……

你知道嗎？甘迺迪遇刺那天，他在達拉斯，他是尼克森的隨行人員。

沒人知道尼克森當天為何在那。

「讀過甘迺迪當時預計要發表的演講辭嗎？

「『我們之所以生於這個國家、這個世代，並非我們的選擇，而是命運使然，我們是自由世界之牆的守護者。』」

18

車隊抵達**廣場**時，他會不會正在**背誦**呢？有可能⋯⋯

⋯⋯他全然沒想到，在**暴政**世界之牆上，狙擊手的準心也在守著他。

「於是我們都意識到世事何其**險惡**了。我繼續**打擊犯罪**，但感覺很**空洞**。」

「我打擊的只是**症狀**，從沒**碰到**病根本身。」

我**鄙視**自己；我的**聖戰**只是仿冒品。因為我明知人類問題所在，卻遮著**眼**不去看。

我要對抗的力量，遠比我**預期**的要巨大太多，我感到**無助**。

「我太懦弱，不敢面對我的糾結。笑匠在1966年那場醜態百出的犯罪剋星聚會為我上演一齣生命的黑色喜劇。」

「你肯定也**記得**。」

他談論了核戰的不可**避免**，描繪了我未來的角色，會是「廢墟中最聰明的人」⋯⋯

⋯⋯他讓我**眼睛一亮**。**這成就只有最棒**的喜劇演員才能辦到。

「我還記得那在我指間燒焦的地圖；尼爾森說著「總得有人拯救世界」，他那顫抖的、怨嘆的聲音⋯⋯」

「那就是我醒悟的時刻。」

那就是我的當頭棒喝。

「安慰了尼爾森幾句後，我離開了。外頭，布雷克正和**蘿莉**與她母親爭吵。」

「我發誓，我要力抗他們最後的黑色笑話，拒絕讓整個地球成為犧牲品。」

此外，我也發誓，下次我再遇到**布雷克**，或是**其他**敵人，即使不是在我的**地盤**上⋯⋯

⋯⋯也必須照我的**規矩**來。

19

嗨。

真的遇到你了。

葛蘿莉亞？

我知道你回家走這條路，所以我想可以在你下班的時間來這見個面。我還沒準備好回到公寓去，暫時還不行。

「暫時還不行？」

嗯，我的確想回去。我想念你，馬爾坎。想念你原本的樣子……

……但如果你還是對於沒救的個案懷抱使命，又讓他們的悲劇影響到我們的生活，我無法跟這樣的你一起過日子。

如果你願意承諾，你會申請轉換工作，治療其他病患，我就能回家了……如果你希望的話。

葛蘿莉亞，我當然希望這樣，但是，呃……

好啊，你試試看！我沒打算跟這個亂七八糟又充滿躁鬱瘋子的世界共享你這個人。我不想跟他們分享我的人生。

馬爾坎？

馬爾坎，你有在聽嗎？

葛蘿莉亞。抱歉……那些人……他們在互相傷害……

馬爾坎？你敢！你敢插手就試試看！

我剛才說的你一個字都沒聽進去嗎？

葛蘿莉亞，拜託。我必須幫忙。在這樣的世界裡……

我是說，我們能做的就只有這樣，試著彼此幫忙。否則一切都沒有意義……

求妳了。請妳諒解。

馬爾坎，我警告你！你又讓自己捲進另一團他人的傷痛，我再也不要看到你！

葛蘿莉亞……我很抱歉。這就是世界……

我無法逃避。

我的眼前已經被它黑暗而搖晃的形體占滿，我看見釘在船首的人頭；聽見醉漢的狂笑；上方的甲板，他們高聲起鬨，

越靠越近了

越靠越近

20

我被狠狠拽向人類**必有一死**這件事面前；這是駭人而無可置疑的事實。

有史以來第一次，我真切瞭解到，地球可能**滅亡**。在日益加劇的危機時刻中，我看出了這世界的脆弱性……

……那麼，我能怎麼辦？

第一步，為了從全新的**視角**來檢視整個問題，我盡其所能地後退。隨著我的**理解**加深，**眼界**也不斷拓寬。

我看著**東西**兩方，被困在不斷升級的**軍備競賽**中，他們對彼此的恐懼與懷疑，隨著庫房的**飛彈**越堆越高，卸除軍備的可能性也就越來越**渺茫**。

我逐漸逼近困境的核心。

這個難解的結，縱有**亞歷山大**的才智也會備感棘手。

兩方都很**清楚**，核武衝突**意味**著自殺，然而又無法停止競相**發展**核武，以免被**敵方宰制**。

他們恐懼**核武**，又恐懼**失去核武**，連**眨個眼**、**轉個身**都感到恐懼……

在此同時，軍武開支昂貴，意味著能用在**老人**、**病人**和**遊民**，以及兒童**教育**上的經費**減少**。

導彈庫存不斷**成長**，**電腦**削減了人類在事件中的參與度，或許**世界末日**一不留神就會**意外**觸發，這可能性像幽靈一般，悄然**逼近**。

只需用**數學**分析一下當前局勢，就知道**衝突無可避免**，只是時間早晚而已！

然而，若是沒有實際的**解決方案**，就算突然發現了局勢有多**險惡**，又有何用？

但光有**解決方案**，同樣無濟於事……

……除非有人擁有足夠的**力量**作後盾；要有一股**蠻橫**之力，將意志**貫徹**到底。

我又退了一步，再次省思。

21

其他問題一一浮現：軍武費用促使國際**借貸利率**上漲。要償還飆升的**債務利息**，像巴西這樣的國家，只能夷平他們的**森林**。

核能成為了**必需品**，卻會產生致命**武器等級**的**廢料**。

即使先**不談戰爭**，原子僵局也會引導我們一路走下坡，直到環境**毀滅**。

強的出現**加速**了這個過程，雖然程度沒有你們**想像**得嚴重。**任何**重大的**能源失衡**現象都會造成類似的結果。

儘管如此，仍然可以說他是人類**困境**的**象徵**。隨著緊張情勢升高，變裝英雄的**崇高**地位轉向**衰敗**……

我預料在**七〇年代**後期，我們會跌到**谷底**。

這樣的話，我有**十年**可以累積**財富**和**名聲**，支持我**超越**那道關卡，讓我擁有我需要的**權力**與**影響力**。

我開發了公共**充電栓**的基本技術，取得專利，然後將盈利投入**維度開發**公司。

為實行我的計畫，我必須準備換上王者拉美西斯的面貌，將**冒險者亞歷山大**及其服飾束之**高閣**。

必須**步步為營**，時時謹記我下了多大的**賭注**！

是整個**地球**。是所有**人類**。是我們**所知**的一切……

「世界末日」絕對算不上什麼**正義**的概念。

當下的世界會終結。原本廣大得無可估量的未來，也將消失。

甚至連我們的**過去**也會一筆勾銷。我們從**初始生命**以來的掙扎，每一次的**分娩**、每一位個人的**犧牲**都會變得**毫無意義**，全都將化為**塵土**，消散於**虛空之風**中。

除了理查·尼克森，他的名字留在月球表面的一塊名牌上，此外不會留下任何人類痕跡。

廢墟化為**塵土**、塵土隨風飄散……我們富饒、多彩而美麗的一切，都將**消失**……

……好像從**未存在過**。

22

我試圖要拯救的那個世界一去不復返。我是個噩夢：只能容身於其他噩夢之間

一條繩索蛇行而下，濺起水花，我一把抓住……

看吧，人們不再伸出援手，彼此交流。

……上方的甲板爆出一陣喝彩，那裡噁心又黑暗，臭氣直衝天堂。

劇終。

才會一天到晚都有這些亂象、這些衝突。人與人之間不再建立關係。

比如說，你都來這好幾周了，翻來覆去讀那本垃圾，但我們一點也沒有更熟悉彼此……

因為這一點也不合理啊，大哥！所以我才一直重看。

那不是重點。

跟你說，我老婆蘿莎過世，我們的朋友基本上都是她的朋友：他們不再打電話來了。我做這一行就是為了跟人打交道，你知道嗎？

那……你叫什麼名字？怎麼一直待在這兒？

我叫伯尼。我來這裡是因為我媽在工作，我姊也出去了，還有，這些充電栓很溫暖你知道嗎？

伯尼？伯納德的簡稱？太巧了吧！我也叫這名字！

所以呢？沒什麼大不了的。叫伯納德的人很多啦，大哥。別大驚小怪。

呃，是沒錯，但……

等等，那邊是在搞啥……？

鬥毆。靠邊停車。

史蒂夫，你才剛被停職。不需要管這個。會有其他單位處理的。

我還是我，喬。停車吧。

噢靠……

聽著，米洛，你提早點下班，跟兄弟喝杯啤酒，公司不會倒掉啦。

不會，但……

喂……警察欸。是安怎？

是喬伊！是我手下的司機，在打架……

靠！再晚一點我們就走了。

還真會挑時間！

23

每一步都是同步發生的。

強，太**強大**、不可**預料**，無法列入**計畫**中，必須**排除**。所以，維度開發公司雇用了他的多位**舊識**……

……然後讓他們**罹癌**？

對。首先是威佛，**接著**是史雷特和魔洛克。讓他們不知不覺曝露在**輻射**中，他們受到嚴密**監視**，逐漸成為對付**強**的利器。

在此同時，藉助最新**科技**，我研究了**遺傳學**……布巴斯提斯就是早期的成果……還有**傳送**。

既然強證明了空間傳送是**可能**的，何必開發電子**車**？我的研究**至關重要**……如同我在**1970年**祕密買下的島。

身為唯一保有大眾**支持**的英雄，我在《**基恩法案**》頒布的兩年前引退，專注於我的**計畫**。

「既然無法以亞歷山大那種**征服**天下的方式讓世界團結……我決定要個花招；我要用史上最大規模的**惡作劇**恐嚇世界，迫使人類自我拯救。

「**笑匠**發現了我的計畫，他對此心有不甘:

「**同行相忌**。」

「**認罪**」帶有**懺悔**的意思。我對於他意外**捲入**，絲毫沒有歉意。

謀殺布雷克。你認罪了？

他搭機從**尼加拉瓜**返航時，剛好看到一艘**船**停泊在一座不在地圖上的島嶼。他懷疑*桑定民族解放陣線的基地在那，決定要前往**調查**。

「據我想像，他游泳到島上，嘴裡咬著匕首，入侵島上的**設施**。而他**發現**的事實一定讓他大受**打擊**。

「想像一下：一名純粹的好戰者發現一個將終結戰爭

……與衝突的計劃。」

24

*「Sandinista」全名「Sandinista National Liberation Front」，尼加拉瓜的一個左翼組織。

遺傳學和空間傳送技術如何能終止戰爭？

關於這個，如果少了強的心智來引導，空間傳送的用途就會極為受限。任何活物都會死於傳送時產生的衝擊，或是在已有物質占據的空間裡實體化的時候爆炸……

「……但布雷克在島上發現的不是這個。他發現一群失蹤的藝術家與科學家聚集在此，合力在創造一個怪物般的全新生命型態。」

「瞭解了那生物被創造出來的目的後，布雷克老練的犬儒姿態也崩潰了。」

雖然驚恐，但揭穿我的計畫會引發更大的恐慌，使人類的救贖無法實現。

即使是布雷克，也在這巨大的責任面前躊躇了，他只告訴了魔洛克，因為他知道他不會理解……

但我竊聽了魔洛克的住處，我百分之百理解。

布雷克得知的計畫如下：為了恐嚇各個政府，迫使他們合作，我會讓他們相信，地球正面臨迫在眉稍的異世界生物攻擊。

「恐怕這項發現讓他方寸大亂。」

啊哈……

哈哈哈！安德林，少來了，這他媽……

你是認真的嗎？

當然。難解的問題只能用超越常軌的方法來解決。兩千年前，身在戈爾迪烏姆的亞歷山大深明此理。

「布雷克也明白。他知道我的計畫會成功，雖然規模大到令他顫慄。所以他才沒告訴任何人。這事件龐大到無從討論……」

「……但是他明白。」

「最後恍然大悟。」

「他明白了預兆，他知道人類將迎來天旋地轉的劇變，而且就近在眼前。」

「他樂在其中的殘暴世界，將不復存在，野蠻好鬥的人民將奔向乳齒象的行列，遭到淘汰……」

「徹底滅絕。」

25

在解決**布雷克**之後，我又除掉**強**。據偷來的精神病評估報告指出，他對世事越發淡漠。**癌症相關指控**將這淡漠推展到生理行為上。

那時，有必要制止羅夏追查**蒙面英雄殺手**。我策劃了自己的「**行刺案**」，證實了他錯誤百出的理論，並排除了我本身的嫌疑。

「我透過**第三方**雇用殺手。當我把氰化物膠囊塞到他嘴裡時，也許他也察覺這是怎麼回事了。」

「**我**的眼中只有**勝利**……如今，在我和**目標**之間，已經沒有任何阻礙。人類的**命運**，已經安然落到我**手中**。」

安德林，這太**瘋狂**了。誰會相信外星人**入侵**的事？

希特勒說過，人們會**輕易**相信謊言，只要謊言編得夠**大**。我計畫打造一頭**怪物**，傳送到特定的**目的地**……

你剛說空間傳送行不通。

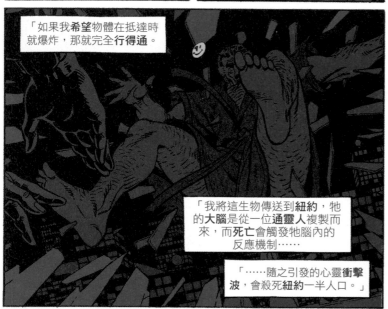

「如果我**希望**物體在抵達時就爆炸，那就完全**行得通**。」

「我將這生物傳送到**紐約**，牠的**大腦**是從一位**通靈人**複製而來，而**死亡**會觸發牠腦內的反應機制……」

「……隨之引發的心靈**衝擊波**，會殺死**紐約**一半人口。」

安德林，抱歉……你需要**幫助**。我知道這「**紐約一半人口**」是胡說八道，但還是很慶幸我們在你**越陷越深**之前抵達這裡。

老天，你真的**策劃**了這整樁科學狂想？

「我是說，你打算什麼時候讓這場不可能實現的黑色幻想**成真**？」

「你打算何時**動手**？」

26

374

「何時動手？」

丹，我不是共和國**連續劇**的反派。如果你們有任何微乎其微的機會影響計畫**結果**，你真以為我會在這解釋這場精心**傑作**的來龍去脈？

我在三十五分鐘前就動手了。

NEW YORK

INSTITUTE FOR EXTRASPATIAL STUDIES

NEWS

27

吾乃奧茲曼迪亞斯
萬王之王
見吾蓋世偉業
強者折服

── 〈奧茲曼迪亞斯〉
　　珀西・
　　比希・
　　雪萊

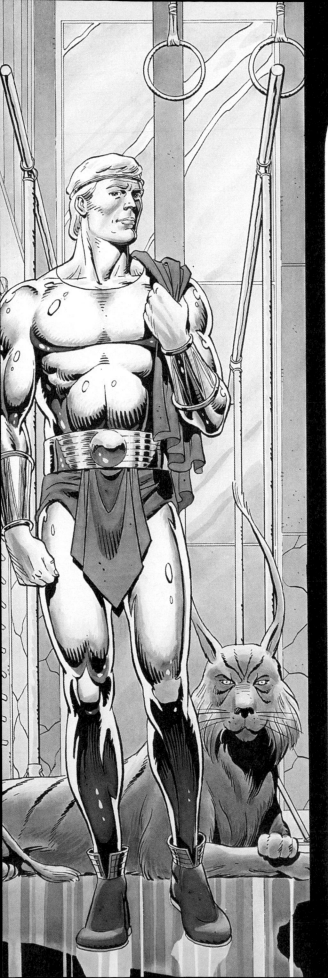

化裝舞會之後：

超級英雄風格與觀看人型機器之道。

道格‧羅斯前往南極訪問安德林‧偉特

偉特：「關於再次選舉總統的選戰，最可怕的部分是，在越戰勝利的餘波蔽蔭，怎麼看他們都沒有敗選的可能。總統競選連任委員會，簡稱C.R.E.E.P.（怪胎）！多可悲的縮寫。真想知道是誰發明了這個名字。六〇年代影集《The Man from U.N.C.L.E.》*的狂熱粉絲嗎……也許是李迪，或華盛頓的其他人型機器。」

「人型機器」。我坐在這玻璃圓頂屋，跟這位退休的超級英雄談話，身邊圍繞著熱帶植物和蜂鳥，然而，外頭卻是南極的狂風吹成的雪堆緊靠在玻璃上。這時候我想我已經沒什麼好驚訝的了，但他突然使用這麼個怪詞還是讓我嚇了一跳。我是不是捕捉到了這充滿魅力、光芒四射的外表背後，一絲從未被注意到的，對於卑微人類的輕蔑？為什麼說「人型機器」？我問他，他呵呵笑了幾聲。

偉特：「抱歉，這是只有我自己懂的私人笑話。我一直把尼克森親近的幕僚稱為人型機器，因為有次我聽說了一場宴會的事……那是真的，我保證……那時有位總統助手把一杯水潑到副總統福特身上。那個助理拚命道歉，但福特只是笑一笑，說：「噢，沒事。沒人是人。」（笑）從那之後我就叫他們人形機器。

安德林‧偉特的笑聲渾厚、爽朗，洋溢著我未曾預料到的溫暖。他替我安排的噴射機從一片白茫的南極天空，緩緩降落到一條看來窄小得有點危險，像條黑線的跑道，在遙遠的下方，進入無盡的浮冰中。景色嚴峻而冷酷，大得難以掌握全貌，因此在我想像中，會想住在這種地方的人，大概也是類似的形象。

飛機降落在跑道上，有三位熱情而友善的越南男子接機，他們引導我從幾塊黑色大理石方尖碑之間穿越，石碑上照耀著轉動的紫色光芒，我們走向統馭這片裸白冰原的那座堡壘。

僕人？我那自由派的感知警報響了一下，對於這個概念有些疑慮。然而，稍後我得知他們是越共難民，美軍勝利後發生大清洗，若不是偉特出手，他們性命堪虞。我不確定該怎麼想。南極不屬於任何國家，理論上這三人沒有被遣送回國的危機，而他們名義上的老闆似乎把他們視為值得尊重的朋友，而非下人。可以肯定的是，他們對於自己的生活和這裡的地主都極為滿意。

「偉特先生十分努力瞭解我們的文化。他在跟我們談話時常會顧及我們的宗教信仰，提出許多問題。」對我說話的男子，證辭誠摯動人，幾乎表現出一種父愛般的急切，要確保本雜誌不會扭曲他的雇主的形象：

「他不是你們那種流行音樂明星。他從不打毒品或玩弄年輕女孩。這你一定要寫進去。」

我們抵達堡壘時，韋特還在還在進行日常鍛鍊。健身房大得像夢境一般，雙槓彷彿在無限遠處交會。他們熱切邀請我在一旁觀賞練習的收尾部分，我看著那瑞士表般精準完美的肢體在我上空，無視地心引力，姿意轉圈、盤旋，先前懷疑偉特遙不可及的那種感覺又都回來了。

他就在那，我的頭頂上：那個男人。安德林‧偉特，法老王……哦哦，呃，不該再那樣稱呼他了，是吧？面具已經拿掉了，但他在高空緩慢、優雅地運用離心力，作出各種槓上旋轉動作時，還是穿著那套金色緊身衣和頭帶。四年來我的每一位女友都夢想著跟他共度春宵，他的排名高過傑格、斯普林斯汀、紅死病或名單上的任何其他人。現在，我終於來到這裡，瞇眼望著他，是的，該死，我他媽必須承認，他看起來就像個該死的上帝！我簡直無法相信他會同意我這種顯然是從基因庫底層渣滓中冒出來的人訪問他……

但現在，他來了，他落地，撿起紫色的毛巾（後來才發覺那其實是英雄服裝的罩衫），用純屬人類的方式擦拭腋下。他向我走來，臉上的微笑介於傑基‧庫根與約翰‧甘迺迪之間。他伸手握住我手臂，力道之強讓我十分慶幸他是在表示友好。他朝健身房的窗子向外看了

「這可不是你在加州看慣的那種雪，羅斯先生。」

古柯鹼笑話！安德林‧偉特，天神下凡的法老王本人剛跟我講了個……！哇嗚！這笑話讓我們輕鬆聊了起來。他換好衣服後，帶我參觀他的堡壘，這裡富麗堂皇的程度，凡爾賽宮根本望塵莫及。最後我們停在主廳的一角，那裡有一面用一堆電視螢幕蓋成的牆，全部都轉到不同的頻道，我們就在這裡進行訪談。談話時，我注意到他的眼睛常在那些彼此衝突的混亂畫面之間游移。直到我表示擔心背景噪音會影響錄音，他才想到要把電視牆靜音。這些電視似乎對他的專注力毫無影響。

在正式開始訪談之前，我深吸一口氣，記起了我來這裡的理由。美國最受尊敬、也是左翼傾向最堅定的一位超級英雄悄悄退出了打擊犯罪的行列，轉而投身經商事業，這樣重大的消息，幾乎淹沒在那個老騙子搞出的憲法修正案騙局的新聞噪音中。本雜誌致電法老王，詢問他原因，他親切地安排了飛機，接我們到他南極的隱居處，在舒適的環境下面對面訪談。我長呼一口氣，按下了錄音鈕，訪談開始。

新星：好的，你是怎麼成為超級英雄的？你的父母富有嗎？我想問的是，你是因此獲得天生的優勢嗎？

偉特：我自己本身才是我的優勢。母親過世時，確實留給我一大筆錢，但我十七歲就把這筆錢捐給慈善機構了。我想證明我能從一無所有起家，達成我想要的任何成就。此外，我想讓自己從金錢憂慮中解脫。因此，這對我來說再也不是問題了。回到你的題目，要成為超級英雄，你必須相信自己內在的英雄，以意志召喚他或她挺身而出。相信你自己和自己的潛能，是實現潛能的第一步。或者，你也可以像強那樣：掉進核子反應堆，期望有奇蹟發生。總體來說，我個人還是比較偏好我自己這種方式。（笑）

新星：原諒我這樣說，但這種哲學不是有點像諾曼‧文生‧皮爾那一套嗎？就是什麼自我覺醒之類的？確切來說，你怎麼將那股潛能發揮到現在這種境界的？

偉特：有紀律地進行體能鍛鍊、冥想和學習，其實沒那麼神祕。只要一個人的渴望和意志達到足夠的強度，要獲得超越所謂普通人的能力，是每個人都辦得到的。我學習過科學、藝

術、宗教和上百種哲學。任何人都能做到這個程度。只要你運用所學，以睿智的方式指揮自己的思想，幾乎任何事都有可能辦到。「普通人」就能辦到。我很樂於看到「普通人」這種概念從地球上消失。荒謬至極。根本沒有普通人。

新星： 回來談談你的蒙面英雄事業，你為什麼退出？

偉特： 理由有好幾個，但我想基本上可以總結為，我越來越不確定蒙面英雄在七〇年代所扮演的角色。打擊犯罪究竟意味著什麼？意味著當一位婦女在商店偷東西回去餵養孩子時，站在法律的這一邊嗎？還是意味著奮力去揭發，那些以完全合法的手段導致她陷入貧窮的人？是的，我曾粉碎過幾個販毒集團，還被指控為當權者的爪牙……在六〇年代這種說法屢見不鮮。此外，我也曾揭露五角大廈內部私下勾結的極端派系的陰謀，例如有個陰謀是要對非洲人民散播某種惡劣的病毒，事跡敗露之後，《新拓荒者》譴責我是「北京的傀儡」，他們宣稱我是受到年輕時在東方的旅遊經驗影響。我想我就在這個轉捩點，開始懷疑這些嘩眾取寵、打擊個別罪犯的做法，是否真的對世界整體有益。這些罪犯只是人類總體精神疾病的外

顯症狀，我不相信壓抑症狀能治好疾病。對於這種用康得膠囊來處理社會問題的手段，我絕望了。治標不治本。也許當個商人能做點更有用的事，影響範圍也更大。

新星： 你認為未來的世界會是什麼樣子？

偉特： 那要看我們表現如何了……我們每一個人。我對於未來學特別有興趣，也許超過其他任何學科，因此我投入大量時間研究它。即便如此，科技正以前所未有的速度進步，到了下個世紀初，依我們現在的能力，能夠預測的恐怕非常有限。不過，可以確定的是，新世界就掌握在我們手中，滿溢著難以想像的體驗與可能性，只要我們的渴望夠強烈就能實現。我說的不是烏托邦……我不相信有任何物種不必經歷苦難，就能成長和進化……我說的是一個更富有人性的社會，屆時困擾我們的問題，至少會是新的問題。

新星： 你不認為我們有可能把環境破壞到難以修復的地步，或是某天就爆發了毀滅性的美蘇核戰嗎？

偉特： 當然有。我當然覺得有可能。如果我不接受這些事極有可能發生，那我就只是在逃避現實。如我所說，一切取決於我們，取決於每一個人想要的是世界末日，還是一個具有無限

Continued

感謝三角股份有限公司提供照片 ©1975

Veidt cont.

可能的耀眼新世界。這個問題可沒有表面上看來那麼理所當然。我相信有些人，姑且說是在潛意識裡，真心希望世界終結。他們想省去維護世界的責任；要實現那樣的世界，需要非常努力去想像及創造，他們希望這種勞動不必落在自己肩頭。當然，還有另一群人，求生意願強烈。我將二十世紀的社會，視為一場覺醒和滅絕之間的賽跑。其中一條跑道上的選手，是天啟四騎士……

新星：……另一條呢？

偉特：第七騎兵團。（笑）

新星：換個話題，你常聽音樂嗎？我很好奇超級英雄的品味……

偉特：我喜歡電子音樂。非常超級英雄風格，不是嗎？大致上，我喜歡前衛音樂。凱吉、史托克豪森、潘德列茨基、皮耶·亨利。特里·賴利非常好。哦，我還聽了一些有趣的新音樂，來自牙買加……一種電子和雷鬼的混合物。我們腦海中都累積了一定的科技成見，阻礙著我們的視野，然而那些前科技時代文化接觸到現代錄音技術而產生的新音樂形式尚未受到這類成見影響，因此研究起來非常迷人。這類東西叫迴響音樂。我保證你會喜歡。

新星：你是怎麼跟其他超級英雄相處的？相較於你的立場，其中有些人似乎非常右翼。我說的是羅夏、笑匠、曼哈頓博士……

偉特：強？右翼？（笑）如果這個宇宙中有一件事是這個人辦不到的，那就是懷有政治偏見。相信我……你得見到他才會瞭解。也就是說，紅螞蟻和黑螞蟻，你喜歡哪一個？

新星：蛤…？呃，我沒有什麼特別的偏好…

偉特：正是如此。現在你體會到強的感覺了。羅夏嘛，我對他不是很熟。相信他是一位極為正直的人，但他似乎以非黑即白的二分法看世界，有點像摩尼教。我個人認為這是一種智性上的侷限。

新星：那笑匠呢？我知道你們關係不怎麼好。聽說你們打過一架，他贏了，那是你剛入行的時候……

偉特：沒錯，那就是一場誤會，他誤認我的身分了。不知怎麼的，蒙面犯罪鬥士第一次相遇時常常發生這種事。（笑）

新星：但你跟笑匠之間合不來應該是真的吧。

偉特：哇，你真是緊咬不放，哈。是，我們交情不算好。大部分是政治上的歧異。他認為我是個以事不關己的態度，插手國家事務的半調子知識分子。我認為他是個毫無道德標準的傭兵，哪個政治派系能授予他最大的權限，他就會跟誰結盟。我們的歧異大概就像這樣，說來簡單，卻十分難解。

新星：所以你對於這些鬥士同伴們，並沒有那種幻滅的感覺。

偉特：完全沒有。我有幾個摯友就屬於他們那邊。我衷心希望他們未來一切順利。

新星：最後一個問題，在媒體報導中你常被說成是世界上最聰明的人。那是真的嗎？被這樣講你會覺得困擾嗎？

偉特：不，不是真的。但我備感榮幸，一點也不困擾。要是有人願意稱我為世界上儀表打扮最得體的人，我也會欣然接受。（笑）總之，不，我不介意當一個世界上最聰明的人，我只希望不是這個世界。

CHAPTER XII

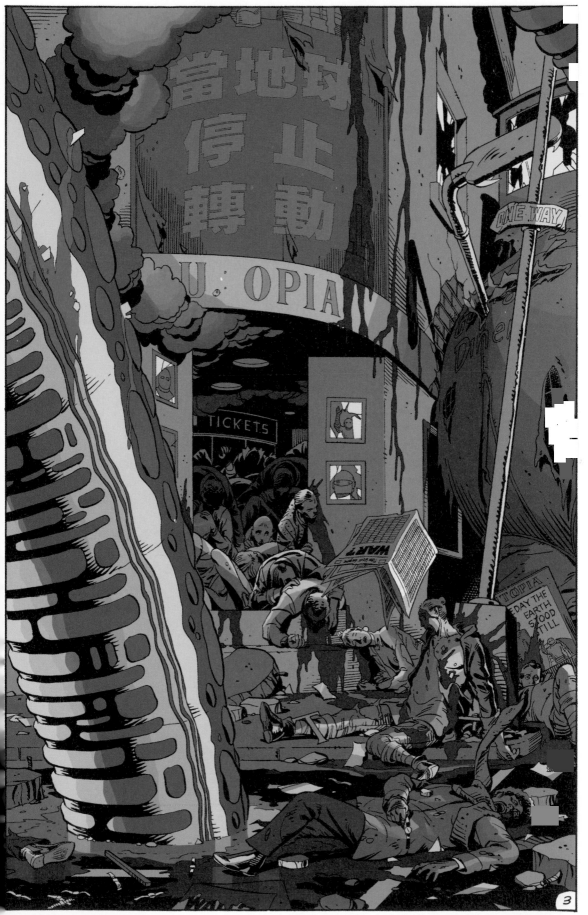

堅強且充滿愛的世界

偉特，把貓趕走。把貓趕走，好好面對我……

哇。

安德林，抱歉，我不相信這個外星人入侵的騙局是認真的。

説真的，你到底在策劃什麼？

：呵呵呵：

好的。再講一次：我創造了一頭怪物，並複製了一位人類通靈者的大腦裝在牠身上，然後把牠傳送到紐約，殺死城裡半數的人。

安德林，這是鬼扯……

不。他説的是真話。聽聲音就知道。

他真的幹了。

等等，沒人會做出那種事。你是在……

他做了。

半個紐約。

偉特，把貓弄走。

不，不需要。畢竟，就是因為她在那，讓你免受再次挨打的羞辱。

哼……

羅夏，他是在耍你。他這故事，漏洞百出……

安德林，你那場刺殺未遂案説不通，那不可能是你策劃的！要是他先對你開槍，而不是對你的祕書，那該怎麼辦？

那我恐怕就得接子彈囉？

你……？

別鬧了。這完全是……

你不會真的能接子彈吧？

不。你就是不信。**一點**也不信。你**不會**殺死紐約一半人口的。你**不能**……

我能。我做了。

你想知道的話，我會告訴你**怎麼**做的：

通靈人是關鍵，可憐的**羅伯‧迪夏恩**，英年早逝，我取得他的大腦，派遣傳學家複製並改造成更**龐大**更有**力量**的東西，再將這東西與我創造的**生物**結合。

這個大腦是心靈**共振器**。它會放大**訊號脈衝**，再**廣播**出去，而訊號是由死亡觸發。

我們將一大堆資訊編寫進那個訊號裡。

恐怖的資訊。

馬克斯‧**希亞**對外星**世界**的描述、**席拉‧曼尼希**畫的圖，以及林內‧帕伯創作的聲音……

除了受到衝擊當場死亡的人以外，由於一瞬間有大量怪異扭曲的**感官覺受**湧入，許多人會被逼瘋……

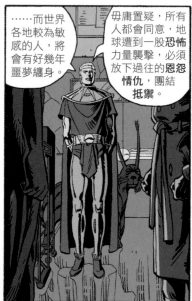

……而世界各地較為敏感的人，將會有好幾年惡夢纏身……

毋庸置疑，所有人都會同意，地球遭到一股**恐怖**力量襲擊，必須放下過往的**恩怨情仇**，團結**抵禦**。

沒人會知道真相。涉入的所有人都死了，被殺手所殺，而殺手又跟其他殺手**互相**殘殺，形成一座致命的**金字塔**……

我的僕人，則是醉醺醺地打開了生態球，暴露在風雪中。他們的死，為金字塔的頂端，蓋上了最後一塊石頭。

那我們呢？

好問題。好問題。我也一直在**想**這件事……

噢嗚？

布巴斯提斯？怎麼了，乖女孩？有人在那嗎？

稍等一下。我看看**螢幕**……

啊。

知道了。

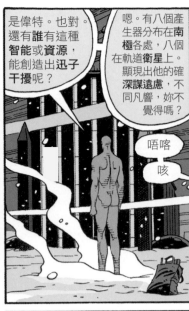

是偉特。也對，還有誰有這種**智能**或**資源**，能創造出**迅子**干擾呢？

嗯。有八個產生器分布在**南極**各處，八個在軌道**衛星**上。顯現出他的確**深謀遠慮**，不同凡響，妳不覺得嗎？

唔喀
咳

畢竟，由於迅子只會影響到**我**，他顯然預期到，只要經過一定的**時間**，我就有可能**發現**他的陰謀……

陰謀？

等等。我來過這裡。這是南極。這……

這是安德林的**堡壘**。

你、你是在說有人**策劃**……也就是**安德林**策劃了……**紐約**的整個事件？就是……偉特他……

對。對，他殺了布雷克和半數的紐約居民。

借過，羅夏。我九十秒前就告訴過蘿莉了。

羅夏？強，**不**！不要**現在**發作，停下你那些瘋言瘋語！

他殺了他嗎？偉、偉特殺了所、所有人？

強，回答我！

抱、抱歉。是這些迅子。**迅子**把東西都攪**亂**了……

我最好跟著他進去。

不！你**敢**把我丟在這裡試試看！

強，等一下！

強，等一下！

噢……

26

不妙。

11

布巴斯提斯。
快……

不。別讓
他跑了。

必須阻止他。他
殺了布雷克。
殺了半數紐約
居民。

對。對,他
殺了布雷克
和半數紐約
居民。

借過,
羅夏。我九十
秒前就告訴過
蘿莉了。

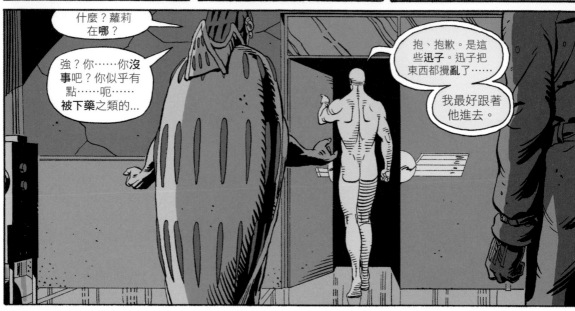

什麼?蘿莉
在哪?

強?你……你沒
事吧?你似乎有
點……呃……
被下藥之類的...

抱、抱歉。是這
些迅子。迅子把
東西都攪亂了……

我最好跟著
他進去。

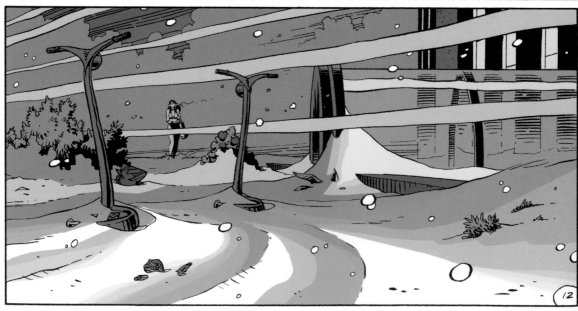

12

偉特？

偉特，就算我無法預測我會在哪裡找到你，我還是可以把這整個地方變成**玻璃**。你躲不了的。你在幹**蠢事**。

迅子那招厲害，但現在這樣很**蠢**。

這實在不**像**你會犯的……

啊。

很好。如果一定要……

如果一定要我找到底，直到迎來不幸的**結局**……

STAND BEHIND SCREEN WHEN I.F. SUBTRACTOR IS ACTIVATED

13

布巴斯提斯
……

原諒我。

INTRINSIC FIELD
SUBTRACTOR

CAUTION

ACTIVATE

啊啊啊啊
啊啊啊啊啊
嗚嗷嗷嗷！

嗚嗚哇啊啊
啊啊啊啊啊
啊啊噢嗚哇！

偉特？
別……

嗯。

你知道，其實
我也不確定這
會管用。

O BEHIND
EN WHEN
BTRACTOR
CTIVATED

當然，因為有
迅子，我才有可能
給他來個出奇
不意……

14

396

偉特
⋯⋯

你這個
渾蛋。

唉伊伊伊伊伊⋯⋯

呀啊啊啊啊
——

15

喔幹
……

嗚嗚嗚
呃呃

STAND BEHIN
SCREEN WH
I.F. SUBTRA
IS ACTIVA

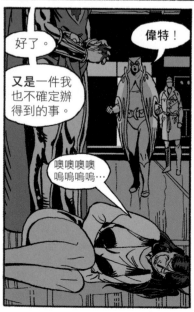
好了。

又是一件我
也不確定辦
得到的事。

偉特！

噢噢噢噢
嗚嗚嗚嗚…

偉特，你這畜
生。你敢傷害
她，我就……

哦，**丹尼爾**。
丹尼爾、丹尼爾、
丹尼爾……
拜託……

成熟點吧

16

我的新世界最不需要的就是**浮誇**的英雄主義，這種學生式的逞英雄行為還是**省省吧**。

這樣做能成就什麼？你只是在阻止地球**獲救**，而且失敗了，這就是你唯一的**勝利**……

……然而，卻是場偉大的失敗，勝過你過往的所有**成功**事蹟！正因你未能干預，一個**光明**的時代揭開序幕了，**耀眼**得會讓人拒絕相信這時代有個黑暗的核心……

……轉而朝向……

呃……

啊啊啊啊啊！

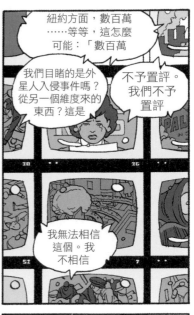

我將地球從**地獄**中救回來了。接下來，我要幫助地球成為**烏托邦**。就像拉美西斯說的：

「迦南已毀，亞實基倫殞落，基色成為廢墟，耶諾姆化為烏有……」

「……以色列一片荒蕪，後代子孫也已斷絕，而巴勒斯坦因埃及成為寡婦……」

等一下……「**接下來**」？在**你**做了這種事之後？你不可能脫**罪**的……

「天下諸國，盡皆**統一**，盡皆**平定**。」

不可能脫罪？

妳要揭發我，讓百萬條人命換來的和平付諸流水？還是要冒著隨後被調查的風險殺了我？妳被我在道德上將軍了，就像布雷克一樣。

妥協吧。

什麼？？

邏輯上，恐怕他是**對**的。揭發這場陰謀，我們就破壞了和平的希望，讓這世界**淪於自我毀滅**。

在**火星**上，妳證明了生命的**價值**。如果我們要讓**此地**的生命存活，就必須保持**沉默**。

永不**告訴**任何人？我、我們真的只能往肚裡吞？

老天，他是**對**的。我們唯一辦到的，就是沒能阻止他拯救**地球**。

天啊。

人類……要怎麼面對這樣的抉擇？要是保持**沉默**，**我們**罪無可赦，要是**揭穿真相**，地球就萬劫不復……

好吧。

好吧，我同意。我們不說出去。

肯定是在開玩笑。

羅夏……？

羅夏，**等等**！你要**去**哪？事關**重大**，別**逞英雄**！我們必須妥協……

不。

不可能，即使面對的是世界末日。

永不妥協。

20

嗯。

這種情況，我好奇你們會怎麼說？

塗改現實嗎？

無所謂……在任何情況下，他都改變不了什麼。以「可靠證人」的角度來說，羅夏遠遠算不上是……該怎麼說……「沒有汙點」？

就是如此。

我想我該去星儀室冥想了。

不用我說，兩位就當自己家。需要梳洗一番的話，這裡有好幾間盥洗室。

「兩位」？

我只想離開這裡。強，可以帶我們離開嗎？

強？

他去哪了？大家都去哪了？

是啊。

嗯……紐約屍橫遍野……大家怎麼就這樣一走了之？

我們找個安靜的地方，遠離這些光線。我們得想一想，聊一聊……

但強跑去哪了？他言行舉止很怪：他預測到我會告訴他我跟你的事，等到我真的講的時候，他好像又很生氣！

呃……多生氣？

噢，我不知道。他讓我一頭霧水，我真的不需要更多困惑了。

我已經亂成一團。我在火星上得知一些事，然後又發生紐約的事……

我……我還是無法想像。這整件事，我們根本，我不知道……

全死了。所有人都……死了。

超乎我們的理解範圍。

21

403

但……人們不過是去一趟岡噶餐館。粉紅色、黃色的**米飯**，灑得到處都是，而且……

我一直想**大哭**，但喉嚨好像**卡住**了。我……

丹？**坐下來**好嗎？

當然。

對了，蘿莉，**我們**的事……妳覺得強會在意嗎？

不重要。紐約的事發生後，**什麼**也不重要了。這就是我一直想**說**的。

丹，拜託……陪我坐在這。我需要你。

不。我是說我**需要**你。**現在**就要。丹，那所有人，全都**死**了。他們沒機會**抵抗**，再也吃不到印度**料理**，或彼此相愛……

我也需要妳。

哦，真好。能活著真他媽太**美好**了。

蘿莉？妳要我……**做什麼**？

我要你愛我。

我要你愛我，因為我們**沒死**。

來……拿掉**這個**。我要**看著**你。

我要看著你、品嚐你、聞你，只因為我**辦得到**。

那是什麼味道，丹？你身上是什麼味道？

往日情懷。

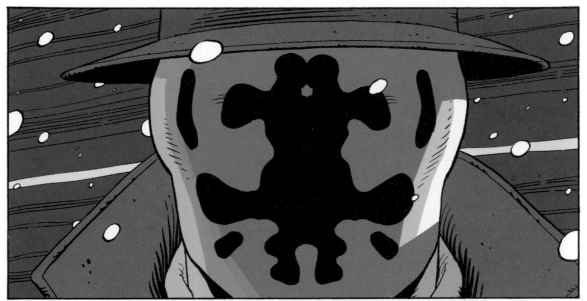

你要去哪裡？

回去梟船。
回去美國。

人們必須
知道真相

罪惡必須受
到制裁。

羅夏……

你知道我
不能讓這
麼做。

23

哼。

當然了。必須保護偉特的新烏托邦。地基裡頭再多一具屍體算不了什麼。

怎了？你還等什麼？

動手。

羅夏……

動手吧！

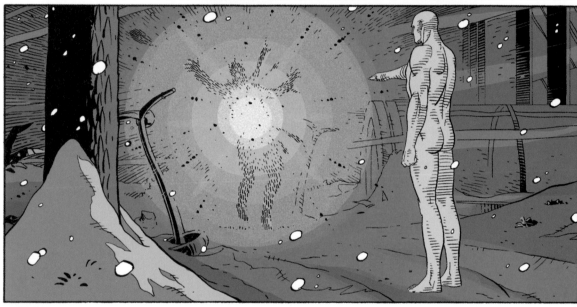

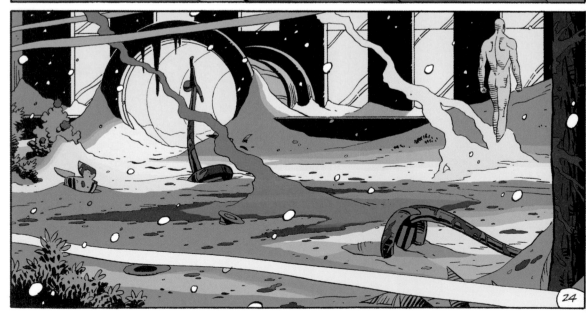

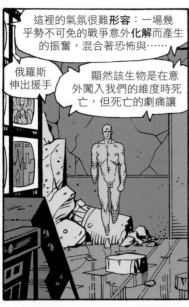

這裡的氣氛很難**形容**：一場幾乎勢不可免的戰爭意外**化解**而產生的振奮，混合著恐怖與……

俄羅斯伸出援手

顯然該生物是在意外闖入我們的維度時死亡，但死亡的劇痛讓

將這景象描述為：「就像廣島，只是建築物完好無缺。」我們問

真的是數百萬人

來自另一個維度

進一步的攻擊是否不遠了？

我們認為不會。想像一隻外星蜜蜂，智力不高，死時反射性射出毒針。如果

25

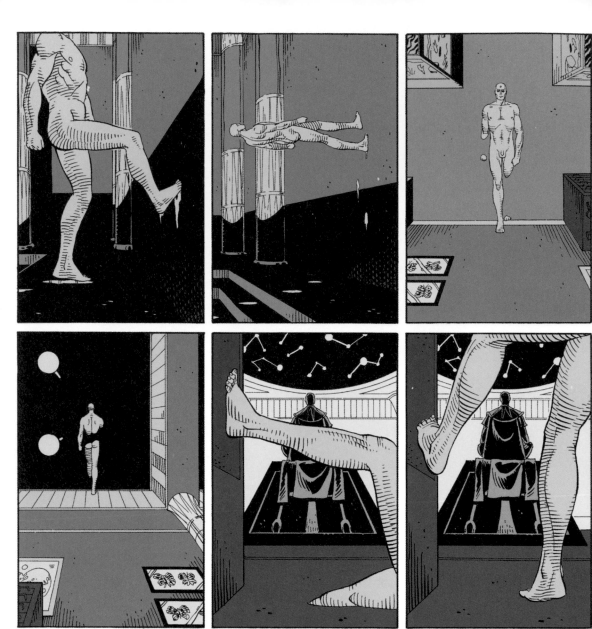

哈囉，
強。

我一直都希
望有機會跟
你聊聊。

26

強……我知道人們覺得我冷酷無情，但其實我已經讓自己**感受**過每一條生命的**死亡**。白天，我想像著無盡的臉孔；晚上……

我**夢到**自己游向駭人的……**沒什麼**。算了。畢竟不**重要**……

重要的是我知道。我知道我得跨過枉死無辜者的背去拯救人類，但總得有人承擔這可怕、必要的罪。

我希望你會**瞭解**，而不像**羅夏**……

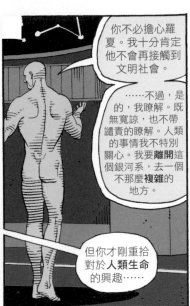

你不必擔心羅夏。我十分肯定他不會再接觸到文明社會。

……不過，是的，我瞭解。既無寬諒，也不帶譴責的瞭解。人類的事情我不特別關心。我要**離開**這個銀河系，去一個不那麼**複雜**的地方。

但你才剛重拾對於**人類生命**的興趣……

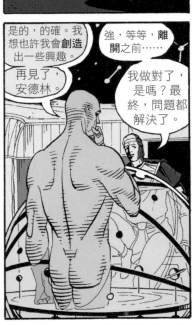

是的，的確。我想也許我會**創造**出一些興趣。再見了，安德林。

強，等等，**離開**之前……

我做對了，是嗎？最終，問題都解決了。

「最終」？

強？等等！這是什麼意思……

沒有什麼會終結，安德林。沒有**所謂**的終結。

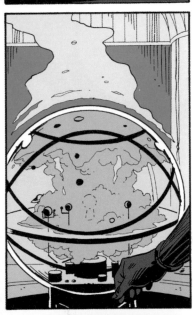

好了好了，我來了！

清潔人員才打來要過小費而已！聖誕節一到，大家全來乞討了！老天爺啊，就沒一件神聖的事嗎？沒完沒了啊。沒完沒了。

接下來，帶來更多聖誕驚喜，我們將要回顧......

PEACE on EARTH

Happy

Accord

抱歉，朱比特女士，我們有從接待處打過電話給妳，但電話不通。妳的朋友荷利斯夫婦來探望妳。

什麼？我不認識任何......

《奇幻人間》......

NEPER

RES

......呃......

在本集中，羅伯特·卡爾普被恐怖建築師改造了身體！

......我都想不到還有誰我會想見了！快進來！太棒了，親愛的朋友，荷......

荷利斯。

哈哈哈！對啦！太感謝妳把他們帶過來了。

不客氣。祝妳今天愉快。

NG

媽，我們......

我的老天，你們在搞什麼？想把我嚇出心臟病來，一命歸西嗎？我以為你們都死了！這髮型是誰幹的好事？妳該去告他，看起來像女服務生......

你的電視沒出問題......

媽，夠囉！我們不能待太久，只是必須讓妳知道我們沒事。我們帶了花，聖誕快樂，媽。

噢，蘿莉。心肝寶貝，我太高興能見到妳了。

〜嗯咳〜

好啦，這位大帥哥是誰啊？

他是丹·崔博格。我們現在是山姆·荷利斯跟珊卓·荷利斯。

不是合法婚姻吧？好喔，希望是個有錢人。很高興認識你，丹。

我也是，朱比特女士。我從以前就是妳的粉絲。

哦，這人嘴真甜。

28

410

我來看看，一定有些禮物可以送你們……

對了！有一瓶新千禧年系列……

媽，我們時間不多，而且還有重要事情跟妳説。

這可是聖誕節，還有什麼比禮物重要的？我記得妳還是個小女孩的時候，總是……

媽，我發現我的親生父親是誰了。

妳……？

我的天……

噢，蘿瑞，我很抱歉。唉，這下妳會怎麼想呢？那……那只是個夏日午後，他正好路過……

媽……

我本想大發脾氣，但……總之，我一直不想讓妳知道。我其實應該告訴妳，但……我不知道，我覺得很丟臉，我覺得很蠢，而且……

媽……都沒關係了。

人生總是把我們帶到奇怪的地方，做出奇怪的事，而且……

……嗯，有時候我們甚至說不出口。我知道那種感覺。

我愛妳，媽。妳沒有因為我做錯任何事。

我想，我來就是為了跟妳說這些話。我們該走了，我們會盡快再來看妳。

好。聽著，這個拿去，它能幫妳抓牢這個金髮帥哥。我也該找點什麼送他……

嗯，好，但要快。我有點緊張，怕待太久會……

你拿的那是什麼……哦。那個老古董。希望沒讓你覺得尷尬。

不，不會，當然不會。事實上，我……

呵，1952年的時候，我自己就有一本。

真的？哈，上帝保祐，這你留著吧。

但……這太貴重。真的，朱比特女士，我不能……

叫我莎莉。拿去吧。別跟老婆講就好了。

丹……呃，山姆，親愛的？來吧……我們得走了。

29

411

好吧，孩子，好好照顧彼此。

再見，媽。

生孩子的事別拖太久啊！我太老了，別讓我等！

怎樣，沒那麼難吧？

嗯，也許妳媽的**主意**還不錯呢……

孩子？**算了**吧你。不是時候。你之前還在講**重出江湖**的事，**老娘**我也沒打算在家換**尿布**。

「夜梟與靈絲」聽起來**乾淨俐落**。

「靈絲」太**女孩氣**了，不覺得嗎？還有，我要換一套好一點的**服裝**，有**保護**作用的：也許要用點**皮革**，臉上戴個**面具**……

另外，也許也該帶把**槍**。

30

412

時候到了
感覺對了

千禧年

唔哦。你可終於回來了？怎樣，你是去哪個異次元買東西？

西摩，老天，真是不可思議……

紐約死了三百萬人，你卻倖免於難。

31

*報紙：〈RR出戰1988年選舉？〉，原文RR二字可能是要讓讀者聯想
　到雷根（Ronald Reagan），不過下一頁會揭曉答案。

*（對比以前常見的「誰來監督守護者」）

*「羅宋」即音譯自russian。

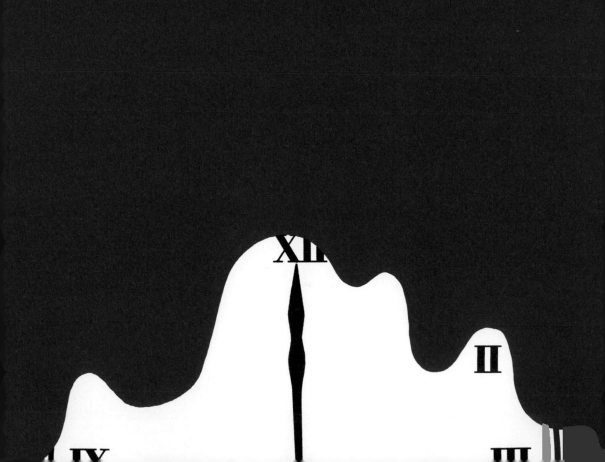

**Quis custodiet
ipsos custodes.**

「誰來監督守護者？」
— 尤維納利斯《諷刺詩集》

第六卷，347行
托爾調查委員會
報告卷首引用此句。

TO JAMES McCANN, DC COMICS ① OF 1
FROM DAVE GIBBONS

梅費爾遊戲公司角色扮演桌遊的麥克筆粗稿。

Dear Alan, Len, Ed, Richard, fellow Americans,

Here are the cover and ad sketches for your perusal.

The ads are open to re-arrangement -- perhaps the bottom line could be
dropped and just have 'Who watches the Watchmen' more clearly seen in the
picture. Or maybe just have the logo and 'Coming soon...' info.

I've done a whole batch of covers to show that there is some mileage in
the basic idea of a semi-abstract non-figurative design. Hopefully, the
stark simplicity of the covers will make them leap off the stands. Note
that the cover leads into the story and also that there is at least a 'face'
in each, albeit a badge, a clock face or a chalked-up doodle.

As far as the treatment of the artwork goes, it could either be the
usual line drawing with added color (perhaps on blue/grey line for more
subtlety) or a full-blown tromp l'oeil painting. In this case, I would do
the design and John Higgins could do the finished full-colour rendering.
We did this on a recent DR WHO album cover and it worked well.

Looking forward to your comments,

Dave

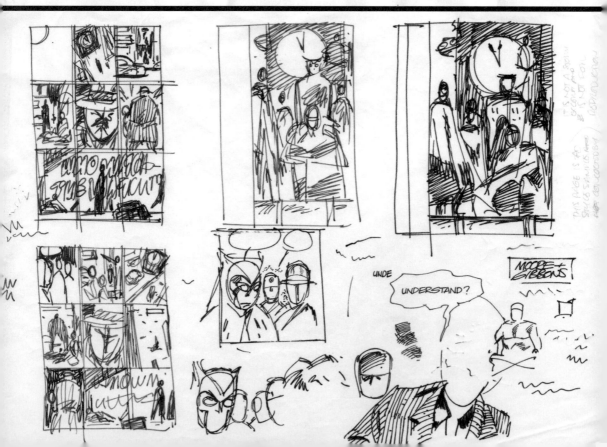

ISSUE/MONTH:

左頁上圖：戴夫·吉本斯寫給DC漫畫編輯和藝術總監的信，討論《守護者》的宣傳圖。

左頁下圖：《守護者》首張團體照草稿縮圖。

《守護者》最終上墨插圖，刊登於DC漫畫的《誰是誰》刊物。

笑匠、夜梟與靈絲三個人物的黑白肖像初期草圖和上墨粗稿，收錄於合訂版。

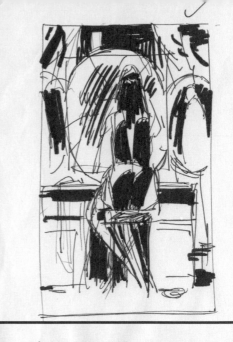

《守護者》宣傳圖演進，鉛筆稿與上墨稿。

左頁左下圖：未採用的封面設計。

法老王宣傳圖粗稿。

右頁：蘿莉與丹人物速寫。

SPATIALLY GENERATED ENERGY RESONATION PROJECT
S G E R P

CANNON 'DICTATES' MEMOIRS FOR POSTERITY
BIG SHOCK WHEN WE SEE CLOCK AT 00·01 (WE'VE SEEN SO
MUCH OF IT JUST BEFORE MIDNIGHT)

WHAT IF SILK SPECTRE'S MUM WAS ORIGINALLY DOC MANHATTAN'S
GIRLFRIEND + HAS BEEN REPLACED BY DAUGHTER? MUCH ANGUISH
ALL ROUND, EH?

STRICT FORMAT 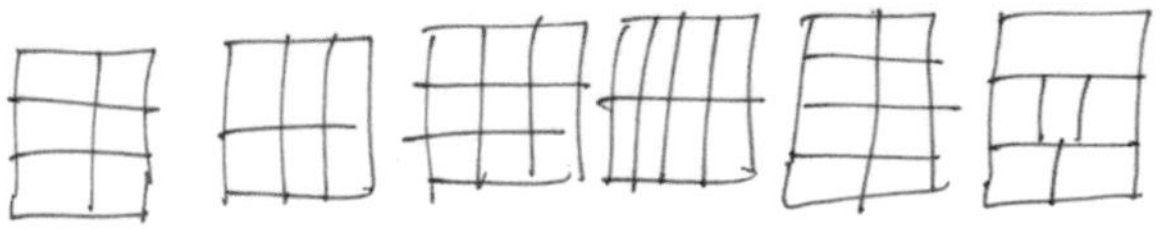
⊞ ⊞ ⊞ ⊞ ⊞ ⊞ ETC

EXPRESSIVE LETTERING   LIKE THIS   NOT LIKE THIS
STRONG B+W CONTRAST + TEXTURE
NO BLAND CHARACTERS – ALL TEND TO CARICATURE
BLEED VERY SPARINGLY USED – FULL PAGE ONLY?
LOW KEY COLOUR
WEATHER – TIME OF DAY – ATMOSPHERE STRESSED

戴夫・吉本斯手寫筆記，關於《守護者》視覺呈現。

右頁下圖：安德林・偉特、艾德華・布雷克與丹・崔博格鉛筆頭像。

WORLD

GEODESIC DOMES
REAR ENGINED ELECTRIC CARS (LIGHTWEIGHT POLYACETYLENE BATTERIES
                            REQUIRING RARE LITHIUM FOR MANUFACTURE)
DOUBLE BREASTED SUITS
UNUSUAL FAST FOODS
UNUSUAL FADS, ADDICTIONS
NO DISEASE
(NO POVERTY)
WIDESPREAD FEELINGS OF INADEQUACY, LACK OF MOTIVATION
PIRATE, MEDIAEVAL, WESTERN RATHER THAN S.F. MOVIES ETC?
LESS SEXUAL RESTRAINT
AIRSHIPS
SUBMARINE FREIGHTERS
EARTH ORBIT = ANTARCTICA
ANTARCTICA = RICH KIDS HOLIDAY PLAYGROUND (MAYBE OZ'S HQ HERE)
WEATHER CONTROL

CAPTAIN ATOM (DOC MANHATTAN)

    BOWIE
    ELRIC
    ALIENATED, ISOLATED
    MYSTICAL HERMIT
    PERMANENT 25 GOING ON 44

SEES WORLD AS
SUB-ATOMIC SYSTEM

THUNDERBOLT (OZYMANDIAS)

    10 × HUMAN INTELLIGENCE
    YOUNG 37 WILL LIVE TO 150
    REDFORD, KENNEDY
    POPULAR CELEBRITY
    RICH
    PERFECT
    LONER
    'PRESCIENT' THRU INTELLIGENCE

SEES WORLD AS
ORGANISM WITH HIM
AT CENTRE

BLUE BEETLE (NITE OWL)

    ORDINARY, FALLIBLE, HUMAN
    HEROIC, THO NOT NATURALLY COURAGEOUS
    SCIENTIST
    DEEP THINKING, CONCERNED, DOUBTING
    'VETERAN' HERO, MALADJUSTED
    SUBSTITUTE FOR ORIGINAL
    NEWMAN, FURILLO

DOESN'T KNOW
HOW HE SEES
WORLD

QUESTION (RORSHACH)

    MURDERER
    PSYCHOPATH OR SAINT?
    QUINTESSENTIAL 'DITKO'
    UTTERLY ALONE
    IMPLACABLE
    RUTHLESS
    UNPREDICTABLE
    'WILD CARD'
    BRONSON, 'LONELY'

SEES WORLD AS
IMMORAL + FLABBY +
IN NEED OF STRICT
MORAL CODE

PEACEMAKER (THE COMEDIAN)

    DIRTY FIGHTER, RETIRED
    ATHLETIC, ANIMAL
    (DIRTY HARRY?) (MEETS NICK FURY?)
    (MEETS HANNIBAL OF 'A-TEAM'?)
    'SERIOUS PEOPLE'
    WORKMANLIKE

HAS NO TIME
OR INTEREST FOR
'SEEING' WORLD

NIGHTSHADE (SILK SPECTRE) (?)

    DEPRIVED CHILDHOOD
    DUNAWAY, STREEP

笑匠、靈絲和一些配角的年紀變化圖。

右頁上圖：戴夫·吉本斯為《守護者》所做的上墨與字體風格練習。

右頁下圖：火星照片和曼哈頓博士的氫原子符號參考草圖，出現在第9章

這張照片出現多次，參考格線用於維持一致性。

上圖與下圖：人物草稿，華特·寇瓦克斯與他的精神科醫生馬爾坎·隆。

右頁：上墨稿試畫，羅夏、笑匠、警探，一名普通壯漢。

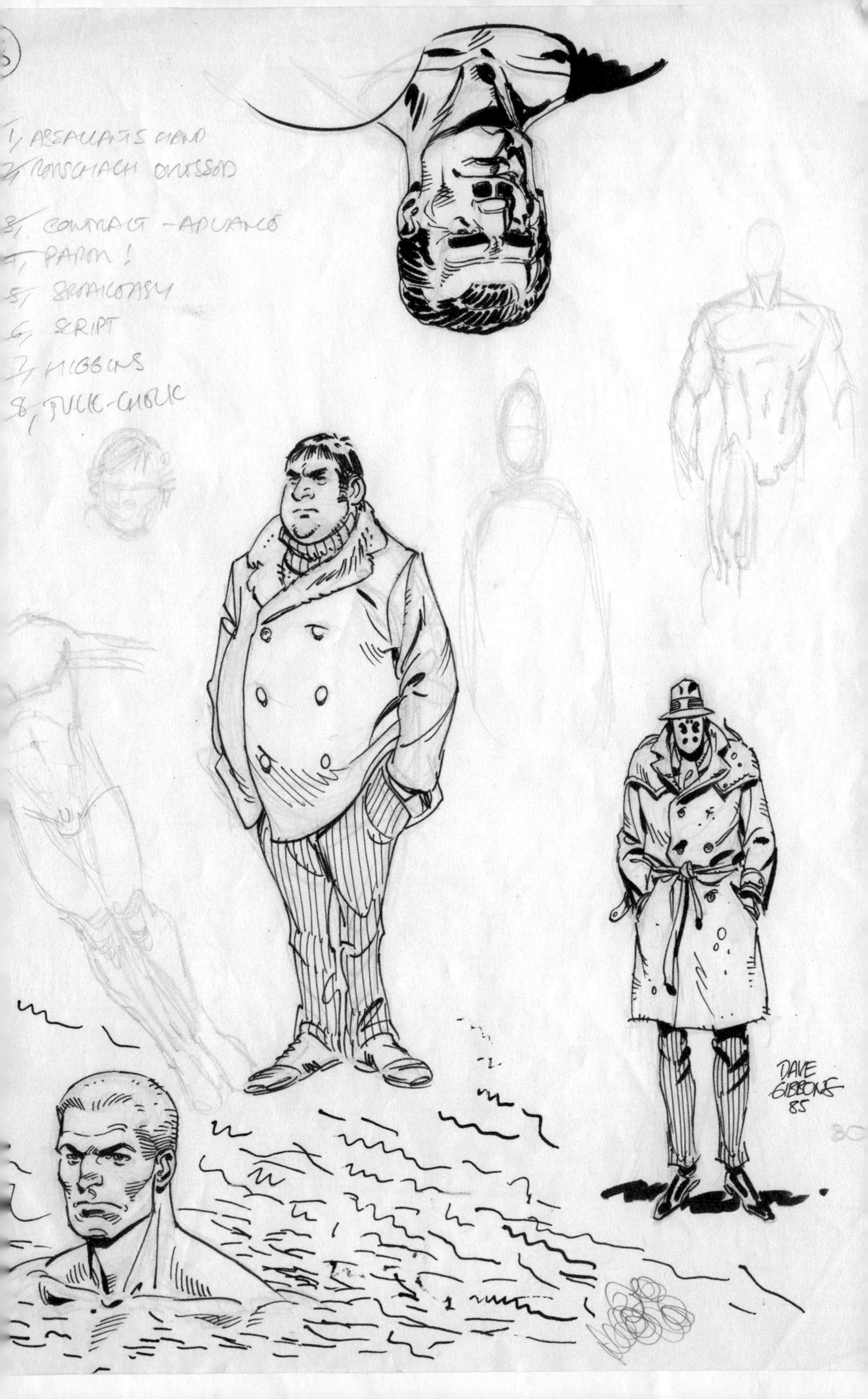
6, SCRIPT
DAVE GIBBONS 85

上圖與左頁：描圖紙上的墨稿練習。

下圖：濺血笑臉的另一個版本；人物設計：年輕的華特和他母親。

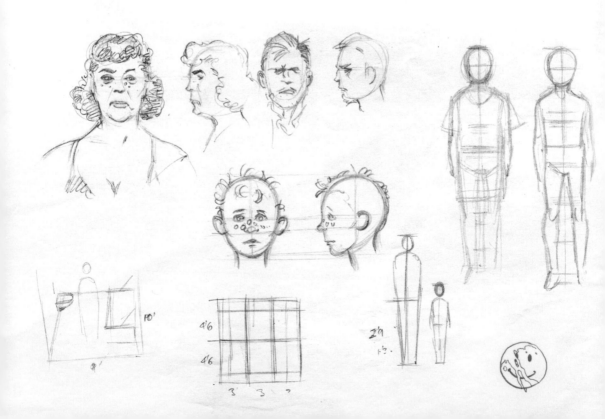

人物設計：兩位伯尼。

PERHAPS THE WORLD IS NOT MADE. PERHAPS NOTHING IS MADE. PERHAPS IT SIMPLY IS, HAS BEEN, WILL ALWAYS BE THERE...

A CLOCK WITHOUT A CRAFTSMAN.

I AM STANDING ON A BALCONY OF PINK SAND, HARDENED TO GLASS. IT GLITTERS IN THE TEN-MINUTE-OLD SUNSHINE.

THE LIGHT OF TWO HOURS PAST WILL JUST BE REACHING PLUTO.

重畫第9章的幾格：曼哈頓博士的火星宮殿。

ABOVE THE NODUS GORDII MOUNTAINS, JEWELS IN A MAKER-LESS MECHANISM, THE FIRST METEORITES ARE STARTING TO FALL.

上圖：夜梟人物草圖。

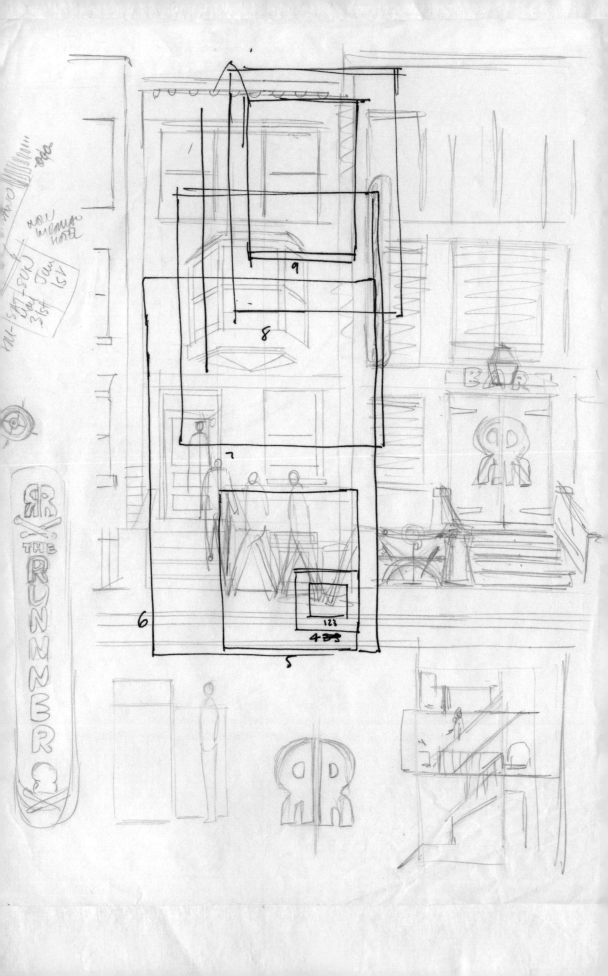

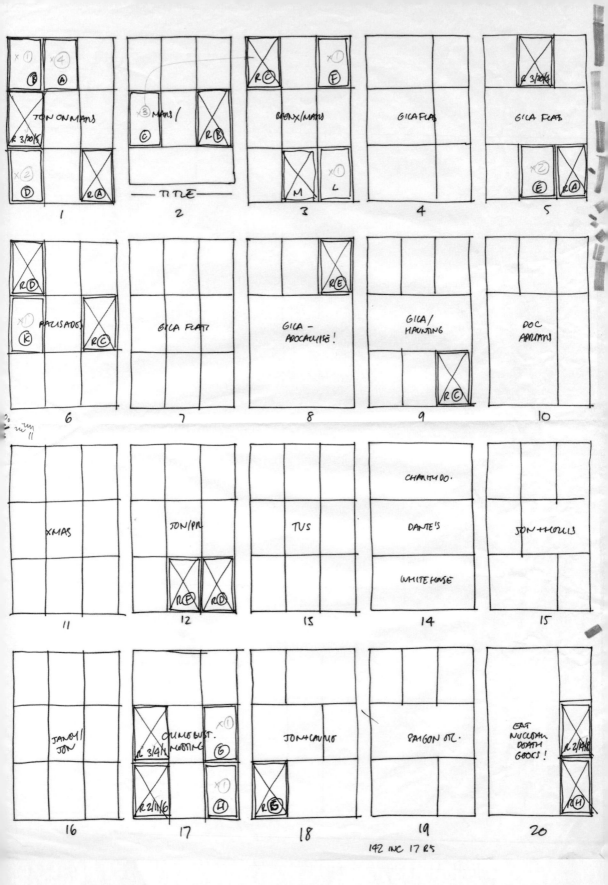

左頁：魔洛克住所圖解，顯示羅夏行走路徑的「攝影機運動」，以及室內建築構造。

上圖：當期刊物部分規畫，顯示頁面分割與每場戲的長度。

DOUG — I COULDN'T SELL YOU ON THIS, COULD I? I THINK
A POSE LIKE THIS HAS MENACE, WHEREAS A RUNNING
POSE LOOKS LIKE 'ACTION MAN' OR 'GI JOE' AND IS
A LITTLE OUT OF CHARACTER WITH THE STORIES

Dave

(CALL ME LATE WEDNESDAY OR EARLY THURSDAY!)

法國版第一卷初
期草稿,人物為
笑匠

法國版封面初期與最終鉛筆稿，人物為法老王、靈絲、夜梟與曼哈頓博士

梅費爾遊戲公司角色扮演桌遊的封面麥克筆粗稿。

右頁上圖：未上墨的鉛筆稿，梅費爾桌遊內部插圖，主要人物為大都會隊長。

右頁下圖：梅費爾角色扮演桌遊內部插圖，人物頭像上墨稿。

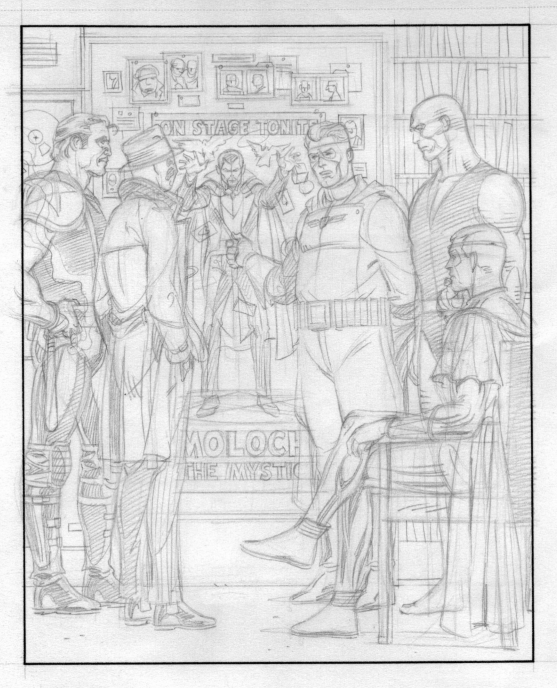

尼爾・蓋曼年輕時所繪，《守護者》二創圖。